Scarlet
스칼렛

www.bbulmedia.com

파문

1판 1쇄 찍음 2016년 3월 23일
1판 1쇄 펴냄 2016년 3월 29일

지은이 | 류은채
펴낸이 | 정 필
펴낸곳 | (주)뿔미디어

기획 · 편집 | 이영은

출판등록 | 2002년 9월 11일 (제1081-1-132호)
주소 | 경기도 부천시 원미구 소향로 17, 303(두성프라자)
전화 | 032)651-6513 / 팩스 032)651-6094
E-mail | scarlets2012@hanmail.net
블로그 | http://blog.naver.com/dahyangs
홈페이지 | http://bbulmedia.com

값 7,900원

ISBN 979-11-315-7006-7 03810

SCARLET ROMANCE STORY

류은채 소설

파문

c o n t e n t s

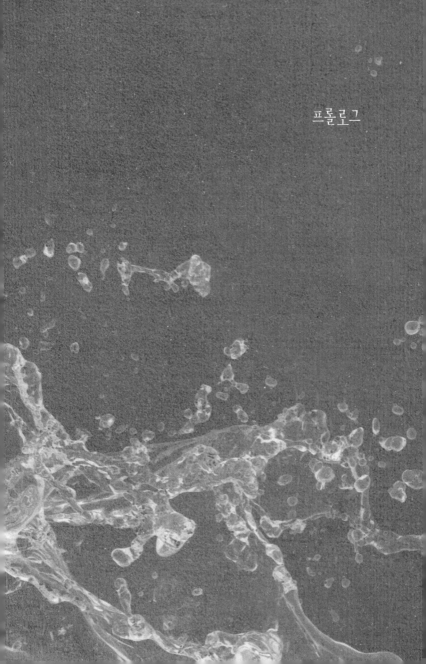

프롤로그

수현은 비틀거리는 지나의 어깨를 붙들고 계산을 하고 나오던 참이었다. 연락을 미리 해 두어서 안 기사가 도착할 시간이었다. 엉망으로 취한 지나는 제 몸을 가누지 못하고 다리를 꼬며 겨우 겨우 걸음을 떼고 있었다.

귀를 먹먹하게 만드는 요란한 음악 소리를 뚫고, 술 냄새를 풍기며 횡설수설하는 한 여자와 부축해 나가는 또 다른 여자에게 호기심 어린 남자들의 눈길이 뒤따르고 있었다. 그들의 번들거리는 눈빛이 무엇을 의미하는 건지 잘 알기에 서둘러 지나를 다그쳤다.

지하에서 지상으로 올라가는 엘리베이터 문에 기댄 채 눈을 감고 있는 지나를 보며 수현은 저도 모르게 한숨을 토해 냈다. 또 무슨 일일까. 오랜 친구인 그녀는 귀엽고 싹싹한 게 장점이었지만 제 감정을 숨김없이 드러내는 단점이 있었다. 참고 감출 줄도 알아야 하는데 좋으면 좋다 싫으면 싫다가 분명한 성격이라 오해를 받는 경우가 허다했다.

"지나야, 정신 차려. 무슨 일 있어? 어?"

"몰라……. 나도 모른다고."

"대체 왜 이렇게 엉망으로 술을 마신 거야? 술이 센 편이 아니니까 적당히 마시라고 했잖아."

"너까지 잔소리니?"

걱정되어 하는 소리가 오늘따라 유난히 지나의 신경을 거슬리게 했다.

"그 자식이 나와 헤어지재. 그럴 수 있어? 내가, 내가……."

"뭐? 진우 씨가 헤어지자고 했어? 왜?"

"내가 싫어졌대. 부담스럽대. 내 맘대로 하려고 한대."

"진우 씨가 화가 나서 그랬을 거야. 잘 이야기해 보면 화가 풀릴……."

"흥. 진우 씨가 뭐라는 줄 알아? 너 반만이라도 닮으래."

"뭐?"

"항상 그렇지. 난 철없고, 말 안 듣고, 행동 가볍고. 넌 좋겠다? 너를 신뢰하는 사람들이 많아서."

"지나야!"

"나, 정말 비참해. 내가 왜 너랑 비교를 당해야 하는 건데?"

"술 많이 취했다."

땡 하는 소리와 함께 탁한 공기가 일시에 걷히고 다소 차갑지만 시원한 새벽바람이 불어오자 몸이 절로 움츠러졌다. 곧 도착할 거라던 안 기사가 아직 오지 않았나 보다. 기댈 곳이 없어지자 다시 균형을 잃고 비틀거리는 지나의 몸을 붙든 순간, 그녀가 가차 없이 홱 하고 수현의 두 팔을 뿌리친다.

어리둥절한 표정의 수현을 몽롱한 얼굴의 지나가 알 수 없는 눈빛으로 바라보고 서 있었다. 그 눈빛에는 많은 감정이 실려 있었다. 항상 붙어 다녔기에 비교당해야만 했고, 수현에 비해 그 어떤 것도 우월하지 못하다고 생각한 지나의 숨겨 둔 질투심이 술기운을 빙자해 폭발하고 있었다.

매사 비교당하는 것도 지긋지긋했다. 성격이면 성격, 외모면 외모, 오늘은 자신의 남자 친구마저도 수현만 칭찬하기 바빴다. 그녀 좀 닮으라고, 친구 사이인데 어떻게 그렇게 다를 수 있냐며 쏘아 대던 얄미운 말이 가시처럼 가슴에 콕콕 박혀 잊히지 않았다.

언제나 착한 사람은 이수현, 이랬다저랬다 진중하지 못한 사람은 바로 차지나 저인 것이 못마땅하다 못해 억울했다. 화가 나 미칠 지경이었다. 그래서 하지 말아야 할 말을 하고 말았다.

"넌 네가 잘난 줄 알지?"

"그런 말을 왜……. 너, 취했어. 진우 씨 때문이라면……."

심기가 사나운 모양이라며 입을 꾸욱 다물고 대꾸하지 않는 수현이 자신을 무시한다고 오해하는 꽈배기 공주가 저였다. 못나게도.

진우 씨의 시선이 수현을 향할 때마다 혹시나 하는 못난 생각을 한 적이 한두 번이 아니었다. 그렇지 않다는 걸 알면서도 자신할 수 없었다.

수현은 자신의 평범함과는 달리 한 송이 꽃처럼 아름다운 미모와 참한 매력을 지니고 있었다. 언젠가 지나가는 말로 수현을 품평하던 진우였다.

'수현 씨는 뭐랄까. 한 송이 수련 같아.'

'흥! 나는?'

'너는 들국화?'

'뭐야! 난 흔한 들꽃이라는 거잖아. 그게 뭐냐고!'

'하하, 난 들꽃이 훨씬 좋은걸?'

'몰래!'

'어어? 삐졌어?'

웃고 넘겼지만 지나의 가슴에 휑한 바람이 스쳐 지나갔었다. 다른 사람은 몰라도 사랑하는 사람에게만은 아름다운 꽃이고 싶은 마음, 것도 모르고 들국화라니 들꽃이라니 하는 남자.

오늘도 무엇 때문에 다툰 건지 기억조차 나지 않았다. 더 이상 네 맘대로만 하는 걸 못 참겠다며 시간을 가지자는 그의 말에 지나가 먼저 헤어지자고 선언한 뒤 도망쳐 버렸다. 그러고 나서는 호텔 나이트에서 엉망으로 취해 버렸다. 동행했던 앙큼한 친구들은 부킹 하느라 저를 내팽개쳐 버렸고 언제나처럼 전화 한 통이면 달려오는 절친 수현이 30분 만에 이곳으로 와 주었다.

"그래…… . 너는 언제나 늘 바르고, 나는 미련해 보이지?"

"지나야, 그만해. 너 많이 취했어."

"그렇게 눈 감고 귀 막고 있는 게 좋을 거야. 그래, 그래야 행복하겠지."

"무……슨 말이야?"

"정말 몰라? 아니면 모르는 척하는 거야?"

"지나야, 내가 뭘…… ."

"내숭 그만 떨어. 넌 내숭 떨고, 우리 오빠 가식 떠는 거 정말질린다."

재혁을 언급하는 말에 가슴이 쿵 하고 떨어졌다. 이상한 기분과 불길한 예감에 휩싸여 수현의 눈동자가 한없이 흔들렸다.

여기서 멈춰야 했다. 술에 취했으니까, 그러니까 술기운에 없는 소릴 하는 거라고 주사라고 그렇게 치부해 버려야 하는데.

"무슨 말인지 제대로 설명해. 빙빙 돌리지 말고."

평소와는 다른 날카로운 수현의 응수에 자극받은 지나는 살벌하게 눈을 빛내며 그녀를 쏘아보았다. 제가 이렇게 불행해 미칠 것 같은데 행복해 보이는 수현이 미웠다. 술은 가끔 인간 내면에 깊숙이 숨겨진 잔인성을 후비는 촉매제로 작용한다.

"이상하지 않았어? 갑자기 오빠가 친절해진 거 말이야. 정말 아무 계산도 없었다고 생각하는 거야?"

"⋯⋯알고 있어."

알고 있었다. 어렴풋이 짐작한 사실이기도 했다. 재혁이 자신을 위해서 갑자기 태도가 바뀐 거라고 믿을 만큼 순진하지는 않았다. 그녀가 그저 그런 집안의 딸이었다면 기회조차 없었을 거라는 것도.

"오호라. 알아? 그럼 이것도 알아? 네 아버지가 2년간 열사의 사막으로 간 이유가, 너 때문이라는 것도?"

"⋯⋯무슨 말이야?"

"말 그대로야. 네 아버지가 왜 굳이 그곳으로 가야만 했을까? 회사에 보낼 사람이 그리도 없나? 넌 의심도 안 했어?"

손발이 덜덜 떨려 왔다. 이상하다고 생각은 했었지만⋯⋯. 재혁의 180도 달라진 태도에 정신이 없었다. 바라만 보아 온 사람이 손만 뻗으면 닿을 수 있는 거리에 있다는 도취감에 흠뻑 빠져 있었다. 그런데⋯⋯. 뭐라고, 지금 내가 뭘 들은 거지?

때마침 도착한 안 기사가 지나를 부축해 차에 태울 때까지 망연히 자리에 서 있는 수현이였다.

"⋯⋯씨?"

"⋯⋯."

"아가씨?"

"⋯⋯네?"

몇 번을 불러도 대답이 없던 수현이 안 기사의 목소리에 고개를 들었다.

"타십시오. 바래다 드리겠습니다."

"아니에요. 저는 제가 알아서 갈게요. 지나 잘 부탁드려요."

"하지만……."

안색이 하얗게 질린 수현이 등을 돌려 반대 방향으로 사라져 갔다. 술에 취한 건 분명 지나라고 들었는데 휘청대며 걸어가는 뒷모습이 위태로워 보였다.

"……우으. 속이 안 좋아."

수현을 홀로 보내고, 집을 향해 올림픽 대로를 달리던 안 기사는 뒷좌석에서 속이 안 좋다며 웅얼거리는 지나를 백미러로 흘끗 바라보곤 창문을 열어 주었다. 안정적인 차의 움직임과 시원한 밤 공기에 편안해진 지나가 잠 속으로 빠져들고 있었다. 자신이 내뱉은 시한폭탄이 무엇인지도 모른 채.

휘황찬란한 네온사인이 발밑에서 흐려지며 흔들리고 있었다. 다리가 땅에 닿는지 아닌지 아무 느낌도 없었다. 마음이란 빙판에 균열이 일었다. 가느다란 실금은 두꺼웠던 빙판을 갈라지게 만들었다.

깊어 가던 마음이 서러웠다. 빛에 쌓여 녹아내리던 얼음은 칼이 되어 가슴에 박히고 그녀를 숨죽이게 만들었다. 해빙기가 지나 봄이 왔다고 생각했는데 다시 겨울이 시작되고 있었다. 갈라지고 녹아 버린 얼음 조각들이 발치에 흐트러졌다. 결국 제자리. 아무

것도 변한 게 없던 막막했던 그 겨울.

희망이란 조약돌을 부여잡고 해빙되었다 설레었던 그 강 위에서 그녀는 조금씩 바스라지고 있었다.

'믿어 온 모든 게 진짜가 아니라면 난, 이제 어떻게 해야 하는 거지?'

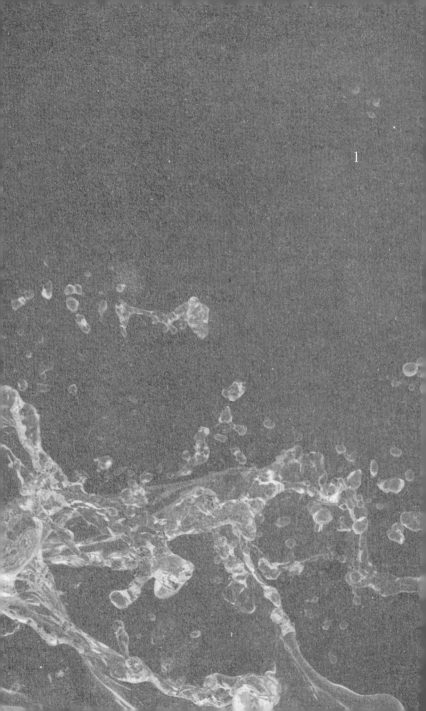

"아가씨."

"다녀왔어요."

뭔가 말을 건네려다 수현의 어두운 안색을 보고 일산댁은 입을 다물었다.

제 손으로 키우다시피 했는데 어찌 모를까. 제 배로만 낳지 않았을 뿐이지 걸음마를 뗄 때부터 함께한 세월이었다.

공사장 밥집에서 일하던 그녀가 갈 곳이 없는 것을 알게 된 이 사장의 제안으로 잠시 이 집에 도우미로 머물게 된 것이 인연의 시작이었다.

젊은 30대의 이재학 사장은 당시 혈기 왕성했고 야심만만했지만 엄마를 일찍 잃은 어린 딸에 대해서만은 한없이 약한 아버지기도 했다.

남편과 사별해 일찍 혼자된 미망인, 그저 그런 인생을 살던 장미희는 40대 중반을 넘은 나이로 마음 둘 곳을 찾지 못하고 정처 없이 떠돌던 무렵이었다.

처음엔 음식과 청소만 담당할 뿐이었지만 차차 안 보이던 것들이 보이기 시작했다. 어린아이가 울어도 방치하고 전화로 수다만 떠는 보육 도우미부터 시작해 사장이 해외로 자주 나간다는 걸 알게 된 고용인들이 제집처럼 살림에 손을 대기도 했다.

가장 참을 수 없었던 건 실제 주인인 수현이 보살핌을 받지 못하고 고용인들의 눈치만 살피기 급급하다는 사실이었다.

어릴 적부터 유난히 순했던 수현은 어느 날부터인가 그녀의 꽁무니를 졸졸 쫓아다니기 시작했다.

'맘마.'

'우리 아기, 배고파요?'

'어마마, 맘마.'

이유식이 뭔지 아이를 낳고 키워 봤어야 알지 않겠는가. 결국 우유를 먹고도 뭔가 부족해하는 것 같은 아이의 오물거림을 보다 못한 일산댁은 조심스레 보육도우미에게 말을 꺼냈다.

'이제 우유 말고 간식 같은 거 줘야 하지 않아요?'

'……'

같잖은 소릴 한다는 표정으로 쳐다보는 멸시의 눈초리에 가슴에서 울컥 분기가 치밀어 올랐다. 하지만 순간을 겨우 참아 낸 그녀는 눈을 감았다 뜨더니 어르듯 눈앞의 젊은 아가씨를 달랬다.

'선생님이 알아서 잘하겠지만, 혹 내가 도와줄 일이 없나 해서 물어보는 거예요. 마침 시장에 갔다 올 참인데 사 가지고 올 것 없어요? 선생님도 먹고 싶은 거 있으시면 말씀하세요.'
'……뭐 그렇다면.'

결국 그날은 콩국수를 그 빌어먹을 여자에게 상납한 뒤 이유식이란 걸 처음 만들어 보았다.

'아아.'
'맛있어요?'
'아.'

참새 새끼처럼 연신 입을 벌려 대는 조그만 존재가 기특해 만면에 미소가 차올랐다. 내민 숟가락까지 삼켜 버릴 정도로 음식을 맛나게 먹는 모습에 그녀는 오랜만에 삶의 희열을 느꼈다. 제가 한 일이라고는 당근을 잘게 다져 끓였을 뿐인데 세상에 태어나 이런 맛은 처음이라는 듯 수현은 한 공기를 뚝딱하고 비워 냈다.

'배가 부르면 잠이 잘 오듯 평소보다 길게 단잠을 자는 어린 아기를 품에 안고 행복해했던 게 엊그제 일인 것 같은데 벌써 20년이 흘렀다니.'

일산댁의 시선이 성숙한 여인이 된 수현을 뿌듯한 시선으로 바라보고 있었다.

"친구분은 만나셨어요?"

"만났어요. 늦었는데 주무세요."

유독 가녀린 어깨가 아릴 듯 두 눈에 파고들었다. 근래 웃음도 늘어나고 행복해하는 모습에 제가 더 기뻤다.

그런데 또 무슨 일일까. 수현은 이미 그녀의 삶의 이유였기에 새벽 한기를 흠뻑 몸에 적시고 앙다문 고집스러운 입매가 뭘 의미하는 건지 추측하느라 바쁜 그녀였다.

따르릉.

정적 속에서 갑자기 울린 전화벨 소리에 흠칫 놀란 그녀가 시계를 올려다보니 1시 30분이었다. 한국보다 6시간이 늦는 사우디 시간으로는 오후 8시 30분 정도 되었으리라.

"네, 사장님."

— 집에 별일 없나요?

"네, 없어요. 걱정 마세요."

— 수현이는요?

"건강하시고 학교도 잘 다니세요."

— 우리 귀염둥이 목소리가 듣고 싶은데 거기는 새벽일 테니

자고 있겠네요.

"네."

— 꿈자리가 사나워 전화했습니다. 자주 하고 싶은데 바빠서 정신이 없네요. 일산댁이 우리 수현이 잘 살펴 주세요. 내가 일산댁에게 항상 고마워하고 있습니다.

"사장님도 참. 그곳이 음식도 입에 맞지 않고 더우실 텐데 건강 챙기시고 이곳 걱정은 마세요."

— 하하하 그래요. 그러겠습니다.

이재학 사장, 맨손으로 시작해 D건설이라는 탄탄한 중견 기업을 일궈 낸 신화적 인물이었다. 무엇보다 몸소 현장을 방문해 솔선수범하고 직원들을 가족처럼 챙기는 그는 모든 이들의 존경을 한 몸에 받는 기업인이기도 했다. 또한 죽은 아내를 잊지 못하고 어린 딸을 위해 재혼하지 않는 속 깊음도 지닌 요새 보기 드문 인물 중 한 사람이기도 했다.

외골수, 아마 그의 피에 흐르는 유전자가 수현이에게도 그대로 흘러들어 갔나 보다. 하나만 보고 곁눈질하지 않는다는 것, 웬만한 일은 티 내지 않는다는 것, 수현은 이재학을 고스란히 빼다 닮은 유일한 딸이었다.

"에구."

보이지 않는 2층 수현의 방을 한참 동안 바라보던 일산댁은 긴 한숨을 내쉬고 제 방으로 들어갔다.

수현이 행복해하는 모습을 보면 기쁘다가도 불안이란 이름의 그

23

림자가 그녀를 좀먹고 있었다. 행복해서 불안하달까. 아니 온전한 행복이 아니기에 사상누각처럼 언제 바스러질지 몰라 두렵달까.

'별일 없어야 할 텐데…….'

수현은 잠들지 못하고 창가에 서서 쏟아지는 달빛을 받고 있었다. 씻어야 한다는 생각도 잠을 자야 한다는 생각도 들지 않았다. 그저 멍하니 휘영청 기울어진 달빛을 바라보고 있었다.

두 팔을 교차해 양팔을 붙들고 밀려드는 한기에 부르르 몸을 떨었다. 떨쳐 버리면 버릴수록 자꾸 생각나는 지나의 가시 돋친 말들을 무시하려 애썼지만 사랑하는 사람이 거론된 말이었기에 무시가 되지 않았다.

'정말 몰라? 아니면 모르는 척하는 거야?'

'이상하지 않았어? 갑자기 오빠가 친절해진 거 말이야. 정말 아무 계산도 없었다고 생각하는 거야?'

'오호라. 알아? 그럼 이것도 알아? 네 아버지가 2년간 열사의 사막으로 간 이유가 너 때문이라는 것도?'

지나가 던지듯 내뱉었던 말을 술김에 한 말이니 지나치자고, 듣지 않았던 걸로 하자고 치부하기엔 무언가가 신경을 건드렸다. 세상의 환한 빛에 둘러싸여 있다 쾅 하고 얻어맞은 느낌이 이럴까.

지나가 빈말을 하는 친구는 아니었다. 그녀의 술 주정을 외면하고 싶었기에 일부러 눈 질끈 감고 모른 체했지만, 제쳐 두었던 그녀의 내재된 불안을 밖으로 끄집어내기에 충분했다.

'아니야. 그래. 아닐 거야. 아빠가 나 때문에⋯⋯.'

수현이 사랑하는 사람은 지구 상 세 사람이 있다.

자식을 위해 재혼도 하지 않고 그녀를 홀로 키운 아버지 이재학, 처음 본 순간부터 지금까지 곁눈질 한 번 하지 않고 바라본 남자 차재혁, 어릴 때부터 자신을 딸처럼 사랑해 준 유모 장미희.

세 사람을 위해선 못 할 일도 없었다. 동시에 누구 한 사람이라도 그녀를 떠난다면 제대로 견뎌 내지 못할 거라는 극단적인 생각도 품고 있었다. 그만큼 소중한 사람들이었다.

항상 무한 사랑을 베풀며 그녀를 지켜 왔던 두 사람과는 달리 재혁은 최근 들어서야 자신이 그의 여자라는 타이틀을 허락해 주었다. 바라만 보아도 좋다고 동경하며 홀로 사랑을 키운 친구의 오빠 차재혁이 이수현을 받아들여 준 지 얼마 되지 않았는데⋯⋯.

수현은 퍼뜩 뇌리를 스치고 지나간 깨달음에 죄 없는 입술을 짓이겨 댔다. 아버지가 갑자기 사우디에 간 때와 재혁이 남자로 다가온 시기가 엇비슷하게 겹쳤다. 우연인 걸까?

'수현아.'

'왔니?'

'기다려. 곧 끝나니까 점심 같이하자.'

별말 아닌 그저 식사 한 끼 함께 하자는 지나가는 말임에도 눈물이 나왔다. 그 말을 할 때만큼은 나를 보아 주고 나를 생각해 준 거였으니까. 비록 제 마음과 색깔이 다를지라도, 그저 눈길 한 번 제게 머물렀다는 그 이유 하나만으로도 세상을 다 가진 것만 같았다.

그 사람이 머무는 공간에 발을 디디게 허락해 주고 눈치 보며 움츠리지 않아도 된다는 것만으로도 오랜 가슴앓이를 보상받는 것 같았다. 그가 나를 바라보는 줄 알았다.

하지만 그건 착각이고 망상이었을 뿐. 먼지처럼 흩어져 버린 찰나의 행복이었다. 누군가의 피와 땀이었다는 걸 알았다면, 잡았다 사라질 모래와 같은 거였다는 걸 처음부터 알았다면 눈물만 흘리고 놓아 버릴 수도 있었을 텐데.

어린 계집아이에게 주어진 사탕의 달콤함을 맛보았기에 포기하지 못했다. 미련스러운 감정 조각들이 내가 사랑하는 사람의 가슴에 못으로 박혀 자리매김할지 알았다면, 처음부터 내 것일 수 없었던 존재를 보냈어야 했는데.

이제라도 긴 잠에서 깨어나려 몸부림치며 애써 본다.

널 잊는 그 순간까지, 널 떠올리지 않게 될 그날까지.

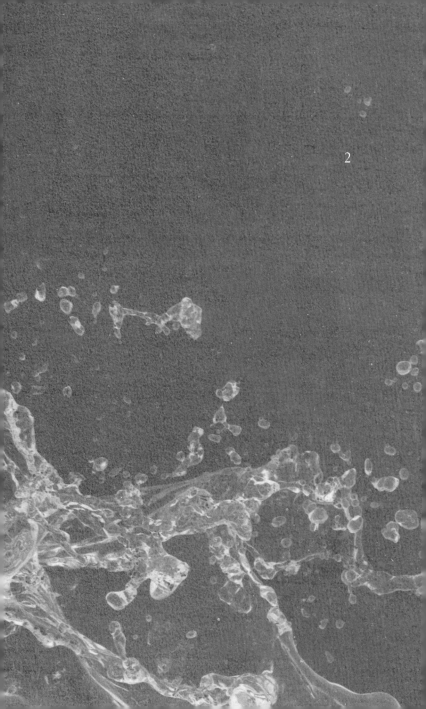

2

불신지옥.

길을 가다 보면 가끔 팔을 잡아당기는 사람들, 그들은 종교를 설파한다는 명목하에 바쁜 발걸음을 붙들기 일쑤였다. 마음이 여린 수현은 뿌리치지 못하고 매번 그들의 이야기를 들어 주었지만 한 번도 심각하게 생각해 본 적은 없었다.

믿음이란 두 글자에 조건을 단다면 그건 이미 종교가 아니지 않은가. 그런저런 이유를 뒤로 하고서라도 부디 사실이 아니길, 그녀의 머릿속을 차지하고 있는 불순한 생각이 기우이기만을 바라고 있었다.

'오빠, 재혁 씨.'

이름 부르는 것을 허락받은 이후로는 꿈속에서 사는 것만 같았다. 바라보기만 해도 행복했는데 어느 날 이름을 불러도 된다고, 만나러 와도 좋다는 허락을 받았다.

남들은 인간미가 부족하다느니 차갑고 냉정한 성격이라느니 말들이 많았지만 그가 얼마나 감수성이 넘치고 다정한 사람인지 수현은 알고 있었다. 어릴 적부터 보아 왔고 지켜보았다. 자존심 강한 그가 다른 사람 앞에서 감정을 드러내는 걸 지독히 싫어하며 그렇게 후계자로 자라 왔다는 것을 알고 있었다.

재혁이 첫정을 준 여자와 결별할 때도 묵묵히 지켜보았다. 행복을 빌어 줘야 하는데, 그건 위선이었을 뿐. 다시 혼자가 된 그를 보며 진심으로 안도했다면 난 나쁜 여자일까?

따르릉.

고요함 속에서 울리는 휴대 전화 벨소리에 수현은 문득 고개를 들어 시계를 올려다보았다. 새벽이었다. 이 시간에 전화를 걸 사람은 차재혁, 그 사람뿐. 서둘러 휴대 전화로 향하던 손가락이 순간 멈칫했다.

우리나라보다 9시간이 빠른 영국에 출장을 간 그가 일주일의 일정을 마무리하고 내일 돌아올 예정이었다. 날마다는 아니더라도 사귀기로 한 후 이틀에서 사흘에 한 번 정도는 전화를 걸어 왔다. 그것만으로도 황송하고 행복했다.

그런데 지금 선뜻 휴대 전화에 손을 뻗지 못하고 있었다.

따르릉.

따르릉.

조용한 방 안을 가득 채우던 고음의 벨소리는 대여섯 번을 더 울리고서야 멈추었다.

행여나 전화를 받지 못할까 봐 음량을 최대치로 해 두었는데, 왜 난…….

두렵고 무서웠다. 가슴 한편이 묵직해 마치 두 손에 무거운 추를 매단 것처럼 움직일 수 없었다. 재혁이 자신을 사랑해서 사귀기로 결정한 것이 아니란 것을 모를 정도로 맹추는 아니었다.

어릴 적부터 쌓아 온 이미지인 현모양처처럼 순하고, 아무 데서나 버릇없이 나서지 않고, 집안 교육 잘 받고 신부 수업도 착실히 해 온, 이수현이라는 여자를 아내로 맞이해도 괜찮겠구나, 라는 생각이 있었을 것이다. 부친의 남다른 경영 수완과 여러 정황들이 빠른 결정을 내리는 데 한몫했을 것이다. 그리 짐작했었다.

보통 집안 사이의 정략이란 게 주고받으며 공생하는 관계 속에 있다. 차 회장님이 부친에게 뭔가를 요구했으리라는 것도 짐작하고 있었다. 알면서도 새삼 충격을 받은 이유는 짐작한 사실이 짐작이 아닌 사실로 표면화된 것도 있지만, 친구인 지나까지 내막을 알고 있는데 당사자인 자신만 까맣게 모르고 있었다는 우둔함이었다. 부친을 담보로 삼았다던 무시할 수 없는 그녀의 발언이 충격을 더하고 있었다.

'뭘까? 지나가 말한 대로 아버지가 사우디에 간 이유가 나 때문일까?'

D건설이 궤도에 오르기 전까진 사장인 부친이 뻔질나게 해외를 넘나들었었다. 하지만 중소기업으로 탄탄하게 자리 잡은 후로는 중요한 일이 아닌 이상 굳이 해외로 직접 뛸 필요는 없어졌고, 내실 경영에 충실하던 분이셨다. 그런 아버지가 2년이나 열사의 사막에 머물러야 하는 이유는 과연 무엇일까?

부친의 실력은 업계 최고였고 그가 주도하여 건설한 빌딩이나 건물치고 세간에 화제가 되지 않은 것은 없었다. 거기다 인간미까지 더해 부친을 진심으로 존경하는 사람들이 태반이었다.

'아니야, 아닐 거야. 내가 너무 앞선 건지도.'

고개를 흔들고 머릿속을 정리하려 이마를 쓸어내리던 그녀의 시선 끝에 사진 한 장이 놓여 있었다. 책상 위에 놓인 액자 테두리를 쓸며 보고 또 보는 그녀 눈에 잠시나마 평온이 깃들었다.

수현과 재혁 그리고 지나 세 사람이 함께 찍은 고등학교 졸업식 사진이었다. 가운데 서서 두 여자의 어깨를 감싼 재혁, 즐거운 얼굴의 지나, 그리고 발갛게 물든 볼과 빛나는 눈동자로 몸을 움츠린 그녀가 거기에 있었다. 거기에…… 그곳에…….

동경이 아니라 처음부터 사랑이었다. 작은 접촉만으로도 두 볼이 달아올라 어쩔 줄 모르는 여자가 사진 속에 있었다. 비록 그녀 때문이 아니라 동생 지나의 졸업식을 위해 참석했지만 어깨에 스스럼없이 손을 얹고 미소 짓는 그와 같은 공간에 있다는 것만으로도 세상을 다 가진 것 같았다.

도저히 손에 닿을 것 같지 않은 사람이었다면 체념이 쉬웠을

까. 쉽게 포기했을까. 수현은 고개를 좌우로 흔들었다. 외면하기
엔 이미 그를 향한 마음이 깊어져 있었다.

하지만 일방적이고 맹목적인 수현의 사랑은 좌표를 잃고 흔들
리고 있었다. 자신의 사랑을 위해 누군가의 희생이 숨겨져 있었다
는 걸 눈치챈 지금, 사랑했음을 후회하는 게 아니라 알고서도 모
르는 척 희생을 당연시하는 뻔뻔함이 그녀에겐 없었다.

'만약 사실이라면 난 어떻게 해야 하는 걸까. 아버지…… 재
혁 오빠.'

수현은 그렇게 뜬눈으로 아침을 맞이하고 있었다.

영국.

재혁은 몇 번의 신호를 보내도 받지 않는 휴대 전화를 쥐고 있
다가 종료 버튼을 눌렀다. 늦은 시각이든 이른 시각이든 한 번도
그의 전화를 받지 않은 적이 없었던 수현이었다.

'무슨 일 있나?'

시계를 흘깃 보던 재혁은 피식하고 웃음을 흘렸다. 한국 시간
으로는 새벽이겠구나, 하는 늦은 깨달음이 왔기 때문이다. 깊이
잠들었을 시각이었다. 뭘 믿고 이렇게 무작정 기다릴 거란 생각으
로 전화를 건 건지.

재혁은 피곤하고 긴박했던 하루를 마감하며 샤워 후 허리에 타

올만 두른 채로 창 아래를 바라보며 서 있었다. 건장한 몸에선 아직 마르지 않은 물방울이 가슴골을 타고 흘렀다.

성공적으로 계약을 성사시킨 지금, 그 어느 때보다 고무된 그가 제일 먼저 전화를 건 사람은 이수현이었다.

사랑은…… 아닐지라도 그녀와 결혼하면 안정적이고 포근한 가정을 이루리라 믿어 의심치 않았다. 동생 같던 수현이 그의 짝으로 거론되었을 때 딱히 거부감은 들지 않았었다. 부친인 차 회장이 평소 입에 침이 마를 정도로 그녀의 성품을 칭찬했었고, 그도 눈이 있고 귀가 있는지라 수현의 가치를 모르지 않았다.

다만, 지금 사우디에 가 있는 미래의 장인 이재학 사장과 차 회장 사이에 그가 알지 못하는 또 다른 모종의 거래가 있다는 것만 어렴풋이 짐작할 뿐이었다.

'단번에 수락하고 떠나실 줄이야.'

자식 이기는 부모 없다더니 차 회장이 패를 꺼내자마자 군말 없이 그곳으로 가겠다는 이재학 사장을 보며 천하의 재혁도 혀를 내둘렀었다. 조건은 수현이 알지 못하게 하라는 것뿐이었다.

무려 2년이라는 기간과 열사의 사막이라는 악조건을 수용할 만큼 딸을 귀애하는 약점을 이용하신 부친 차 회장이 새삼 무서웠지만, 그의 피를 그대로 물려받은 재혁의 냉철함과 치밀함은 더하면 더했지 덜하진 않았다.

제 본성을 깊숙이 숨겨야 했던 그는 그녀에게 친절하고 다정한 모습을 보이려 나름 노력하고 있었다. 수줍어하며 작은 관심과 배려에도 감동하는 그녀를 보면 가슴 한편이 묵직해지는 건 왜인지……. 누구처럼 차라리 시원하게 욕이라도 하거나 고집이라도 피우면 덜할까.

단 한 번도 왜 늦었냐, 왜 연락이 없었냐, 라는 말들을 들은 적 없기에 편했고 또 수현이 점점 더 마음에 안착해 갔다. 그녀는 마지 공기처럼 자연스럽게 그의 주변을 감싸고 있었다.

하지만 재혁은 알지 못하고 있었다. 항상 주기만 하는 위치에 있던 사람이 한번 변하기 시작하면 무섭다는 걸. 항상 받기만 한 사람은 받고 있던 게 무엇인지 모르다 잃고 나서야 그 가치를 깨닫는다는 걸. 당연시하게 애정과 관심을 받아 왔기에 주는 사람도 지칠 때가 있다는 걸 간과하고 있었다.

"아가씨, 눈이 왜……."

"잠을 설쳤어요. 오늘 오빠 귀국하는 날이잖아요."

"……."

"그런 눈으로 보지 마세요. 저 정말 괜찮아요, 유모."

"다른 사람은 속일 수 있어도 저는 안 속네요. 왜요, 어제 전화 안 하시던가요?"

"그런 거 아니에요."

"아가씨도 투정도 좀 부리고, 서운하단 말도 하고 그러세요. 그렇게 참고 기다리기만 하니까 그분도……."

"그만하세요. 고생하고 오는 사람이에요."

뭔가 더 말을 꺼내려다 입을 다물고 만 일산댁이었다. 말하면 입만 아프고 속이 상했다. 제 눈에는 어디 내놓아도 빠지지 않는 미모에다 곧은 성품도 갖춘 단아한 자태건만 한 남자에게만 저리 꽂혀 목을 매신다. 누가 부녀 사이 아니랄까 봐 한 사람에게만 올인하는 것까지 어쩜 저리 빼닮았는지.

"과일이랑 채소 싱싱한 거 있죠?"

"……직접 만들어 가시게요?"

"귀국한 날 회의니 뭐니 바쁠 게 뻔한데 식사할 틈도 없을 거예요."

"어련히 비서실에서 챙기겠어요. 왜 아가씨가……."

"유모, 서둘러 주세요."

"……네."

야채를 씻고 다듬는 그녀의 손길이 분주했다. 원래 요리하는 걸 즐겨 하는 그녀라 손맛도 깔끔했다. 요리를 하는 순간만큼은 행복했다. 더구나 그녀가 사랑하는 사람을 위해서였다.

음식을 다 만든 후에 양손 가득 따뜻한 찬합을 들고 나왔다. 재혁이 먹든 먹지 않든 가끔 이렇게 직접 만든 음식을 가지고 그를 만나러 가는 그녀의 발걸음이 가벼웠다. 사귀기로 한 뒤, 얼굴이라도 보고 싶을 땐 이런 핑계라도 대고 찾아갈 수 있는 특권이 생겼다.

아침이 되자 전화를 받지 않았던 제가 옹졸하게 느껴졌다. 이야기해서 풀어야 하는데 미리 속단한 면도 없지 않았다. 자신은 누군가의 말에 휘둘릴 정도로 귀가 얇은 사람이 아니라 생각했었는데…….

엘리베이터에서 내려 들어서는 수현을 보자마자 비서 둘이 인사를 했다.

"오셨어요?"

"이사님은요?"

"방금 회의 들어가셨습니다."

"그래요? 오자마자 정신없겠네요."

"네."

이사실에 있는 재혁의 비서 박류하와 구하연은 유능한 사람들이었다. 말을 가려서 할 줄 알았고, 수현과 재혁의 약혼이 임박한 것도 알고 있었다.

"기다리시겠습니까?"

"아뇨. 이것만 전달해 주세요. 아무래도 오늘은 바쁠 테니."

"그래도 차라도 한잔하고 가세요."

"아니에요. 신경 쓰일 거 같아서 그냥 두고 갈게요."

이사실을 나오면서 수현은 한숨을 내쉬었다. 아주 잠깐이라도 얼굴을 보고 싶었는데 오늘은 아무래도 어려울 것 같았다.

과일과 채소 그리고 혹시나 해서 이것저것 정성스레 싸느라 시간이 지체되고 말았다. 시차 적응도 하지 못하고 회사로 바로 출근한 재혁이 안쓰러워 뭐든 주고 싶은 마음, 수현은 이렇게라도 그를 향한 마음을 표현할 수 있다는 게 아직도 믿기지 않았다.

'아, 내 정신 좀 봐. 소스는 바로 냉장 보관 해야 한다고 말해 줘야 하는데.'

수현은 엘리베이터 문이 닫히기 전에 빠져나와 다시 이사실 쪽을 향해 갔다. 조금 전에 나오면서 문이 완전히 닫히지 않았는지 살짝 열려진 문틈으로 박 비서와 구 비서의 목소리가 들려왔다.

"……정말 어쩌죠?"

"뭘 어째?"

"이렇게 정성을 가득 담아서 만들어 왔는데, 우리만 먹는 게 죄짓는 거 같아서요."

"그럼 버릴 거야?"

"그건 아니죠. 이사님도 참. 싸 온 사람 정성을 봐서 조금이라도 드시지."

"권해 봤잖아. 알아서 하라는 말, 귓등으로 들은 거야? 모른 척해. 티 내지도 말고."

"하지만……. 저도 여자라서 이 음식들이 얼마나 시간과 공을 들인 건지 척 보면 안단 말예요. 뭐, 오늘은 어차피 나갈 시간도 없을 테니까 감사히 잘…… 어멋!"

박 비서는 하연의 쇳소리에 정리하던 서류에서 눈을 떼고 앞을 봤다. 하얗게 질린 수현이 그곳에 서 있었다. 말하지 않아도 둘의 대화를 들었다는 것을 짐작할 수 있었다. 그는 혀를 차며 당황함을 감추고 빠르게 상황을 수습했다.

"두고 가신 게 있으십니까."

어쩔 수 없이 목소리가 잠겨 나왔다. 꼴깍 넘어가는 침을 겨우겨우 목 안으로 삼킨 박 비서였다. 하지만 허둥대며 지퍼를 닫는 하연의 손은 당혹감으로 부들부들 떨고 있었다.

"……생각해 보니까, 오늘 외부에서 먹는다고 했던 것 같아 돌아왔어요."

말릴 틈도 없이 찬합을 건네받은 수현이 말없이 등을 돌리자 쥐어짜는 목소리로 박 비서가 말을 흘렸다.

"저기…… 두고 가시면 이사님께……."

"아니에요. 본의 아니게 폐를 끼친 것 같네요."

"말실수를 했습니다. 오해하지 마세요."

"알았어요. 이사님껜 내가 왔다 갔다는 말 하지 마세요."

침묵이 흘렀다. 뭐라 말할 수 없는 참담한 심정이 드러날까 봐 수현은 황급히 자리를 떴다. 부들거리는 두 손으로 찬합을 부여잡고 이를 악물었다.

'이까짓 게 뭐라고. 그럴 수도 있지, 입에 맞지 않으니까 먹지 않을 수도 있지. 이게 뭐라고 이게…….'

무슨 정신으로 차를 몰고 주차장을 나온 건지 모르겠다. 그저 이곳을 빠르게 떠나고 싶을 뿐이었다.

깨끗이 비워진 찬합을 보며 뿌듯해하던 그녀다. 물론 그가 모두 먹었으리라곤 생각지 않았었다. 하지만……. 돈을 주고 쉽게 산 것이 아니라 제 마음과 진심과 사랑이 배어 있었다. 음식을 만들면서도 그가 맛있게 먹는 모습을 상상하며 행복해했었다.

결국 운전대를 붙들고 있을 수 없기에 잠시 갓길에 주차한 수현은 이름 모를 공원 입구 벤치에 한참을 우두커니 앉아 있었다. 아무 생각도 할 수 없었다. 눈앞이 뿌옇게 흐려져 보이는 게 없기에 앞으로 나갈 수도 없었다.

얼굴이 뜨거웠다. 그동안 다른 이들이 얼마나 그녀를 안타깝게 보았을까. 그가 먹지도 않고 관심 갖지도 않을 조촐한 찬합을 보며 그녀를 비웃지는 않았을까. 그래도 한 번도 손대지 않았을 줄은 몰랐다. 진정 몰랐다.

위잉.

잠시 진동으로 해 놓았던 휴대 전화가 울리자 발신인을 확인한 수현이 숨을 크게 들이마셨다.

"네."

— 수현이니?

"네, 오빠."

— 오늘 귀국했어. 도착하자마자 연락하려고 했는데 일 때문에 정신이 하나도 없네.

"괜찮아요. 출장 다녀온 일은 잘됐어요?"

— 그래. 그건 그렇고 오늘은 시간이 안 될 것 같은데 내일 회사로 올래? 점심시간 맞춰서.

"네, 그럴게요."

묻고 싶은 것이 많았는데 이렇게 그의 목소리만 들어도 다 잊어버리게 되니, 준비한 말들은 아무런 소용이 없었다.

"오빠."

— 응?

"내가 만든 계란말이 어땠어요?"

— 응? 계란말이?

확인해야 했다. 두려웠지만 꼭 해야 할 일이었다.

"네. 생각해 보니까 전에 만든 계란말이 간이 좀 짰던 것 같아서요."

— 괜찮았어.

"괜……찮았다고요?"

— 그래. 맛있었어.

"……."

— 수현아?

"네……. 아, 오빠. 저 지금 운전 중이라 도착하면 전화드릴게요."

— 아냐, 회의 들어가 봐야 해. 내가 다시 전화할게.

네.

네, 오빠.

네, 기다릴게요.

참았던 눈물이 방울져 얼굴 위로 흘러내렸다. 적어도 한 번은 성의를 봐서 먹었을 거라고 생각했던 건 그녀의 착각이었다. 수현은 계란말이를 한 번도 만들어 준 적이 없었다. 재혁이 계란 알레르기가 있다는 걸 알고 있었기 때문이다.

알아주지 않아도 괜찮다던 말은 가식이었나 보다. 그녀의 진심이 땅바닥에 패대기쳐져 버려진 것만 같았다. 의도적이었든 아니든 그는 그녀의 정성과 성의를 하찮은 것으로 여겼던 거다.

꾹꾹 눌러 담고 있었던 감정들이 파도처럼 밀어닥쳐 정신없게 만들었다. 서운하고 속상하고 또 그가 미워지려 한다.

재혁에 관한 일이라면 맹목적이었던 수현에게 작은 균열이 생기기 시작했다. 믿음 없는 관계에서 비롯되었고 일방적인 우세를 차지했던 재혁의 위치가 아슬아슬 흔들리고 있었다.

열세와 우세, 갑과 을, 더 사랑하는 사람과 덜 사랑하는 사람, 상처받는 사람과 상처 주는 사람의 위치가 바뀐다면 어떻게 될까?

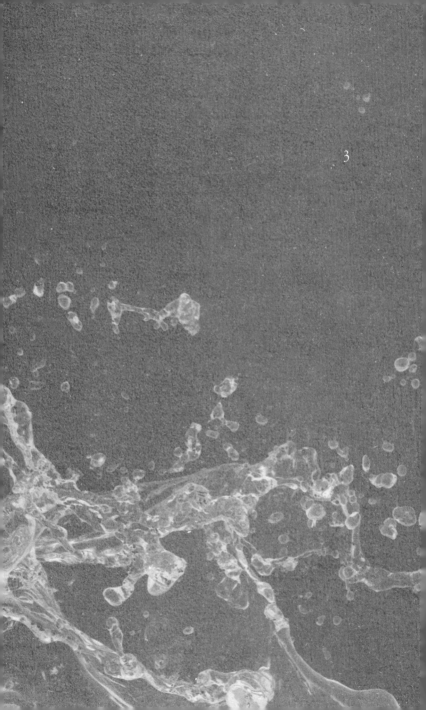

3

대학 캠퍼스 풍경은 어제와 같았다. 1학기 종강이 얼마 남지 않아 4학년 졸업 예정자들은 수업에 빠지거나 취업 준비니 뭐니 바쁠 시기이기도 했다.

수현은 평소와 다름없이 강의 시간 전에 교재를 펴 놓고 바른 자세로 앉아 있었다.

탁.

누군가 책을 던지다시피 책상 위에 내려놓았다.

"계집애. 전화 좀 받아라."

지나였다. 원래도 강의를 건성건성 듣는 그녀였지만 요새는 연애에 빠져 그나마도 참여도가 낮았다.

지나와 그날 그렇게 헤어지고 나서 고작 이틀이 흘렀는데, 많은 시간이 지난 것 같은 착각에 수현은 눈살을 찌푸렸다. 아무렇지도 않은 얼굴, 스스럼없이 대하는 그녀의 태도에서 그날 했던 말을 기억하지 못한다는 걸 눈치챘다.

누군가에겐 폭탄과도 같았던 선언이었고, 그날 이후 정확히 정의 내리지 못할 뭔가가 그녀 안에서 무너져 내리고 있었다. 그건 그를 향한 열망일 수도 있을 것이고 맹목적인 기다림일 수도 있었다.

단 한 번도 다른 남자에게 곁눈질하지 않았었다. 그러다 지쳐버린 마음에 이젠 포기해야 할 것 같아 짝사랑의 종지부를 찍으려 할 때, 그가 손을 내밀어 줬다.

"좀 바빴어."

"네가 뭐가 바빠? 바쁘긴 울 오빠가 가장 최고일 거야. 일은 혼자 다 하는지."

수현은 언제부터 지나와 자신의 대화에 재혁이 등장하게 되었는지 기억나지 않았다. 아마 그와 사귀기 시작했을 때부터였던 거 같다.

수현이 재혁을 짝사랑했던 시간의 무게를 누구보다 잘 알고 있던 지나였지만, 처음부터 둘의 만남을 반겼던 것은 아니었다. 그녀는 자신의 오빠를 빼앗긴다는 생각도 들었고, 친구인 수현을 이제는 가족으로 오빠의 연인으로 받아들여야 한다는 사실에 부담스러워 했다. 나중에 그녀와 맥주 한잔하면서 솔직하게 나눴던 대화를 통해 알게 된 사실이었다.

그녀의 마음을 충분히 이해했기에 수현은 자신이 앞으로 잘할 테니 도와 달라며 수줍은 미소를 띠고 그렇게 부탁했었다. 누구보다 지나를 제 편으로 만들어야 했다. 그가 자신의 것이 될 수도 있다는 희망 앞에서 당시 수현은 아무것도 뵈는 게 없었다.

진우, 지나의 연인인 진우의 도움도 컸다. 오빠를 빼앗기는 것 같은 마음에 속상해하는 지나를 항상 옆에서 달래 주었다.

'힘내세요! 전 수현 씨랑 형님 무조건 지지하고 응원해요.'
'고마워요 진우 씨.'

처음부터 호의적이었던 진우를 향해 미소 짓는 수현을 지나가 불안하게 지켜보고 있었다는 건 눈치채지 못했었다.

"오빠 출장 다녀온 뒤에도 계속 새벽에 들어와. 아직 못 만났다면서?"

그랬다. 영국 출장 후 그를 만나지 못했다.

전에는 그녀가 먼저 시간을 내서 회사를 방문해 커피라도 한잔하며 이야기를 나누었었다. 물론 재혁은 그 와중에도 서류에서 눈을 떼지 않고 수현의 말에 건성건성 답하기 일쑤였지만 그것마저도 행복했던 그녀였다. 그를 눈에 담고 목소리를 귀에 담고 그가 있는 공간에 제가 있다는 사실 하나만으로도 가슴 벅차 했던…….

그런데 가슴에 황량한 바람이 새어 들었다. 미미한 바람 한 자락이 온 가슴에 파문을 일으켜 헤집고 돌아다녔다. 두렵기에 만나

러 가지 못했고 그에게서 확인받는 순간, 사상누각처럼 쌓아 온
모든 게 스러질 것만 같았다.

"응. 몸이 좋지 않았어."

"그랬어?"

지나는 그제야 알겠다는 듯 쏟아 내려던 질문을 멈추었다. 마
침 교양과목 교수님이 들어와 수업 시작을 알렸기에 더 이상 질
문에 시달리지 않아도 된 것을 안심한 수현은 창가로 시선을 돌
렸다. 강의실 밖 축 늘어져 가지를 뻗은 덩굴나무 벤치에 낯익은
사람이 앉아 있었다.

지나의 연인 강진우였다. 아마도 점심시간을 이용해 그녀를 만
나러 온 모양이었다. 그날 술에 잔뜩 취한 지나가 진우와 생각해
볼 시간을 갖는다느니, 헤어졌다느니 하면서 막말을 쏟아 냈던 게
엊그제였는데 그것도 잠깐이었나 보다.

그도 회사 일이 바쁠 텐데. 차남이라 회사를 승계할 부담은 없
지만 그가 입지를 다지기 시작한 시기라 짬을 내긴 어려웠을 게
분명했다. 아마 지나의 푸념과 앙탈에 헉헉거리며 쫓아왔을 것이
분명했다.

노트북을 펼쳐 놓고 열심히 키보드를 두드리며 휴대 전화로 통
화를 하고 있는 그의 모습에 시선을 떼지 못하는 수현이였다.

하필 왜 차재혁이었을까. 이제 와 이런 의문을 갖는 제가 우스웠
지만 조금은 편한 사람, 자신만을 생각해 주는 사람이었다면 어땠
을까, 하는 의문이 꼬리를 문다. 투정 부리고 어리광 피우면서 가끔

은 화도 내고 싶었다. 속없다 할지 모르지만 그녀도 여자였으니까.

단 한 번도 그가 대기업의 후계자이기 때문에 잘생기고 집안이 좋기 때문에, 배경을 보고 마음에 둔 건 아니었다. 오히려 그가 평범한 사람이었으면 하고 바랐었다.

지나가 그날 밤 수현을 시기하면서도 부럽다는 듯 말을 했지만, 오히려 수현은 지나가 부러웠다. 다정다감한 진우와의 관계는 순탄할 것이 분명했고 결혼 후 미국 지사에 함께 갈 예정이라 들었다.

무엇보다 그녀를 만나기 위해 달려와 주지 않는가. 그에겐 지나가 일보다 우선이라는 게 부럽고 또 부러웠다. 두 사람은 정략이 아닌 마음으로 묶인 사람들이었다.

교양 수업이 끝나고, 지나가 눈치껏 사라지려던 수현을 붙잡아 벤치에 앉아 기다리고 있는 진우에게 다가갔다.

"진우 씨."

지나가 애교가 담뿍 담긴 목소리로 진우를 부르자 그는 황급히 하던 일을 멈추고, 환한 웃음으로 그녀들을 맞이했다.

"끝났어?"

"응. 나 맛있는 거 사 줘."

"알았어. 수현 씨도 같이 가요."

"아니에요. 전 오늘은 빠질게요."

"같이 가. 어차피 너도 점심 먹어야 하잖아."

"리포트 때문에 도서관에 들러야 해."

"너도 참. 학점 잘 맞아서 뭐하려고? 수석 졸업이라도 하려고?"

"지나야."

"내가 뭘. 진우 씨는 꼭 나한테만 뭐라 그러더라."

지나가 홱 토라지자 진우가 안절부절못하며 그녀의 기분을 풀어 주려 했다. 그런 두 사람의 모습을 가만히 미소만 띠며 바라보고 있던 수현은 부러움과 동시에 서글픔이 밀려왔지만 감정을 감추었다.

"오랜만입니다. 수현 씨 더 예뻐지셨는데요?"

"감사해요."

지나가는 안부 인사였지만 둘을 바라보는 지나의 눈초리가 곱지 않았다.

"뭐야. 나는?"

"너야 항상 예쁘지."

지나의 토라짐을 민감하게 포착한 진우가 그녀를 살뜰히 챙겼다.

"식사하러 갈 건데 같이 가시죠."

"아니에요. 절 그렇게 눈치 없는 사람으로 만들지 마세요. 지나야 얼른 먼저 가 봐."

떠다밀듯 그들을 먼저 보내며, 괜찮다는 듯 손을 흔들어 보였다.

지나를 태운 차가 미끄러지듯 교정을 빠져나가는 모습을 보며 수현은 괜스레 눈물이 나올 것 같아 하늘을 올려다봤다. 단 한 번이라도 그가 자신을 만나기 위해 연락 없이 시간을 내어 와 주었으면. 진우 씨처럼 단 한 번만이라도…….

하늘은 파랗고 바람은 시원한데 왜 눈이 따가운 건지 모르겠다. 눈만이 아니라 가슴도 따끔따끔 뭔가로 쿡쿡 찌르는 것 같았다.

'재혁 오빠…….그리고 아빠…….'

미루고 외면했던 시간 앞에 수현은 선택을 강요받고 있었다.

화려하고 근사한 음식점이 아니라 샐쭉하던 지나가 언제 그랬냐는 듯 맛있게 먹는 모습을 흐뭇하게 지켜보는 진우였다.

"맛있어?"

"응."

진우는 근처 맛집을 알아 두길 잘했다 생각하며 콩국수를 흡입하는 연인을 뿌듯한 얼굴로 바라보고 있었다.

"그런데 수현 씨 어디 아픈 거 아냐?"

"응? 왜?"

"아니……. 조금 초췌해 보이는 것 같아서. 오늘따라 말수도 별로 없고."

"걔는 원래 따따부따 좋다 나쁘다 말이 없잖아. 내가 아주 답답해 죽겠어. 걔는 그렇다 치더라도 재혁 오빠도 그래. 다 잡은 물고기라고 수현이를 그렇게 방치하면 어떡해? 출장 갔다 돌아온 게 언젠데 만나지도 않고. 거기다 내 선물도 안 사 왔단 말이야!"

"수현 씨가 대단한 것 같다. 내가 그랬으면 너는 난리도 아니었을 텐데."

"지금 뭐라고 했어? 그러니까 내 성격이 나쁘다 이런 말 하는 거야?"

"아니, 무슨 그런 말씀을! 공주마마 부디 통촉하여 주시옵소서."

"푸핫. 진우 씨도 참."

진우의 재치에 연인의 싸움은 금방 종료되었고 다시 달달함으로 빠져들었다.

바쁜 일정을 뒤로한 진우를 졸라 기어이 디저트까지 살뜰히 챙겨 먹는 지나를 보며 진우는 핼쑥했던 수현을 떠올렸다. 형님이 여자를 모르시는 건지 아니면 알고도 내버려 두시는 건지 판단이 서지 않았지만, 가끔 보면 안쓰럽다고 해야 할까. 오늘따라 하얗고 작은 얼굴이었다. 곁에서 누가 보더라도 수현은 재혁을 많이 좋아하는 모양새였다.

항상 참고 기다는 것은 그녀의 몫이었다. 제삼자도 저러면 안 되는 건데, 라는 생각을 할 정도면 본인은 얼마나 가슴앓이를 하고 있을까. 사람들은 잘 모르겠지만 저렇게 속으로 담아 두고 참고 견디는 타입이 마음을 돌릴 때는 더 가차 없다.

속 깊고 정이 많은 진우는 연인인 지나를 챙기면서도 수현을 신경 쓰고 있었다. 그와 그녀만 행복해하는 것 같아 미안한 마음이 드는 게 사실이었다. 앞으로 가족이 될 재혁이 수현을 조금 더 신경 써 주었으면 하는 소망이 있었다.

사람 마음이라는 게 뜻대로만 되는 건 아니지만 재혁의 무심함은 정도를 넘어선 것 같았다. 그가 환하게 웃는 모습을 본 기억이 없다. 항상 배려하고 살피는 건 수현의 몫이었다. 누가 시켜서 하는 행동이 아니라는 건 알지만, 아무리 봐도 둘의 관계는…….

하지만 진우의 생각은 거기에서 멈췄다. 더 깊이 생각하기엔 그도 자신의 연인인 지나를 챙기기 바빴기 때문이다.

영국에서 성사된 계약과 관련된 일이 어느 정도 마무리되자 모처럼 평화로운 분위기가 찾아들었다.

"이사님, 점심은 어떻게 하시겠어요?"

"오늘 약속 잡힌 거 없죠?"

"네."

"잠시 쉬고 있을 테니 두 사람 먼저 먹고 와요."

"하지만……."

"나가 봐요."

"……네."

하연은 더 이상 말을 걸기 어렵다는 걸 눈치채고 조용히 문을 닫았다.

이제야 한숨 돌리는 상황. 계약이 성공적으로 이루어졌다. 이사 차재혁이 있기에 가능한 일이었다. 이번 성과로 그의 위치가 확실하게 자리매김할 것 같았다.

"이사님은?"

혼자 이사실에서 나오는 구 비서를 보며 박 비서가 물었다.

"먼저 식사하고 오라시네요. 혼자 있고 싶으신가 봐요."

"그럼 우리는 나가서 오랜만에 식사다운 식사 좀 할까?"

"……."

"구 비서?"

그의 말에 대답이 없자, 박 비서가 다시 그녀를 불렀다.

"왜 그래?"

"마음에 걸려서요. 그날 일 때문에. 이수현 씨가 그날 이후 오지 않으시잖아요. 기우일지도 모르겠지만."

"……그러게."

"말씀드려야 할까요? 이수현 씨가 알아 버렸다고?"

냉철하고 항상 정확한 박 비서조차 판단이 서질 않았다. 마음을 다친 게 분명한데……. 오늘내일 미루며 바쁘다는 핑계로 보고하지 않았다. 하지만 거짓말처럼 발길을 끊은 수현이 신경 쓰였다.

"이런 날 도시락 싸 오시면 얼마나 좋아요? 두 분 다정한 시간도 가지고. 제가 전화 한번 해 볼까요?"

하연이 수현의 번호를 찾아 전화를 걸었다.

"저 이수현 씨 핸드폰 맞나요? 여기 K그룹 비서실입니다."

— 네, 안녕하세요.

"구 비서입니다. 오늘은 방문 안 하시나 해서 연락드렸습니다."

— 이사님이 시켰나요?

"아닙니다. 오늘 식사도 하지 않으시고 혼자 계셔서 제가…….

죄송합니다."

하연은 몇 마디 더 주고받더니 뻔한 인사치레로 말을 끝맺은 뒤 전화를 내려놓았다.

뒤통수가 간지럽다는 느낌이 이런 걸까. 수현답지 않은 딱딱한 어조와 추궁하는 듯한 질문에 당황했다. 세 치 혀를 나불댄 제 입을 꿰매 버리고 싶었다. 비서실에서 가장 중요한 덕목이 입조심인데…….

"뭐라고 하셔?"

도리질하며 고개를 젓는 하연의 표정이 심상치 않아 박 비서의 얼굴도 흐려진다. 이수현은 앞으로 K그룹의 안주인이 되실 분이기에 무시할 수 없는 존재였다.

"어쩌죠? 마음이 많이 상하신 것 같아요. 아무 말씀 없으시지만 그게 더 무섭네요."

"오지 않으시겠대?"

"그냥 수고하라는 말뿐이었어요. 그 말은 오지 않겠다는 거 맞죠?"

박 비서는 이상한 예감에 자리를 정리하려던 손을 내려놓았다. 시간이 오래가면 더 풀기 힘들어 보였다.

"잠깐 이사실에 들어갔다 올게."

재혁은 뒷짐을 진 채 창밖을 내려다보고 있었다. 계약이 성사될 때까지 피가 마르던 시간, 엄청난 공을 들였던 일이었기에 성취감도 남달랐다.

군중 속의 고독, 무겁고 막중한 책임을 혼자 감당하고 있다는 것을 알고 있는 박 비서는 어렵게 입을 뗀다.

"이사님."

"무슨 일입니까."

"……이수현 씨에게 전화 한번 드려야 할 것 같습니다."

"무슨 일 있습니까?"

"그건 아닙니다만…… 그동안 이틀에 한 번은 이사님 안부도 물어 오시고 도시락도 싸 오고 하셨는데 연락이 없어서 걱정이 됩니다. 그래서……."

"알겠습니다."

"네."

도시락에 대해 말을 꺼내려 했던 그는 재혁의 단호한 말투에 기가 질려 입을 다물고 말았다. 나가 보라는 말이었다.

재혁은 계약을 성공리에 마치고 승자의 여유를 만끽하고 있었다. 그러고 보니 영국 출장 후 딱 한 번 통화한 이후로 연락이 오고 가질 않았다.

약혼한 거나 마찬가지인 두 사람에게 장애물은 없었다. 승승장구하며 자리가 온전해지면 결혼하여 일가를 이루는 수순이 기다리고 있었다.

그녀가 그를 생각하는 만큼은 아닐지라도 이해심 많고 항상 타인을 배려해 주는 그녀에게 눈길이 가고 마음이 향하지 않을 수 없었다. 동생의 친구로 오랫동안 보아 왔기에 여자로 다가오는 수현이 처음엔 조금 낯설었지만 그와의 대화에 집중하는 맑은 눈동자와 하늘거리는 아름다운 자태를 보면 여자로 안고 싶다는 욕망도 일었다. 그도 어쩔 수 없는 사내였다.

휴대 전화를 들어 수현의 이름을 찾아 눌렀다. 규칙적인 신호음이 이어지다가 깨끗한 수현의 목소리가 들려왔다.

— 여보세요.

"나야."

— 네.

"오늘 저녁에 스케줄 있니?"

— ……아뇨.

머뭇거리는 듯한 목소리에 힘이 없어 보이는 건 착각일까.

"저녁 식사 함께 하자. 차 보낼게."

— 장소는 같은 곳이죠?

"응? 어디 다른 데 가고 싶은 곳 있니?"

— 아뇨. 몇 시까지 준비하면 될까요?

"7시."

— 알겠어요. 그렇잖아도 오빠에게 물어볼 말이 있어요.

"그래?"

— 네. 저녁에 뵐게요.

"무슨……."

재혁은 제 말이 채 끝나기도 전에 통화의 끝을 알리는 신호음에 일순 멍해졌다. 용건만 간단히는 그의 모토였고, 이렇게 수현이 먼저 전화를 끊은 일은 전무후무했다.

기분이 이상했다. 항상 자신이 해 왔던 일이었다. 수현과 통화를 할 때마다 바쁜 일이 생겼다거나 혹은 결재할 서류가 밀렸다고 말하며 서둘러 전화를 끊곤 했었다.

이런 기분인지 몰랐다. 무시당한 거 같고 내쳐진 것 같은 이상한 기분. 설명할 수 없는 오묘한 느낌에 재혁은 전화기를 한참 동안 들고 서 있었다.

'구 비서와의 통화 후 얼마 되지 않아 재혁 오빠가 전화를 걸어 왔다는 건…… . 아마 구 비서나 박 비서가 언질을 주었기 때문이겠지.'

구 비서가 머뭇대며 전화를 걸어 왔을 때 혹시, 라는 기대가 피어올랐던 수현은 곧 그녀의 생각을 짐작할 수 있었다. 미안해한다는 것을…… . 그리고 자신을 측은하게 생각하고 있다는 걸.

다른 때 같으면 그가 점심도 먹지 않고 혼자 있다는 말에 버선발로 뛰어갔겠지만, 그가 아닌 비서를 통해 전해 듣고 허둥거리며 움직이는 제 모습이 우스꽝스럽게 느껴졌다.

그 사람은 손가락이 없나, 전화기가 없나. 쉬고 있을 때 전화한 통 해 주면 어디 덧나. 이렇게 하고 싶은 말은 여전히 입 밖으로 튀어나오지 않았다.

하루 이틀의 시간이 흐르면 흐를수록 잊히지 않는 지나의 말이 뱅뱅 뇌리를 맴돌며 그녀의 뇌를 갉아먹고 있었다. 더 이상 아닌 척, 모르는 척하지 않기로 결심한 수현의 눈동자는 아버지 이재학이 중요한 결정을 내릴 때의 모습과 지독히도 닮아 있었다.

그러나 한 가지 진실에 눈을 뜨고 확인을 받고 실망을 한 수현에게 그건 작은 시작이었을 뿐. 또 다른 감춰진 사실들이 수면 위로 떠올라 그녀를 통째로 뒤흔들게 된다.

누군가를 사랑한다면 열정적으로 순수하게 그 사람 자체에 몰입하고 싶었다. 배경과 인물, 주위 환경에 얽매이지 않고, 머리로 재고 따지지 않길 바랐다. 하지만 더 이상 외면할 수 없는 사실 앞에 모르는 척 눈을 감는 게 정말 옳은 일일까.

그의 입에서 나올 말들이 두렵고 무서웠다.

수현은 화장을 고치고 단추를 채우며 재혁과의 만남을 기다리고 있었다. 항상 만나 왔던 장소를 선택한 건 익숙한 환경에서 아무렇지 않은 듯, 자연스럽게 물어보고 싶어서였다.

또한, 혹여 자신이 생각하고 있는 것들이 사실이라면 순간적으로 이성을 잃고 그에게 따지며 덤벼들지 않기 위해 조용하고 우아한 장소가 좋을 것이라고 생각했기 때문이었다. 흥분하는 사람이 언제나 손해라는 걸 알고 있었다. 잘못을 했든 안 했든.

"다녀오세요."

"네."

일산댁은 평소와는 다르게 원색의 블라우스와 바지를 받쳐 입은 수현을 고개를 갸우뚱하며 바라보고 있었다. 항상 무채색의 원피스를 선호하며 재혁의 취양에 맞춰 입었던 수현이였다. 게다가 평소보다 화장도 진해 보였다.

'뭐 색다른 모습도 보이고 싶어서 입으셨겠지.'

일산댁은 그렇게 불안한 마음을 애써 감추고 있었다.

제 손으로 키우다시피 했다. 요즘 부쩍 멍하니 창밖을 바라보고 있는 시간이 많았고 넋을 잃고 테라스에 앉아 있는 아슬아슬한 모습에 가슴이 덜커덕 내려앉기도 했다.

수현이 재혁을 만나러 가는 모습은 항상 들뜸과 생기로 넘쳐 있었다. 나풀거리는 파랑새처럼 가볍고 보는 사람을 행복하게 만드는 화사한 미소는 덤이었다. 그런 수현을 보며 그럼 된 거지. 사랑한다는데 좋아한다는데 그럼 된 거지, 라며 욕심을 내려놓았었다.

하지만 도살장에 끌려가는 소처럼 무거운 발걸음을 내딛는 그녀의 뒷모습이 위태로워 보여 걱정스러운 마음으로 지켜보고 서 있었다.

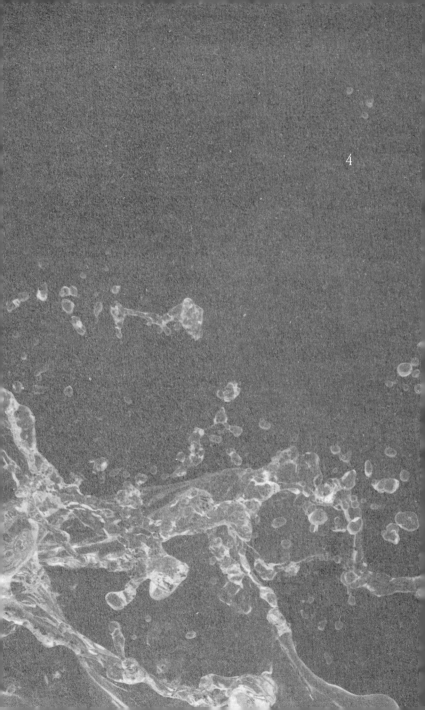

재혁이 좋아하는 옷차림은 단정하고 고급스러운 원피스. 좋아하는 색은 흰색과 검은색. 음식은 딱히 가리는 것 없이 잘 먹지만, 토종 입맛이다. 좋아하는 넥타이 스타일은 기하학무늬와 물방울 모양. 구두와 손수건은……..

　그에 대해 말하라고 하면 하루 종일이라도 말할 수 있었다.

　수현은 그를 만나러 가는 차 안에서 뒷좌석에 앉아 숨을 쉬는 건지 의심될 정도로 고요함을 유지하고 있었다. 평정을 가장하고 있었지만 마음은 닥쳐올 해일에 대비하는 아슬아슬함으로 신경이 올올이 곤두서 있었다.

　재혁이 보낸 K그룹의 안 기사는 평소와는 다른 분위기를 풍기는 수현의 모습을 백미러로 훔쳐보며 흘깃댔다. 긴장감이랄까, 풍파가 닥치기 전의 고요함이랄까. 한 번도 본 적 없는 그녀의 모습이기에 더 의아했다.

재벌가 딸답지 않게 상냥하고 겸손하며 운전기사인 자신을 공대해 감탄하게 만드는 수현은 친구 사이인 지나와는 많이 달랐다. 미모를 이야기하는 게 아니라 사람 자체가 진중하고 마음 씀씀이가 고와 차 이사님이 처복이 있으신가 보다, 저런 분을 아내로 맞다니, 라는 생각을 품고 있었다.

한강을 바라보는 시선 끝에 대체 무엇이 있는 건지 눈 깜박거림이나 미동조차 없이 부동의 자세로 앉은 수현의 어깨가 경직되어 있었다. 바라보는 사람마저 행복할 정도로 화사한 미소를 흘리곤 했는데, 오늘은 마치 죽을 자리에 나가는 사람처럼 비장하게 보였다.

평소보다 밀리는 차량 때문에 대교 한복판에 차가 정차하자 숨막힐 것 같은 공기를 견디지 못한 그가 라디오를 켰다.

— 열사의 땅 쿠무사크 사막은 모래톱과 모래 구릉으로 아름다울지 몰라도 그곳에 사는……. 열사의 사막을 여행하고 귀국한 미국인 스티븐 림이 메르스로 추정되는……. 아직 36세……. 사망……. 여행객들은 조심해야겠습니다. 평소 화씨 112 온도로 치면 40도를 웃도는……. 50도까지 치솟는 인간이 견디기 힘든……. 현재 사망자는 더 이상 생기지 않고 있지만 각별한 주의가 요구됩니다. 되도록 중동 지방 여행은 자제…….

라디오에서 흘러나오는 뉴스는 수현을 가라앉게 만들었다. 메르스, 한국에서 발병률이 높다고 알려진 희귀 바이러스로 사망자가 계속 늘어나고 있는 상황이다. 부친에게서 늘 조심하라는 말을 듣고 귓등으로 흘렸었다.

'정작 위험지역에 계신 건 아버지인데…….'

항상 받는 거에만 익숙해져 있었고, 내 사랑만 중요해서 간과하고 있었던 사실을 깨달은 수현은 암담하기만 했다.

차창으로 비치는 수현의 눈동자가 깊게 가라앉아 흔들렸다.

45도를 넘나드는 뜨거운 사막의 기온, 열풍, 종종 회오리처럼 불어 대는 모래바람까지. 그 뜨거운 곳에서 얼마나 힘들게 고생하고 계실까. 사무실에만 머무르며 서류에 사인만 하고 계시진 않을 게 분명했다. 직접 현장에서 발로 뛰어야 직성이 풀리고 못 미더우면 시간이 오래 걸리더라도 처음부터 다시 시작하시는 분이었다.

'난 어떻게 해야 하는 거지? 사실이면 뭐라고 해야 하는 거지?'

어두워져 가는 하늘과 꼭 비라도 쏟아질 것같이 잔뜩 흐린 날씨가 마치 그녀의 마음을 대변해 주는 듯했다.

"도착했습니다."

레스토랑 앞에 정차한 지 5분이 지나도록 차에서 내리지 않는 수현을 기다리다 못한 안 기사가 내려야 한다고 한 번 더 재촉했다. 수현은 그제야 클러치를 쥔 손에 힘을 주며 차 문을 열고 나왔다.

"이쪽입니다."

그녀가 누구인지 잘 아는 지배인이 그녀를 룸으로 안내했다.

문이 열리자 텅 빈 룸. 화려한 조명에도 불구하고 싸늘한 공기가 수현을 먼저 반겼다. 미리 도착해 있을 거라고 생각한 건 아니었지만, 아무리 그래도 역시나였다.

"조금 늦으신다고 하셨습니다."

괜찮아요, 라는 말이 목에 걸린 듯 뱉어지지 않았다. 비명이라도 지르고 싶었다. 괜찮지 않다고, 만나자고 한 사람이 먼저 와 있어야 하지 않느냐고. 대체 기다리는 사람은 왜 항상 자신인 거냐고. 한 번쯤은 따져 묻고도 싶었다.

하지만 오늘은 그런 게 중요한 자리가 아니었다. 어떻게 물어야 할지, 어디서부터 대화를 시작해야 할지, 밤새 생각하고 고민했건만 속 시원한 해답은 나오질 않았다. 타는 목을 물로 축여 가며 수현은 자리를 지키고 앉아 있었다.

"……"

하지만 긴바늘이 한 바퀴 돌 때까지 재혁은 나타나지 않았다.

새삼 기다리는 게 뭐가 어렵다고. 2시간 동안 기다린 적도 있었지 않은가. 그때 내가 그에게 뭐라고 했었지? 회사 일이 바빴나 보다고, 무슨 일이 있었던 건 아니냐고, 건강 챙기라고……. 그렇게 말했었던 것 같다.

자신은 항상 그가 늦게라도 나타나 주니 고마웠다. 기다리는 시간은 만날 수 있다는 기대로 들떠 그녀를 행복하게 만들었다.

긴바늘이 한 바퀴를 돌고도 30분이 더 흐르자 노크 소리와 함께 지배인이 등장해 음식을 권했다. 하지만 수현은 고개만 저을 뿐이었다. 음식을 삼킬 수 있을 것 같지 않았다.

화려한 테이블의 세팅이 무색하게 덩렁 물 잔과 크리스털 물병

만이 테이블에 위에 놓여 있으니 황량하기 그지없는 풍경을 자아
내고 있었다.

고요한 공간에서 말없이 테이블 끝만 바라보고 있자, 수현의
클러치 속의 휴대 전화가 존재감을 드러냈다.

— 비서실 구하연입니다.

"네, 말씀하세요."

— 갑자기 지사에서 문제가 생겨서 급히 시흥공장으로 내려가
시게 되었다고, 이사님께서 약속을 지키지 못할 거 같으니 말씀
전해 달라 하십니다. ……여보세요? 여…….

수현은 그대로 휴대 전화의 전원을 꺼 버렸다. 더 들을 말도 없
었다. 아니, 듣고 싶지 않았다.

일방적인 약속, 일방적인 통보. 만나자고 인심 쓰듯 약속을 잡
았던 사람은 또 이렇게 기대치를 배신하며 뒤통수를 친다. 바쁠
것이다. 아마 식사도 제대로 못 챙겼을지도 모른다.

그렇지만……. 아무리 그래도 미안하다는 말 한마디 직접 전해
주는 게, 전화 한 통 하는 게 그렇게 어려운 일일까. 사적인 일을
비서에게 전해 듣는 자신의 마음이 어떨지 한 번이라도 생각해
보았을까?

화가 나서 전화를 끊은 게 아니었다. 허탈해서였다. 어쩌면 그
의 세계에서 자신의 자리는 없는 건지도 모르겠다.

그가 자신을 싫어하지 않는다는 건 알고 있었다. 좋은 신붓감
이라고 생각하고 있다는 것도. 그렇게 되려고 노력했으니까. 좋은

아내, 좋은 집안과 품위를 갖춘 신부, 내조를 아끼지 않고 언제나 순응하는 착한 부인, 영특한 아들을 낳아 줄 현모양처로 보이기 위해 항상 그와 그의 주변인들의 눈치를 살피며 노력해 왔다.

사람 욕심이란 게 끝이 없는 걸까. 그의 눈동자에 자신이 담겨 있다는 것만으로도 황홀했고, 마주 앉아 일상적인 대화를 나눌 수 있다는 것만으로도 세상 다 가진 것 같던 마음은 언제부터 변한 건지. 맹목적인 신뢰와 열렬한 사랑을 퍼붓던 대상은 그대로인데 그녀의 열정만 식어 가고 있는 걸까.

자그마치 10년의 시간 동안 가꾸고 키워 온 외사랑이 결실을 맺기 바로 직전인데 하나도 기쁘지 않았다. 그건 마음에 한 톨의 의구심이 자리한 그 순간 부터였을지도 모르겠다.

수현은 더 이상 올 사람이 없는 곳에 앉아 있을 필요가 느껴지지 않아 클러치를 집어 들고 밖으로 나왔다. 그러곤 숨을 깊게 들이마시고 내뱉었다. 갑갑했던 마음에 차가운 바람이 들어왔다 나갔다.

차를 타고 왔던 길로 다시 되돌아가는 미련스러운 짓은 또 하고 싶지 않았다.

그녀가 나오자 룸에서 오랜 시간 기다린 그녀에게 본인이 더 민망한 얼굴을 한 지배인이 연신 굽신거렸다. 잘못한 쪽은 약속을 지키지 못한 그인데 오히려 지배인이 자신의 눈치를 살피다니, 비소가 절로 흘러나왔다.

"이사님이 바쁘신가 봅니다."

"죄송해요."

"아닙니다. 오늘 코스 요리로 싱싱한 생선이 들어왔는데 올리지 못해서 아쉽네요."

"……다음에 다시 올게요."

몇몇의 직원들까지 나와 그녀를 배웅했다.

아마 그들은 자신이 등을 돌린 순간부터 그와 자신의 관계에 대해 이리저리 떠들어 대겠지. 그리고 보면 자신은 언제부터 남들의 시선에 이리도 신경을 썼다고.

얼마 전까지만 해도 그녀에게 온 세상은 꽃들이 만개한 봄이었다. 그가 있었기 때문이다. 하지만 하루아침에 흑백으로만 이루어진 화폭 속에 갇힌 피사체가 된 것 같았다.

밑 빠진 독에 물 붓다 정신을 차리고 보니 자신은 항상 제자리였다. 보답받기 위해 대가를 바라고 시작한 사랑이 아니었다. 순수한 마음과 끝없는 열정으로 나만 사랑하면 될 거라던 호기는 전부 어디로 간 걸까. 바람 한 자락에 흔들리고 작은 암초 하나에 기우뚱거리는 자신에게 실망스러웠다.

괜찮다는 말 뒤에 감춰 놓았던 가식 덩어리들이 하나둘 떨어져 나갔다.

"이사님 저기……."

"무슨 일이죠?"

밤 11시가 넘어서야 현장에서 회사로 돌아온 재혁은 할 일이 태산이었다. 갑작스러운 사고로 정신이 하나도 없었다. 다행히 일이 잘 마무리되어 생각보다 빨리 회사로 돌아올 수 있었다.

구 비서는 이미 퇴근한 상태였고 박 비서만 남아 일을 처리하고 있었다. 일식집에서 포장해서 사 온 음식도 대충 먹는 둥 마는 둥 다시 팔을 걷어붙이고 일에 몰두하고 있었다.

"이수현 씨 일입니다."

"구 비서에게 전화 부탁했었는데, 무슨 일 있나요?"

"그런 건 아니지만, 따로 전화 한 통 드리면 어떻겠습니까. 죄송합니다. 괜한 참견인 것 같습니다만, 구 비서 말에 의하면 도중에 전화를 끊어 버리셨다고……. 불쾌해하시는 것 같습니다."

"알았어요. 나가 봐요."

재혁은 박 비서가 이사실에서 나간 뒤 손가락을 깍지 끼고 생각에 잠겼다.

눈치 하면 박 비서였다. 간지러운 곳을 찾아내 긁어 줄 줄 아는 제 오른팔. 그가 이상한 낌새를 느꼈다고 언질을 줄 정도라면…….

그러고 보니 미안한 마음이 든 재혁이었다. 항상 잘 기다려 준 수현이니까 자신의 상황을 잘 이해해 줄 거라고, 그렇게 믿고 싶었는지도 모르겠다. 하지만 아직 제 사람이 된 것도 아닌데 너무 앞서간 건가?

재혁은 더는 고민하지 않고 책상 위의 휴대 전화를 들어 수현의 이름을 눌렀다. 시간을 길게 끄는 건 그의 성미에도 맞지 않았다. 계속 고민만 해 봤자, 명쾌한 답은 나오지 않는다.

— 여보세요.

"나야. 아직 안 잤니?"

— ……네.

"미안하다. 현장에 일이 생겨서 급히 내려가느라 연락을 못 했어. 식사 혼자 했니?"

— 아뇨. 그냥 왔어요.

"……내가 할 말이 없네."

— …….

"내일 시간 되니?"

— …….

"수현아."

그녀의 침묵이 계속되자 묘한 긴장감에 그는 이맛살을 찌푸렸다. 딱 꼬집어 설명할 수는 없지만 뭔가 달라진 것이 느껴졌다. 괜찮다는 말도 무슨 일이 있었느냐는 질문도 없었다. 항상 상대방을 배려하고 마음을 편하게 해 주던 그녀가 달라졌다.

— 재혁 오빠.

"말해."

— 잠시 시간 좀 주실래요?

"뭐?"

— 시간이 필요해요. 어쩌면 오빠도 필요할지 모르겠어요.

"무슨 뜻이야?"

— ……저도 잘 모르겠어요. 제가 지금 무슨 말을 하고 있는 건지. 하지만……. 뭔가 잘못되어 가고 있는 것 같아요.

"오늘 일 때문이라면……."

— 영향이 없진 않지만 그게 전부는 아니에요. 혹시 오빠에게 묻고 싶은 게 있었다는 말 , 기억하세요?

"응? 아……."

당황스러웠다. 따지는 일, 이수현에게는 절대 어울리지 않을 줄 알았는데 제법 그를 압박하고 있었다. 우습기도 하고 긴장되기도 해 묘한 기분이 들었다.

— 생각해 보니 오빠보단 다른 사람에게 듣는 게 좋을 것 같아요.

"대체 무슨 말인지……."

밀당은 질색인 재혁이었다. 쓸데없는 일에 시간을 낭비하는 일은 없어야 했다. 수현이와 그럴 이유도 없었다. 약혼 다음은 결혼인데 이제 와서 밀고 당기는 연애를 할 이유가 어디 있을까. 재혁은 그렇게 생각했다.

— 시간……. 그거 갖고 싶어요.

"내가 안 된다면?"

— ……할 수 없는 일이겠죠.

재혁은 도저히 수현의 입에서 나올 말이 아닌 대답이 흘러나오자 꽤 충격을 받았다. 할 수 없는 일이라니, 그가 해석하는 뜻이 맞는 건지 갈피를 잡을 수 없었다. 바람 한번 맞힌 일로 이렇게까지 나오다니, 그녀답지 않았다.

"그래. 그럼 일주일 정도면 될까?"

— 한 달이요.

"한 달?"

— 네. 어디 좀 다녀오려고요. 한 달쯤 걸릴 것 같아요.

해외여행이라도 다녀올 모양이라고 넘겨짚은 재혁은 그제야 안도의 한숨을 내쉬었다. 수현이가 아직 결혼이 이른 나이라 이것저것 하고 싶은 일들이 많을 거라는 생각이 들었다.

주위에서 듣자 하니 남자도 그렇지만 여자도 결혼을 앞두면 한 번쯤 뒤돌아보고 망설인다는 얘기를 들었다. 마음이 심란해 여행을 간다는데 보내 주지 않는 속 좁은 남자이고 싶진 않았다.

"여행이라면 뭐, 괜찮겠지. 그래도 한 달이면 길긴 하지만 잘 다녀와."

"……그럴게요."

휴대 전화를 내려놓은 수현은 한참 동안 그 자세 그대로 고정되어 있었다.

심플한 대답, 아니 지나치게 가벼운 응대. 한 달이나 만나지 말자고 하는데도 재혁은 스스럼없이 허락을 했다. 원하는 대답이었는데 이상하게 서운했다.

그녀가 얼마나 치열하게 고민했는지 모른다. 어찌 보면 길지 않은 한 달이라는 기간 동안 변해 버릴 어떤 것들에 대해서 말이다. 그가 절 잊어버리진 않을까? 시간을 갖고 보니 그녀의 존재 가치가 생각보다 낮다면? 그녀가 없어도 아무런 상관이 없다면? 수많은 경우의 수를 예상한 그녀였다.

재혁이 아닌 누구에게 사실을 확인해야 할까. 확실한 이야기를 들려 줄 단 한 사람. 그 사람은 바로 미래의 시아버님이 되실, K그룹의 회장님밖에 없었다. 너그러워 보이지만 웬만한 일엔 눈 하나 깜짝하지 않는 철저한 사업가, 차강필 바로 그분이었다.

자신에게 그런 무모함과 용기가 어디에 숨어 있었던 걸까. 일주일을 치열하게 고민하고 움직였다. 인자하시고 그녀를 아껴 주신다 믿어 의심치 않았던 회장님을 만났다.

정중한 물음에 돌아온 답은 의외로 담백했다. 그렇게 알게 된 차가운 현실은 꿈속을 헤매던 그녀를 지상으로 끌어 내리기 충분했다. 별거 아니라며 그래도 정략이 아닌 쌍방 협의로 원만히 이루어진 혼사라며 부친이 돌아오면 바로 식을 올리자며 허허 웃어 젖히는 미래의 시아버지 얼굴엔 그동안 보지 못했던 아니 보여 주지 않았던 탐욕이 득시글거렸다.

가슴이…… 무너졌다. 시계가 흐릿해 말할 의지조차 잃었다. 그녀에게 치명적인 일이 그분에겐 사업을 위해 정당한 요구였을 뿐이라는 깨달음이 머릿속을 텅 비게 만들었다.

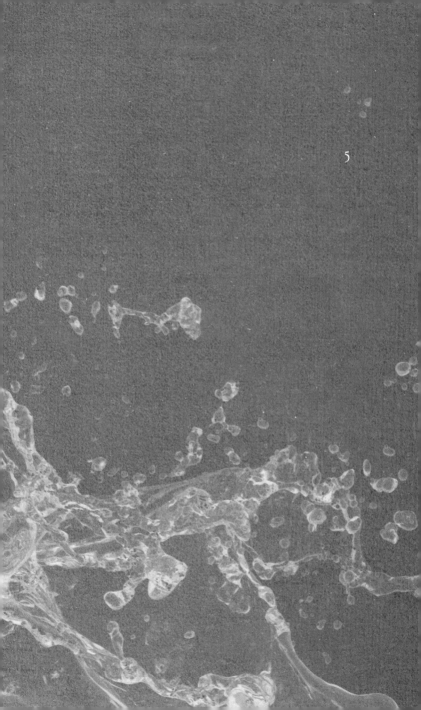

5

"다녀오세요."

대답은 하지 않고 고개만 끄덕이는 수현의 얼굴이 핼쑥해 보였다. 아무 일 없다고, 몸이 좋지 않은 것뿐이라는데 그게 전부가 아니라는 느낌이 들었다. 일산댁은 요즘처럼 가슴이 조마조마하고 불안한 적이 없다. 일이 터지기 직전 같다.

하나밖에 모르고 한 사람밖에 모르는 순정파 이수현.

하루의 시작이 수현을 돌보는 일이었고, 하루의 끝이 그녀의 잠든 모습을 지켜보는 일이었다. 일산댁의 하루는 온통 수현, 한 사람이 차지하고 있었다. 누가 들으면 비웃을지도 모르겠지만 그녀의 마음은 늘 그랬다.

공부를 잘해 상을 받아 왔을 때는 자신을 제일 먼저 찾았다. 어버이날에 예쁘게 만든 카네이션을 자신에게 달아 줬던 때를 잊지 못한다. 수현이 아플 때는 살갑게 챙겨 주고 자신을 향해 웃어 줄 때도 그녀는 살아 있기를 잘했다는 무한 행복을 느꼈었다.

40대 중반에 우연히 가사 도우미로 들어왔던 이곳이 그녀의 인생 터전이 되어 버렸다. 이젠 60대가 되니, 뭘 가지고 싶다는 욕심도 없고 어딜 가고 싶다는 바람도 없었다. 남들은 인생이 지금부터 시작이라고 말들 하지만 그녀에겐 해당 사항이 없어 보였다.

단 한 가지의 바람이 있다면 사랑하는 사람을 만나 제가 채워 주지 못했던 애정을 담뿍 받았으면 했는데, 세상일이 뜻대로만 되는 것이 아닌지 행복은커녕 지독한 가슴앓이만 하고 있었다.

이제 이재학 사장이 돌아오면 약혼 이야기가 오갈 테고 원하던 재혁과 맺어질 텐데 왜 저런 얼굴일까. 살짝 건드리기만 해도 소스라치게 놀라며 비명을 내지를 것 같은 아슬아슬함에 눈을 떼지 못하겠다.

그녀의 안색이 점점 더 어두워졌다.

'차재혁인지 차도남인지 잘났으면 얼마나 잘났길래 우리 아가씨 마음고생을 저리도 시키는 건지. 전화라도 제때 걸어 오나, 한 번 찾아와 보기나 하나. 멀끔한 얼굴에 능력 좋고 배경 좋다고 한들 자기 여자 하나 제대로 못 챙기면서 말이야. 쯧.'

일산댁은 한숨을 푹 하고 내쉬었다. 세상 절반이 남자라고 해도, 아니 이 세상에 수현이 혼자만 여자라고 해도 재혁을 손에서 놓지 못함을 너무나 잘 알기에 애정 전선에 함부로 개입할 엄두가 나지 않았다.

"유모. 나, 바보 같지?"

"왜 갑자기 그런 말을 하세요?"

세상을 다 얻은 것처럼 환하게 웃던 수현의 얼굴이 떠올라 잠시 하던 일을 멈춘 일산댁이었다. 그건 두 사람이 정식으로 사귀기로 했다는 말을 들은 직후였다. 데이트하기로 했다면서 들뜬 모습을 보이자 제가 더 설레고 긴장되었었다.

'저리 좋으실까.'

'나요, 정말 잘할 거예요. 재혁 오빠 맘에 꼭 들도록. 그동안……. 알죠? 유모니까 솔직하게 말할게요. 이젠 그만둬야 하나 보다, 생각하던 참이었어요. 부담스러워 한다면 동생 친구로서도 실격이잖아요. 그러니까 품위를 지킬 수 있을 때 그만둬야 한다고 생각했어요. 무엇보다 재혁 오빠가 다른 여자랑……. 그런 모습을 보고 태연할 자신이 없었거든요. 그런데……. 아, 나 지금 꿈꾸고 있는 거 아니죠? 그렇죠?'

꿈을 꾸고 있는 듯한 몽롱한 표정, 구름 위를 걷듯 발이 땅에 닿지 않는 것처럼 들떠 있던 행동들. 하루 종일 내일 입고 갈 옷을 고르느라 여념이 없는 그녀를 보며 입가에 미소가 떠나질 않았었다.

그런데 하루, 이틀, 일주일, 한 달, 두 달 시간이 흐른 현재. 그녀는 시간이 지날수록 행복해 보이지 않았다. 아직 맘을 열지 않은 재혁이 원인이었지만 자신이 어떻게 해 줄 도리가 없기에 애를 태우긴 마찬가지였다.

이재학 사장님께선 거의 날마다 전화로 수현이 잘 있는지 건강한지 물어 오는데 소소한 것까지 걱정을 안겨 드리고 싶지 않았기에 입을 닫고 있었다.

사모님을 닮은 딸 하나, 애지중지 금지옥엽으로 키우고 버릇없이 자랄까 봐 애정 표현도 도를 넘지 않으려고 애쓰시는 분이었다. 나이를 무시하고서라도 그에겐 깊은 존경심마저 들곤 했다.

능력 있지, 성품 좋지, 손만 내밀면 주위 여자들이 달려올 텐데 재혼을 하지 않는 이유가 달리 뭐가 있겠는가.

'하하하. 수현이 결혼시키고 외로우면 한번 생각해 보죠.'

재혼에 대한 권유의 말이 나오면 사람 좋은 웃음으로 항상 저리 둘러대셨다. 처음엔 저러다 어느 날 재혼하시겠지 싶었다. 그럼 어린 수현을 새어머니에게 맡기고 저는 이 집을 나가는 상황이 생길지도 모른다는 불안으로 밤을 지새운 적이 많았었다.

하지만 수현이 중학교와 고등학교를 졸업할 때까지도 이 사장님은 재혼에 대한 생각이 없어 보이셨다. 이재학 사장님을 너무나 빼닮은 아가씨. 어쩜 부녀가 저리 똑 닮았는지 모르겠다.

'에휴. 그놈의 사랑이 뭐길래.'

젊을 적 사랑이란 걸 했던 것도 같은데 까마득하기만 한 것 같다. 미움도 원한도 증오도 나이가 들고 보니 그저 지난 일일뿐. 수현이 나가고 일산댁은 걸레를 집어 들며 하던 청소를 마저 하기 시작했다. 잡념을 없애는 덴 육체노동만 한 게 없었다.

잘생기고 혼자인 사장 이재학과 그의 집에 도우미로 들어온 일산댁을 당시 도매금으로 묶은 말도 안 되는 추잡한 소문이 나돌았던 때가 있었다. 하지만 소문은 소문이었을 뿐. 꿋꿋하고 한결같은 모습에 헛소문은 금방 사그라들었다.

이재학 사장보다 나이가 한참 위인 그녀와 그의 사이를 의심하는 사람들도 문제였지만, 악의적인 소문을 퍼뜨리는 데 쾌감을 느끼는 악질적인 인간들은 어딜 가나 꼭 있었다.

사별한 미망인이라는 타이틀로 제 사연을 풀지 않았던 그녀였다.

사실 남편이란 작자는 다른 여자를 조수석에 태우고 바람을 피우다 교통사고로 즉사했다. 남편의 죽음에 대한 충격보다 당장 먹고살 길이 막막했던 그때의 심경을 어떻게 말로 다 표현할 수 있을까.

시어머니란 여자는 행여 그녀가 재산이라도 내어놓으라고 할까 봐 전전긍긍했다. 더욱 기가 막혔던 것은 자신을 죽을 때까지 보살펴 준다는 약속을 해 주면, 가지고 있던 아파트를 물려주겠다고 제시한 조건이었다. 시어머니는 당시 60대였으니, 그렇다면 최소한 20년간 그녀의 수족이 되어 발밑에 엎드리라는 개소리였다.

남편을 일찍 여의고 아들만 보며 살아온 시어머니에겐 아들마저 보내고 난 뒤 주위에 아무도 없었다. 아들만 끔찍이 생각하며 살아온 탓일까, 그녀에게 미희는 며느리가 아닌 아들의 밥을 챙겨 주고 자신을 대신해 아들을 돌봐 주는 도우미에 지나지 않았었다.

미련 없이 그 자리를 박차고 나왔다. 그날의 선택을 한 번도 후회한 적은 없었다.

그리고 시간이 흘러 우연히 마트에서 시어머니였던 그녀와 재회했다.

'너……. 미희냐?'
'여기서 뭐하세요?'

묻기 전에 이미 눈치는 챘었다. 마트 직원들의 유니폼을 입고 물건을 정리하는 손길이 바빠 보였다.

'뭐합니까? 잡담 그만하고 일해요.'
'네, 죄송합니다. 점장님.'

그녀보다 한참 나이가 어려 보이는 이에게 고개를 숙이고 얼른 제 할 일을 하는 시어머니의 모습이 낯설었다.

곧 점심시간이니 이야기 좀 하자는 그녀의 말을 무시할 순 없었다. 미희는 엘리베이터 앞에 비치된 소파에 앉아 그녀를 기다리며 시간을 보내고 있었다.

시간이 조금 흐르고, 혹시라도 먼저 가 버렸을까 봐 불안해하며 서둘러 나오는 시어머니의 모습이 보였다. 미희를 발견하곤 안도의 한숨을 내쉬며 건물 근처 공원으로 나왔다.

'여기에선 언제부터 일하셨어요?'

재산을 모두 말아먹었다고 했다. 속아서. 누구에게 속았냐는 질문은 굳이 하지 않았다. 알면 뭐하겠는가.

'조금 됐어. ⋯⋯그동안 내가 많이 원망스러웠지?'
'아니에요.'
'넌⋯⋯. 먹고살 만한가 보구나. 다행이다.'

먹고살 만한 게 아니라 먹고 사는 데 지장이 없는 것뿐이었지만 입을 다물었다. 자식이 있는 것도 아니라 월급을 받아도 딱히 사용할 곳 없었고 사고 싶은 것도 가지고 싶은 것도 없었다.

'어디에서 사세요?'
'응, 다세대 주택인데 월세로⋯⋯ 그럭저럭 지내고 있어.'

조금은 미워하고 원망했던 상대. 하지만 그동안 고생을 많이 했는지 하얗게 센 머리카락과 비쩍 마른 몸을 보니 안쓰러운 마음이 들었다. 평생 마주치고 싶지 않았지만 한때는 인연을 맺었던 사람이 아닌가.

연락을 주고받을 정도로 정이 깊지 않았지만 돌아서는 발길이 차마 떨어지지 않았다.

'계좌 번호 좀 알려 주세요.'
'무슨……'
'맛있는 거라도 사 드세요. 많이 마르셨어요.'
'……미희야.'
'가 볼게요.'

두세 발자국 떼었을까. 모기만 한 소리가 들려왔다.

'미안했다.'
'……'
'잘 살고……'

뒤돌아볼 용기는 나지 않았기에 등 돌린 채 그저 고개만 끄덕일 뿐이었다.

독한 마음을 품고 도망치듯 그 자리를 떠난 미희는 세월이 주는 무상함에 가슴이 무너져 내렸다. 일산댁이라 불린 지 오래, 미희라는 제 이름이 낯설었다. 낯선 제 이름처럼 과거의 시어머니였던 그녀도 이젠 완벽한 타인일 뿐이었다.

다음 날, 통장으로 거액이라면 거액인 돈이 장미희라는 이름으로 입금된 걸 확인하자 눈이 휘둥그레진 그녀의 눈동자에 눈물이 그득 차올랐다. 삼천만 원. 남 속일 줄 모르는 부지런한 미희가 그동안 열심히 일해 모아 둔 돈이 분명했다.

아픔도 슬픔도 지나고 보니 추억이네요. 곧 죽을 것만 같던 절망의 시간이 흐르고 나니 희망이란 게 찾아오더라고요. 눈치 없이 내리는 빗줄기까지 원망한 때가 엊그제 같은데 흘러가는 시간에 아픔은 무디어 가더라고요.

내 삶에서 도려내고 싶을 정도로 끔찍하진 않았지만, 아무 일 없던 것처럼 곁에 머물 수는 없네요. 가끔 꺼내 보며 추억으로 자리매김할 그리운 시간이 그때였다고 생각해요.

서러운 마음을 부둥켜안고 텅 비어 버린 마음을 채찍질하며 열심히 살아왔네요. 어머님도 이제 제게 미안했던 맘 훌훌 털어 버리세요. 저도 그럴게요. 안고 가지 않으렵니다.

어떻게 살아왔는지 뒤돌아보며 걷지 않았지만 열심히 앞만 보고 달려온 인생, 저도 흰머리가 수북이 났어요. 약소하지만 맛난 거 사 드시라고 처음이자 마지막으로 자식 노릇 합니다.

아프지 말고 건강하세요.

— 미희올림

후에 마트 직원이 넌지시 건네 준 편지 한 장엔 다 하지 못한
그녀의 마음이 담뿍 담겨 있었다.

한 달 동안 딱히 뭘 하자는 건 아니었다. 솔직한 심정으로 벌써
그가 보고 싶어 미칠 것만 같았다. 그리움이 병이 되어 갈수록 그
녀 안에 도사리고 있는 원망은 커져만 갔다.

왜 그러냐고, 안 된다고, 한 달은 너무 길지 않냐고 말해 주길
바랐었다. 제 발등을 찍는 기분이 이럴까.

한숨을 흘리며 의기소침해하지만 단아한 미모에 애잔함까지 더
해져 더욱 아름다워 보인다는 걸 그녀 혼자만 모르고 있었다.

"이수현."

전공과목 강의를 끝나고, 강의실을 나오려는데 과대표 유여랑
이 그녀를 붙잡았다.

"응?"

"오늘 바빠?"

"음……. 아니."

"그래? 잘됐다. 내 부탁 좀 들어주라, 응?"

"뭔데?"

"있다가 중요한 미팅 약속이 있는데 하필이면 오늘 교수님이 수업 준비 때문에 호출하셔서 가 봐야 하거든."

"수업 준비?"

"응. 근데 진짜 취소하기 진짜 아까운 미팅이라서 말이야."

눈을 찡긋하며 귀여운 애교를 부리는 그녀는 국문학과 마스코트라 불리며 인기를 구가하고 있었다. 아름다운 외모에 매사 당당한 그녀가 부러울 때가 종종 있었다. 바로 지금처럼.

친한 사이처럼 서슴없이 다가와 손을 내밀며 도움을 청하는데 수현의 입가에 절로 미소가 드리워졌다.

"내가 뭘 도와주면 되는데?"

기뻐하는 여랑의 모습에 작은 위안을 삼아 수현 또한 제 욕심을 챙기기로 했다. 평소 같으면 거절할 수현이었지만 뭔가에 집중하고 싶었다. 집으로 가도 학교에 있어도 마음이 산란했기에.

"너도 참석했으면 좋았을 텐데……. 참, 약혼할 사람 있다고 했지?"

"응."

"아깝다. 너라면 퀸카 자리는 따 놓은 당상인데 말이야."

여랑은 선뜻 나서서 자신을 도와주겠다는 수현에게 고마웠다. 그녀에게선 수선화처럼 도드라지지 않지만 청초한 분위기가 풍겼다.

모르긴 몰라도 과 동기나 선배들 중 수현을 맘에 품고 끙끙 앓는 사람도 꽤 있을 거라 짐작하고 있었다. 정작 당사자는 곁눈질한 번 하지 않고 선을 그어 놓는 듯했지만.

그녀는 일절 MT나 외부 활동을 삼가고 있었다. 조선 시대도 아니고 설마 남자 친구라는 사람이 벌써부터 단속을 철저히 하고 구속하고 있나 싶다가도 단 한 번도 캠퍼스에서 마주치거나 얼굴을 봤다는 사람 하나 없기에 의문은 꼬리에 꼬리를 물었다.

여랑은 용기를 내 그동안 수현에게 궁금했던 걸 질문했다.

"언제부터 만난 사이야?"

"응?"

"네 약혼자 될 사람 말이야."

"꽤 오래 알고 지냈어."

"어릴 적 부모님이 맺어 준 혼약, 이런 거?"

"아니."

"많이 좋아하나 보구나?"

"……."

"계집애. 알았어, 알았어. 더 이상 질문하지 말라 이거지? 그럼 내가 부탁한 자료 잘 전달해 주고 수업 준비 도와준다는 거 믿고 나 먼저 갈게. 참, 다음에 한턱 쏠게."

환한 웃음을 매달고 벌써 저만치 달려 나가는 여랑은 20대 초반 발랄한 여대생의 전형적인 모습이었다. 함께 있으면 절로 미소가 드리워지고 눈길이 가는 친구였다.

'들뜸이라……. 내가 가슴 설레었던 게 언제였더라?'

새삼 수현은 캠퍼스를 돌아보았다. 과 사무실로 걸어가는 중에
도 나뭇잎은 하나둘 발치에 떨어졌다.

합격증을 받아 들고 날듯이 뛰어 대학교 정문 앞에 도착했던
게 엊그제 같은데……. 마치 아주아주 오래된 일처럼 까마득하기
만 했다. 무심히 흘려버린 시간 앞에 멈춰진 발걸음이 한동안 떼
어지지 않았다.

"안녕하세요."

과 사무실엔 국문과 교수님 대신 못 보던 얼굴이 그녀를 맞이
했다.

"누구?"

"국문과 이수현이라고 합니다. 여랑이 대신해서 한 교수님 강
의 자료 준비 도우러 왔습니다."

"아, 그래요? 마침 교수님이 급한 일이 생겨 내가 강의하게 되
었습니다. 난 조교 박재민이라고 해요. 반가워요."

"네? 아, 네."

얼결에 내밀어진 손을 잡고 어벙해 있는 그녀를 바라보던 남자
가 피식 웃음을 흘리자 얼굴이 달아오른 수현이였다.

'남자 손 한 번 잡아 보지 못한 티를 내도 유분수지. 아, 창피
해.'

잘 익은 홍시처럼 붉어진 수현의 얼굴을 보고 재민은 미소 짓
지 않을 수 없었다. 외국에서 귀국한 지 얼마 안 된 그는 표현에

자유로운 외국 여자들의 스킨십에 익숙해 있었다.

손을 잡은 것 정도로 얼굴 붉히는 여자라……. 순진한 모습이 신선하고 눈길이 갔다.

"자, 그럼 앞에 쌓아 놓은 종이들 좀 분류해 줄래요?"

"네? 네."

교수님을 대신해 수업을 진행하게 된 그가 긴장했나 싶어 얼굴을 흘깃 돌아본 그녀는 깜짝 놀라고 말았다. 긴장은커녕 즐거움으로 가득 찬 눈빛에 생기가 감돌았다. 그래서 저도 모르게 생각이 말이 되어 입 밖으로 튀어나오고 말았다.

"갑작스럽다 들었는데 걱정되지 않으세요?"

"응?"

재민은 정말 걱정스럽다는 듯 고개를 갸웃거리며 질문해 오는 여자의 얼굴이 귀엽다고 느껴졌다.

"강의를 걱정하기보다 과연 무슨 말들이 오갈까 설레는 마음이 더 크다고 해야 할까요? 내가 너무 낙관적인가?"

"아뇨. 보기 좋아요. 그만큼 자신 있단 말로도 들리고요."

"이수현이라고 했죠?"

"네."

"과대표인가?"

"아니에요. 과대표는 여랑이인데, 일이 생겨 부탁받은 거예요."

"와, 이거 이거 보통 인연이 아닌데? 우리 두 사람 다 갑자기 부탁받은 인재라 이거네?"

"네?"

자신이 인재라는 말을 어쩜 저렇게 아무렇지도 않게 말할 수 있는지. 남자에게서 흘러넘치는 유머와 밝은 에너지에 다운되어 있었던 기분이 조금은 나아지는 듯했다. 활기, 삶에 대한 긍정적 자세가 충만한 사람이었다. 그녀는 입가를 가리며 숨겨 보았지만 실실 새어 나오는 웃음을 막을 수 없었다.

청신하고 수줍은 꽃 같은 수현의 모습에 재민의 눈에 이채가 띠다 사라졌다.

박재민의 강의는 인기 절정이었다. 강의보다 그 사람 자체에 대한 관심이 드높았다. 가만히 있어도 주위들은 소문을 퍼 나르는 사람들 때문에 많은 걸 알 수 있었다.

이명 대학 학장 박규환이 아버지고 어머니는 호암 미술관 관장이면의. 케임브리지 대학교를 졸업. 스펙과 집안 그리고 다정다감한 성품까지 겸비한 잘난 남자였다. 국문학과뿐만 아니라 다른 학과 여대생들까지 도강하러 올 정도로 인기를 구가하고 있었다.

"……현. 이수현!"

다급하게 이름을 자신의 부르는 소리에 수현이 고개를 돌리니 숨이 차는지 헉헉대며 뛰어오는 재민이 보였다.

"무슨 여자 걸음이 그렇게 빠르지?"

"아, 조교님."

"조교님은 무슨. 선배님이라고 불러."

"네."

"어디 가는 중?"

"집에……."

"그럼 나 좀 도와줄래?"

"네?"

"복사가 밀렸거든. 도와주면 저녁 사 줄게."

"다른 사람 시키시면……."

"왜 바쁜가? 약속 있어?"

"아뇨. 그런 건 아니지만……."

망설여졌다. 시선이 집중되는 걸 싫어하는 성격인지라 그와 다
니면 어쩔 수 없이 화제의 대상이 되기에 조심스러웠다. 하지만
다른 이들의 시선 따위엔 관심이 없는지 재민은 덜컥 수현의 손
을 잡고 걷기 시작했다.

"그럼 됐네."

"이거 좀……. 선배님."

잡힌 손을 비틀어 빼려는 수현의 움직임에 당황한 재민이 얼른
손을 놓아주었다.

"아, 미안. 미안. 외국 생활을 오래 해서 습관이……. 여긴 한
국이었지? 하하."

멋쩍음에 하하거리는 그가 우습기도 하고 조금은 귀엽기도 했다.

"강의는 할 만하세요?"

"음하하. 내 적성이지."

"자연스럽대요. 모두들 연단에서 연설을 해도 괜찮겠다고 하더라고요."

"그래? 수현이 생각은 어떤데?"

"네? 저요?"

"다른 사람 의견 말고 수현이, 너의 생각을 듣고 싶은데."

"재미있어요. 핵심을 콕콕 집어 주셔서 이해도 높아지고요. 다만, 저와 취향은 다르신 것 같아요."

"취향?"

"네. 좋아하는 시상이나 분위기 같은 거요."

"아, 수현이라면 보들레르나 예이츠인가?"

"네. 어떻게 알고 계세요?"

"저번 리포트 점수 내가 매긴 거거든."

"아⋯⋯."

어쩐지 학점에 짠돌이라 불리는 한 교수님이 왜 A+를 주셨나 했다.

"감사합니다."

"난 편견은 없어. 물론 좋아하는 시인은 있지만. 누군가에게 국한되는 거, 사실 무섭거든."

"⋯⋯무섭다고요?"

"뭐랄까. 한 우물만 파다 다른 곳에 눈길을 돌리지 않고 **빠져**

드는 편협함이 무섭다고나 할까?"

"알아요, 그런 기분."

한곳만을 바라본다는 건 위험하다. 게다가 외롭고 힘들다. 재민이 말하는 대상과 그녀가 떠올리는 대상은 달라도 본질은 같았다.

재민은 갑자기 말이 없어진 수현을 보며 사연이 있다는 걸 짐작했지만 입을 다문 채 말을 아꼈다. 그녀의 생각을 깨고 싶지 않았다.

그녀가 가진 조금은 어두운 분위기의 원인이 무엇일까. 수현이처럼 재민도 가끔씩 그녀의 주변 상황을 듣고 있었다. 운을 떼기만 하면 줄줄 읊어 대는 여학생들이 천지였으니까.

그녀에 대해 떠도는 소문들을 요약해 보자면 얼굴 없는 누군가가 있다는 것, 조용하고 차분한 성격이라는 것, 과 미팅이나 엠티에 한 번도 따라가지 않았다는 것, 이 정도였다.

재민은 그녀에게서 눈을 뗄 수 없었다. 처음 그녀를 본 순간부터 전부 맘에 들었다. 분위기도 마음 씀씀이도. 욕심이 점점 커져가니 자꾸 갈증이 일었다.

놓치고 싶지 않은 여자, 참으로 오랜만이었다.

이후에도 재민은 종종 수현에게 도움을 청해 왔다. 몇 번은 거절을 했지만 그는 교묘하게 상대방이 거절할 수 없는 말들로 곤란하게 만들곤 했다.

도와주고 도움을 받고, 만남이 우연처럼 잦아지자 아무리 눈치 없는 수현일지라도 그와 거리를 두기 시작했다.

"죄송해요. 오늘은 선약이 있어서요."

작정한 듯 정문을 나오는 그녀를 기다렸다가 차에 타라고 강경한 고집을 세우는 재민이었다.

"이수현. 오늘 내 생일이야. 축하받고 싶은데……."

재민은 생일이라는 말에 수현이 잠시 머뭇거리는 틈을 타 재빨리 차에 태웠다. 그가 굳이 한턱내겠다며 억지로 끌고 간 곳은 화려한 분위기의 고급스러운 레스토랑이었다.

"여기 예약하지 않으면 오지 못하는 곳, 아니에요?"

"와 봤어?"

"네. 아버지랑 한 번 와 봤어요."

"걱정 말고 많이 먹어. 너한테 덤터기 씌우지 않을 테니까."

너무 노골적으로 다가오는 박재민을 멀리하다 이젠 그림자만 보고도 저만치 사라지는 수현이었다. 설마 했지만, 다른 이들과는 다르게 멀어지려 하면 할수록 더 다가오는 것 같은 재민의 태도에 덜컥 겁이 났다.

애초부터 그녀가 잘못한 거라고 생각했다. 여지를 두니 그가 접근한 거라고, 흘리고 다니는 그녀의 행동에 문제가 있다고 자책하고 있었다. 오늘도 생일이라는 그의 말에 거절하지 못하고 결국 여기까지 따라왔다. 어디로 밥이 넘어가는 건지도 모르게 바라보는 그의 시선이 뜨겁고 버거웠다.

"고백할게. 사실 오늘이 생일은 아니야."

"무슨……."

"이수현."

"네."

"나, 너한테 관심 있어."

그의 성격만큼이나 솔직한 고백에 말이 없어진 수현이였다. 뭐
라 한단 말인가.

"당장 내 마음을 받아 줘, 이런 거 아냐."

"선배님."

"날 피하지만 마."

"죄송해요."

"……대답이 너무 빠르다. ……난 안되겠니?"

"선배님은 좋은 사람이에요. 전 선배님이 생각하는 그런 사람
이 아닐 수도 있고요."

"그냥 내가 다가가는 걸 편하게 대해 주면 안 될까?"

"아뇨. 그건 기만하는 거잖아요. 양다리 걸치고 여기저기 기웃
거리는 거잖아요."

"하아……. 그게 또 그렇게 되는 건가?"

"저는…… 사랑하는 사람 있어요."

고개를 숙이고 있던 재민이 수현의 말에 다시 얼굴을 들었다.
어쩌면 그가 정말로 확인받고 싶었던 말이었는지도 몰랐다.

"한 번도 얼굴 비치지 않았다는 그 남자? 정말 존재하긴 하는 거야?"

"선배님!"

"미안. 말이 조금 심했어."

"그 사람 바쁜 사람이에요. 얼마나 진중하고 자상한데요. 날 존중해 주고……. 그러니까……."

눈물이 쏟아질 것 같았다. 자신의 머릿속에 미사여구가 이렇게 없었나 싶어질 정도로 더 이상 어떤 말도 나오지 않았다. 그리고 뭐. 돈 잘 벌고 자기 관리 잘하고 또 뭐가 있었지?

"잠시만 화장실에 다녀올게요."

"……."

눈이 붉어질까 봐 겨우겨우 눈물을 삼킨 그녀가 거울을 보니 세상 다 산 표정의 이수현이 보였다.

벌써 며칠째 전화 한 통 없는 재혁이 미웠다. 시간을 갖자는 말을 기다렸다는 듯 연락을 끊어 버린 그는 자신이 궁금하지도 않은 걸까. 정말 이대로 연락을 끊고 잠적이라도 해 볼까. 그럼 그녀에게 관심을 가져 줄까. 아니 막말로 다른 남자랑 연애라도 해버릴까.

그렇다면 결과는 뻔했다. 배신당한 트라우마가 있는 그는 즉시 그녀를 버릴 거니까.

'정말 한심하다. 이수현.'

결국 다시 제자리였다.

집으로 돌아가는 길, 재민의 차 안은 고요한 정적만 맴돌았다. 어색한 분위기 속에서 두 사람 다 말이 없었다. 서로 다른 생각들에 잠겨 있다 보니 곧 수현의 집 앞에 다다랐다.

"바래다주셔서 감사해요."

"수현아."

도망치듯 내린 그녀를 망설이며 부르는 재민의 얼굴에 못 다한 미련이 담뿍 담겨 있었다. 수현은 재민의 표정을 확인한 후, 아무래도 그를 위해서 확실히 하는 게 좋을 것 같았다.

"죄송해요, 선배. 제겐 선배가 선배 이상일 수 없어요. 이대로 잘 지내보자는 말도 거절할게요. 저 뻔뻔스러운 여자 만들지 마세요. 다른 남자 맘에 품고 선배 만나는 몰염치한 여자는 되고 싶지 않아요. 양다리 걸치고 여기저기 오가며 저울질하는 거 싫어요."

"그럼……. 만약에 말이야. 그 사람과 헤어지면 나한테 올래? 기다릴게."

"선배."

"이런 마음 처음이야. 남들이 다 하는 뻔한 소리처럼 들릴지 모르겠지만 네게 향하는 마음만큼은 진심이야."

수현은 마른침을 삼켰다. 더 이상은 그를 상대하기 힘들었다.

"죄송해요. 그런 일은 절대 없어요. 하늘이 두 쪽 나지 않는 한."

쐐기를 박았다. 마음 넘쳐흐르기 전에 단단한 둑으로 막아야 했다. 지금 멈추면 아픔도 덜하리라 생각하기에 그녀는 필사적이었다. 자신이 그에게 해 줄 수 있는 전부였다.

"기회를 줘."

"안 돼요."

"수현아."

"저 곧 약혼해요. 정말이에요."

남자의 눈빛이 한없이 침잠했다. 검은 눈동자에 드리운 체념의 그림자가 그녀의 가슴을 쳤다. 딱히 그에게 마음이 향한 것도 아닌데 그동안 만나면서 정이라도 들었던 걸까. 의기소침한 그의 모습이 싫고 매몰차게 대해야 하는 자신도 싫었다.

"가세요. 저녁 잘 먹었습니다."

돌아볼 필요 없다는 듯 망설임 하나 없이 집 안으로 들어가 버리는 그녀의 뒷모습을 하염없이 바라보던 재민이 결국 주머니에 손을 꽂고 뒤돌아섰다.

을씨년스러운 날씨에 움츠리는 어깨가 추워 보였다.

어둠 속 핸들을 꽉 쥐고 음산한 기운을 풍기며 앉아 있는 남자가 있었다. 최재혁, 그였다.

'시간을 갖자더니 다른 남자를 만나고 다녔던 거냐, 이수현.'

금단 증상처럼 처음 며칠은 괜찮았는데, 시간이 흐를수록 뭔가 빠져 있다는 느낌이 들었다. 처음엔 잃어버렸다는 허전함의 원인을 찾지 못했다.

수현, 이수현이었다. 그녀가 보고 싶었다. 그립다는 감정을 이젠 잃어버린 줄 알았는데 궁금했다. 맑고 고운 목소리도 듣고 싶었다.

잠시 시간을 갖자는 그녀의 말에 아무렇지 않게 그러자고 했으면서, 자신이 먼저 이렇게 보고 싶어 왔다고 얘기할 수는 없었다. 멀리서라도 귀가하는 그녀의 모습 보고자 들렀던 길이었다. 하지만 그녀는 뜻밖에도 다른 남자와 함께 있었다.

창을 열어 보니 조용한 동네라 그런지 둘이 나누는 대화가 여실히 들려왔다. 남자가 수현에게 고백을 했고, 수현은 거절을 하고 있는 상황이었다. 조금이라도 도를 넘는 행동을 했다면 재혁은 당장 자리를 박차고 수현의 앞에 있는 그놈에게 달려가 주먹이라도 올렸을지 모른다.

쾅.

핸들을 주먹으로 내리치는 동작에 잔뜩 힘이 들어갔다. 감히 내 것을 탐내다니. 수현이를……. 쫓아가지 못한 건 잘난 자존심 때문인지도 모른다.

그녀에게 날파리가 들끓은 건 자신의 탓도 있지 않은가. 팽개 치듯 버려두고 돌보지 않으니 꼬일 수밖에.

휴대 전화를 들어 그녀의 번호를 누르려던 그는 몇 번을 망설이다 내려 두고 거칠게 핸들을 꺾었다. 그에겐 오늘의 일이 꽤 충격적이었다. 그녀에게 접근하는 남자가 있다는 것을 확인하고 미치도록 화가 났다. 당장에라도 그녀의 손목을 잡고 데려와 아무도 보지 못하게 숨겨 두고 싶었다.

지금 자신의 분노와 질투심이 수현을 생각보다 많이 마음속에
들여놓았다는 증거였다. 동생같이 편해서도 아니었고, 완벽한 신
붓감이어서도 아니었다. 그는 그녀를 여자로 원하고 있었던 거다.
이미 오래전부터.

한 부장, 한상필은 베테랑이었다. 오늘의 D건설이 있기까지 그
분의 공이 지대했다고 부친이 항상 입에 침이 마르도록 칭찬하시
는 분이었다.

현장 체질이라 하루에도 열두 번씩 공사 현장에 나가지 않은
적이 없던 분이지만, 4년 전 갑자기 뇌일혈로 쓰러져서 죽다 살
아난 뒤로 내근을 하고 있었다. 건설 안전 분야에 관련된 전문 지
식과 실무 경험을 바탕으로 연구, 설계, 분석, 시험, 운영, 시공,
평가나 이에 관련된 지도, 감리 등의 기술적인 업무를 수행하는
데 이분보다 적임자는 없어 보였다.

함께 데리고 가고 싶지만 결국 회사에 남게 하기로 결정했다며
안타까워하시던 아버지의 모습이 기억났다.

안전거리를 확보하고 차를 서행하던 수현이 액셀러레이터를 지
그시 밟아 속도를 냈다.

뭘 알고 싶은 건지, 뭘 알아야 하는 건지. 안개 낀 미로 속을

헤매고만 있을 뿐, 아무렇지 않은 게 아니었다.

지나가 술김에 했던 말을 들은 순간부터 그녀 마음속에 뭔가가 와르르하고 무너져 내린 것 같았다. 막연히 짐작하고 있었던 것과 사실을 확인한 것은 또 다른 문제였기에.

지하 주차장에 주차를 하고 싸 온 도시락을 품 안에 꼭 쥔 그녀의 얼굴엔 긴장감이 서려 있었다. 아무 일도 없기를 바랐지만, 그게 아니라는 것이 느껴졌다.

"수현이 왔구나. 연락받고 기다리고 있었다."

"그동안 잘 지내셨어요?"

"그럼. 뭘 이런 걸 다 준비해 온 거냐."

도시락을 받아 들며 상필은 한층 더 아름다워진 수현을 바라보았다.

몇 달 전에 HS 건설 행사에서 만난 뒤 오랜만에 보는 얼굴이었다. 아름다워진 것은 맞는데 전체적으로 얼굴이 어두웠다. 듣기론 K그룹 아들과 곧 약혼한다고 들었는데, 아닌가?

정성이 깃든 맛깔스러운 성찬에 한 부장의 입매가 느슨해졌다. 그의 식성을 기억하고 있었는지 싱겁게 먹는 그의 입맛에 딱 맞았다.

"같이 먹자."

"네."

먹는 척 음식을 집어 들며 수현은 한 부장이 식사를 다할 때까지 기다리고 있었다.

배가 제법 불룩 나와 중견 간부 같은 풍채와 후덕한 인상을 가진 한 부장을 수현도 부친과 마찬가지로 많이 따랐다. 한결같고 믿음직스럽다고 해야 할까. 집보다 회사에서 지내는 시간이 더 많을 정도로 야근을 밥 먹듯이 하는 일벌레라고 알려진 인물이었다.

이분이시라면 의문을 해소해 주리라 생각한 수현은 식사를 마치고 물을 마시는 그에게 기습적이고 단도직입적으로 질문을 던졌다. 다분히 의도적이었다.

"아저씨. 아니, 한 부장님."

"그래."

"아빠에게 무슨 일 생기신 거죠?"

"뭐…… 뭐?"

물을 잘못 삼켰는지 잔기침을 여러 번 하는 한 부장은 당황함을 감추지 못한 채 진심을 드러내고 말았다. 평소 때라면 그러지 않았겠지만, 상대가 수현이라는 점이 그를 안심시킨 탓이었다. 그저 도시락을 가져와 인사만 하려던 게 아닌 것이다.

"아무 일 없다."

거짓말. 죄다 거짓말투성이다. 아버지도, 재혁 오빠도, 지나도, 차 회장님도, 한 부장님까지 모두 다. 자로 재고, 따지고, 상대방이 모르면 눈 감아 버리기 일쑤고, 알게 되면 설득하려 든다.

당황함이 역력한 모습을 보니 대답은 들은 거나 마찬가지였다.

"무슨 일이에요? 말씀해 주세요."

상필은 한숨을 푹 내쉰다. 저런 눈으로 바라보는데, 그런 이유가 아니더라도 누군가는……. 꿀꺽. 그는 마른침을 삼키며 조심조심 그녀에게 해 줄 수 있는 말들을 머릿속에서 정리해 나갔다.

"아버지에게 무슨 일이 생기신 거죠? 혹시 다치기라도 하신 거예요? 그래요?"

"……."

"아저씨!"

아무런 대답이 없자, 수현은 자리에서 일어나 버렸다. 한 부장님이라고 불러야 한다는 것도, 그가 나이 지긋한 윗사람이라는 것도 눈에 들어오지 않았다. 뭘 감추는 것인가. 대체 뭘!

"격리되셨다."

"그게 무슨…… 말씀이세요?"

"사우디에 소재한 하니프 병원에 ……메르스 의심 증상으로 격리되셨어."

툭.

수현은 그대로 다시 자리에 주저앉을 수밖에 없었다. 둔기로 누군가 자신의 머릴 강하게 내려친 걸까. 심하게 얻어맞은 듯한 통증에 생각이란 걸 할 수 없었다.

"수현아, 괜찮니?"

"언제, 어떻게……. 아니, 그게 그러니까……."

정신이 아득했다. 기가 막혀 말이 나오질 않았다. 마치 메케한 연기를 들이마시고 숨구멍이 콱 막혀 버린 것만 같았다.

"너무 걱정 마라. 결과를 기다리는 중이니까. 아무 일 없을 거다."

수현의 머릿속으로 뉴스에서 잠깐씩 흘러나왔었던 잠복기니 뭐니 하던 앵커의 말이 뒤죽박죽되어 얽히고설켰다. 잠복기가 14일이라고 했었나? 아냐, 2주가 지난 뒤에도 증상이 나타날 수 있다고 했어. 무엇보다 부친이 홀로 병원에 감금당하다시피 계신다는 것이 중요했다.

"병원엔 언제……."

"오늘로 딱 일주일 지났다. 다행히 1차는 음성반응이 나왔고, 2차 결과는 내일모레 알 수 있다고 하더구나. 3차 결과까지 나와 봐야 격리 해제를 시켜 준다고 하는구나."

피잉.

근래 잠을 설치고 제대로 끼니를 챙기지 않아서인지 어지러움이 몰려오자 그녀는 고개를 푹 숙이며 이마를 짚었다. 그런 그녀를 애잔한 눈으로 지켜보는 한 부장의 눈동자에도 물기가 서렸다.

"안 그래도 혼자 계실 사장님이 걱정이었다. 나라도 달려가고 싶은데 이곳 사정이 좋질 않아. 변명처럼 들리겠지만 현재로서는 상황이 그렇구나. 미안하다. 회장님이 너한텐 말하지 말라고 신신당부를 했는데 말이다. 네가 뭔가를 알고 나한테 온 것일 테니, 있는 그대로 얘기해 줄 수밖에. 가족인 너에게까지 모르게 할 순 없지 않느냐."

사우디, 하니프 병원. 그곳에 격리되어 일주일 전부터 입원하셨다 한다. 그런데……. 전혀 눈치챌 수 없었다. 통화 목소리는 늘 평소와 같았는데…….

그녀 때문에 그녀를 위해 그 먼 곳으로 가셨다는 사실만으로도 미안하고 죄스러워 얼굴을 들 수 없는데, 호흡기 증후군을 의심받아 먼 이국땅에 갇히신 거나 진배없는 생활을 하고 계신다니. 억장이 무너지고 가슴이 찢어지는 것 같았다. 아프고 쓰라렸다.

혹시나 이상하게 생각할까 봐 전화도 자주 하지 않았을 부친일 것이다. 아무리 티를 내지 않았더라도 조금만 관심을 가졌더라면, 재혁에게 쏟는 반의반만이라도 신경을 썼더라면 알아차릴 수 있었을 거다.

"아저씨, 아니 한 부장님."

이성을 찾은 수현의 어조가 평소보다 단단해져 있었다. 잠깐 눈을 찔끔 감았다 뜬 눈동자엔 단호한 결의가 담겨 있었다.

"그래."

"항공편 좀 알아봐 주세요."

"뭐? 너 설마…….."

"가족이잖아요. 제가 딸이잖아요. 당연히 제가 가 봐야죠. 그렇죠?"

"수현아, 네 마음 잘 안다. 하지만 그곳은…….."

늘 신중하게 고민하고 생각한 뒤에 움직이는 게 수현의 일반적인 행동 방식이었다. 하지만 이번만은 그렇게 하고 싶지 않았다. 그럴 만한 시간과 여유가 없었다. 우선 움직이고 생각은 나중에 하리라 결심을 굳힌 상태였다.

"말려도 갈 거예요. 준비 좀 해 주세요. 전 대충 짐만 싸고 여권 챙겨 올게요."

자신을 계속 설득하려 드는 한 부장님을 뒤로하고 회사를 급하게 빠져나왔다.

하염없이 눈물이 흘렀다. 차를 몰고 집으로 향하는 익숙한 길이었음에도 눈물이 앞을 가려 위험한 순간이 몇 번이나 연출되었다. 신호가 바뀌었는데도 출발하지 않자, 경적을 울려 대는 사나운 소리에도 불구하고 그저 하염없이 굵은 눈물방울만 뚝뚝 흘리는 수현이였다.

"흑, 아빠……."

제겐 산과 같이 높고 바다처럼 깊은 분이었다. 잠시 동안 떨어져 있어도 매 순간 걱정이 앞서는 자신의 하나뿐인 혈육이었다. 자신 때문에 재혼도 하지 않는 분이었다. 어렸을 땐 돌아가신 어머니를 너무나 사랑해서 그 이유 때문인 줄로만 알았다.

하지만 고통과 추억은 시간이 지나면 자연스럽게 바래지는 것이고, 무엇보다 아버지 이재학은 많은 걸 갖춘 남자였다. 손만 내밀면 얼씨구나 달려들 여자가 천지인데, 호적이 복잡해지는 건 싫다고 늘 둘러대듯 말씀하셨다. 네가 결혼하고 나서 재혼 문제는 생각해 보겠다며 딸의 행복을 위해 본인의 행복은 항상 나중으로 미루던 분이었다.

그런 아버지에게 항상 죄인이 되는 듯한 자신의 미련함에 수현은 속만 타들어 갔다.

"아가씨, 어딜 가신다고요?"

"사우디요. 가방 좀 챙겨 주세요. 준비되는 대로 바로 출발할
거예요."

아닌 밤중에 홍두깨라고 회사에 다녀온 수현이 짐을 챙겨 달라
는 소리에 정신이 하나도 없는 일산댁이었다.

"갑자기 왜 그러세요?"

"……아빠가 보고 싶어서 그래요."

"하지만……."

"항공편 준비되는 대로 출발하려고요. 그러니까 준비 좀 해 주
세요. 저 가 봐야 해요."

여권 외에도 준비할 게 많았다. 전염병 지역이므로 비상사태일
게 분명했고 중동 지방을 방문하기 전엔 예방주사도 맞아야 했다.

그리고……. 역시나 수속이 쉽지 않았다. 항공편이야 부르는
게 값일지라도 돈만 있으면 가능했지만 문제는 다른 데 있었다.
하니프 병원에서 내방객들을 반기지 않는다는 점이었다. 결과가
나올 때까지 가족일지라도 면회는 사절이었다.

권력과 인맥이 필요했다. 수현은 중동 지역에서 빠른 산업화를
추진하며 위세를 넓히고 있는 K그룹의 위상을 잘 알고 있었다.
하지만……. 머뭇거림은 잠깐이었고 어느새 그녀는 전화를 걸고
있었다.

따르릉.

서둘러 회의 준비를 끝마친 구 비서가 자리에서 일어남과 동시에 전화가 울렸다. 아침 회의부터 시작해 퇴근 시간이 가까워 오는 지금까지도 정신이 없었다.

곧바로 전화기를 들자 오랜만에 들려오는 수현의 목소리에 조금은 반가웠다.

— 이수현이에요. 이사님 계시나요?

"네. 방금 들어오셨어요. 연결해 드릴까요?"

— 네. 부탁해요.

"이사님. 이수현 씨입니다. 연결할까요?"

이수현이란 이름에 서류를 뒤적이다 멈칫한 재혁은 통화를 나중으로 미루고 싶었지만, 시계를 흘깃 바라보곤 한숨을 내쉬었다.

그날의 잔상이 계속해서 그를 괴롭혀 대고 있었다. 다른 남자가 그녀를 바래다주는 모습을 본 것뿐인데 그의 옹졸한 마음이 꽁꽁 닫혀 있었다. 만약 대화 내용을 제대로 듣지 않았더라면 당장 달려가 그녀를 잡아채 자신에게로 데리고 왔을 것이다. 그놈은 죽지 않을 정도로만 패 주었을 테고.

배신감이 들었다. 말도 안 되는 감정이라는 걸 알지만 자신을 두고 다른 남자와 함께 있었던 건 사실이니까.

"……연결해요."

10분 뒤 다시 회의가 시작되기에 정신없었지만 거절할 수 없었다.

— 오빠 잠깐 만날 수 있어요?

오랜만에 연락했다는 사실을 모르는 건지 그녀는 안부 인사도 없이 다짜고짜 만날 수 있냐는 질문부터 해 왔다.

"지금 들어가 봐야 하는 회의 끝나고 나면 잠깐 여유가 있긴 한데……. 내일도 괜찮아."

— 아뇨. 지금 당장 만나야 해요.

그녀답지 않았다. 서두르는 것도 안 된다고 딱 부러지게 거절하는 것도. 재혁의 눈살이 찌푸려졌다. 낯선 남자의 차를 타고 집 앞에서 내린 그녀의 모습이 잊히지 않는다. 그녀는 조금씩 변하고 있었다.

"미안한데, 갑자기 전화한 건 너야."

— ……제 생각이 짧았어요. 죄송해요.

그녀의 목소리에 물기가 배어 있었다.

"수현아?"

기분이 이상했다. 그녀가 변했기 때문이라고 생각했지만, 이건 조금 다른 경우였다. 목소리가 떨리는 듯했다. 업무 시간에 수현은 무턱대고 전화를 걸어 온 적이 없었다. 잠깐 그녀에게 시간을 내는 게 그리 어려운 일도 아닌데 그는 늘 그녀에게 지독히도 인색했다.

— 바쁘신 거 같은데, 이만 끊을게요.

딸각.

두 번째. 수현이 먼저 전화를 끊어 버린 게 오늘로서 두 번째였다. 재혁은 평소와는 다른 그녀의 목소리를 듣고 무슨 일이 있는 건 아닌지, 먼저 물어봤어야 했다는 걸 뒤늦게 깨달았다. 최소한 그녀의 안부라도 먼저 물어봤어야 하지 않았을까.

"……님. 이사님?"

노크를 했는데도 반응이 없자, 급한 마음에 문을 열고 들어온 박 비서가 책상 앞에 서 있었다. 여러 번 이사님을 불렀음에도 답이 없었다.

"……박 비서님 회의 1시간 뒤로 미룰 수 있겠습니까?"

"네? 하지만 지금 다들 회의실에 착석해서 기다리고 계십니다. 이번 회의 안건이 토지 매입과 관련된 중대 사안이라 알고 있습니다."

난처한 기색이 역력한 박 비서가 아니더라도 이미 재혁의 마음은 먼저 처리해야 할 일 쪽으로 기울고 있었다. 끝나고 나서 무슨 일인지 알아보면 될 거라고 수현과의 일을 뒤로 미뤘다. 언제나 항상 그래 왔던 것처럼.

"알았어요. 갑시다."

"네."

책상 위의 서류들을 챙겨 자리에서 일어선 재혁이 흘끔 전화기를 노려보다 생각을 정리했다.

'회의 끝나고 전화해야겠군.'

그의 우선순위는 일 다음도 일이었다. 항상 그래 왔고 그게 당연하다 생각했다.

하지만 그가 긴 마라톤 회의를 마치고 자리로 돌아왔을 즈음엔 수현은 이미 사우디로 가는 비행기에 몸을 싣고 있었다.

❖

생각보다 길어진 회의를 끝내고 나온 재혁은 지친 얼굴 그대로 이사실에 들어갔다. 잠깐 앉아서 쉬어야겠다는 생각도 잠시, 부친인 차 회장님이 무슨 일인지 자신을 기다리고 계셨다.

애기 좀 하자는 부친의 말에 잠깐의 휴식 시간을 빼앗긴 재혁이였다. 피곤함도 잠시. 곧 부친의 입에서 수현이의 이름이 나오자 재혁은 깜짝 놀랐다.

재혁과의 통화를 끝내고 바로 차 회장에게 달려와 도움을 청하고 움직인 수현이였다. 그에게 품었던 서운함, 지나에게 받았던 충격을 모두 보상하고도 남을 만큼 발 빠르게 움직여 준 차 회장 덕분에 그녀는 아랍어를 할 줄 아는 통역사 겸 비서 한 명을 대동하고 가장 빠른 오후 비행기로 출발할 수 있었다.

"네? 이재학 사장님이 말입니까?"

"그래, 수현이가 너한텐 아직 말하지 않았나 보구나. 그러고 보니 네가 방금 회의를 끝내고 왔다지. 날 찾아왔었다. 지금쯤이면 이미 출발했겠구나."

"……."

어두워지는 아들의 안색을 보고 대충 상황을 짐작한 차 회장이었다.

그녀를 급하게 출발시킨 숨겨진 이유도 있었다. 혹시 자신의 아들과 함께 간다고 하면 곤란하지 않은가. 계속해서 사망자가 늘어나고 있는 곳이었다. 만에 하나, 그곳에서 아들이 잘못되기라도 한다면…… 때문에 인맥을 총동원해 수현을 서둘러 출발시켰던 것이다.

'이럴 줄 알았으면 미리 약혼이라도 시켜 둘 것을.'

D건설의 이재학 사장인 그가 혹 잘못될 수도 있을 거라는 경우의 수를 미리 생각해 두는 차강필 회장이었다. 필요 없을 땐 가차 없이 버리는 사업가의 차가운 면모를 고스란히 드러내고 있었다.

같이 저녁이나 하자는 아버지에게 일을 핑계로 둘러댔다. 잠시 혼자만의 시간이 필요했다.

혼자 남은 재혁은 잠시 깊은 생각에 잠겨 있었다.

유리창 너머 올려다본 하늘은 이미 어두워진 지 오래였다. 수현이 어떤 모습으로 서둘러 비행기에 올랐을지 그려졌다. 두 손을 모으고 고개를 숙인 채 앉아 있을 모습이…….

따끔, 작은 침이 심장 어딘가를 찌르는 것 같은 미세한 통증이 일었다.

뜨겁게 타오르던 사랑도 해가 지면 태양이 빛을 잃듯 잠재적 휴가를 맞는다. 지쳐 가는 마음은 어둠 속에 소리 없이 묻혀 간다. 영원할 것 같던 마음도, 질긴 미련도, 잠 못 이루는 무수한 기다림도, 대답 없는 메아리에 그 실체를 하나하나 잃어 간다.

비처럼 음악처럼 흘러가는 시간 속에서 빈틈없던 마음에도 빈 공간이 생기고, 다른 색으로 덧칠할 수 있다는 것을 깨닫게 되면 까마득하게 먼 길이라 해도 도중에 되돌아가기도 한다. 다른 아름다운 세상이 기다리고 있을 거라는 희망을 가지고 돌아서기도 한다.

선택이 후회로 남을지라도 회한이 되어 평생 잊지 못할지라도.

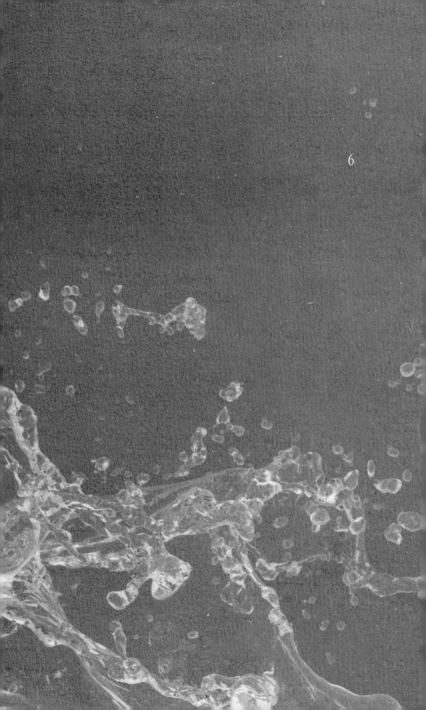

6

두바이를 경유해 사우디아라비아의 담맘 공항까지는 꼬박 15시간이 넘게 걸린다. 도착지까지는 아직 4시간이 남았다는 안내 방송이 흘러나왔다.

생각을 정리해 두어야 했다. 10시간이 넘는 시간 동안 물도 제대로 입에 대지 못한 수현이었다. 그녀는 마지막으로 나온 기내식을 보고, 먹어야 버틸 수 있다는 생각에 억지로 숟가락을 들어 영혼 없는 움직임으로 식사를 하기 시작했다.

창가 쪽 자리에서 무심코 내다본 하늘 위의 구름들이 아득한 그녀 마음을 대변해 주는 것 같았다.

"입에 맞지 않아도 드십시오."

"……네."

아랍어가 가능해 차 회장님이 비서 겸 통역사로 보내온 K그룹

영업부서의 기수나 대리와 그녀가 함께 있었다. 회장님께서 그에 대해 뭐라고 더 얘기해 줬던 거 같은데, 경황이 없던 상황이었는지라 아무것도 기억이 나지 않았다. 검은 뿔테 안경을 쓴 30대 후반의 남자라는 것 외엔 아는 것이 없었다.

"조치는 취해 두었습니다만, 바로 면회를 갈 수는 없을 것 같습니다. 아마 조금 시간을 두고 기다리셔야 할 겁니다."

수현은 숨을 크게 들이마셨다 내쉬었다.

정말이지 웃기는 상황이 아닌가. 부친은 먼 타국에서 당장 내일 일도 장담할 수 없는데, 자신은 그래도 산 입이라고 먹고 마시고 할 수 있다는 게 참…….

결국 반도 먹지 못한 수현이 자리에서 일어나 화장실로 향했다.

걸어가는 그녀의 뒷모습이 위태로워 보였지만, 기 대리는 말도 꺼내 보지 못하고 바라보고만 있었다. 혼자 있고 싶다는 의사가 또렷이 전달되었기에.

문을 걸어 잠근 화장실 안에서 수현은 남몰래 눈물을 쏟아 냈다. 홀로 병실에 갇혀 있을 부친이 떠올랐다. 무심한 제 자신을 자책하고 또 자책하고 있었다.

결국 눈물로 엉망이 된 얼굴을 물로 씻어 냈다. 화장이 지워졌지만 개의치 않고 자리로 돌아온 수현이었다.

그런 수현을 힐끔 바라본 기 대리는 입을 꾹 다물고 있었다. 그도 오고 싶어서 온 게 아니었다.

하지만 목구멍이 포도청이라고 회장님께서 직접 찾아오셔서 말씀하시는데, 그 상황에서 미치지 않고서야 거절할 수 있는 이가 있을까. 집에선 중동 지역이 아닌 미국으로 갑작스러운 출장을 가게 되었다고 얘기해 둔 상태였다.

'알면 난리도 아니겠지. 거기다 병원이라니.'

차 회장님이 사우디에 도착해 수시로 경과보고를 해 달라고 지시하셨다. 이왕 여기까지 왔으니 회장님과 미래의 사모님 되실 분에게 점수를 따 놓으면 나쁘지 않을 것이라 계산한 기 대리였다.

수현의 첫인상은 유순해 보여 처음엔 말을 붙이기가 조심스러웠지만, 몇 시간 같이 붙어 있었음에도 사적인 대화 하나 오고 가지 않는 상황에서는 오히려 더 그녀를 대하는 게 어려워졌다.

화장을 지우니 조금 더 어려 보이기도 하고 표정 때문인지 강단도 있어 보였다. 이재학 사장님의 외동딸이라고 해서 고고하고 도도할 줄 알았는데, 그건 또 아닌 듯싶었다.

지금은…… 분명 화장실에서 울고 오신 것 같은데, 긴 비행시간 동안 눈도 붙이지 않고 미동조차 없는 꼿꼿한 자세를 유지하고 있었다.

긴 비행시간 끝에 담맘 공항에 도착해 입국 수속을 끝내고 숙소로 향하는 길이었다.

따르릉.

"네. 기 대리입니다."

차 이사님의 전화였다.

"네? 아, 네. 잠시만……."

수현을 찾는 전화라 휴대 전화를 건네 보았지만, 그녀는 도통 반응을 보이지 않고 있었다.

"저…… 차 이사님이십니다."

좀 더 휴대 전화를 내밀어 보았지만 그녀는 고개를 가만히 내저으며 거부 의사를 밝혔다.

당황한 그의 얼굴을 외면한 채 수현이 고개를 숙이고 애꿎은 손만 만지작거리고 있자, 기 대리는 하는 수 없이 거짓말로 둘러 댈 수밖에 없었다.

"지금 잠깐 자리를 비우셨습니다."

중간에서 곤란해하는 기 대리에겐 미안했지만 지금은 그의 목소리를 듣고 싶지 않았다. 이걸로 세 번째였나, 그의 전화를 거부한 횟수가? 언제부터 그의 전화가 부담스럽고 꺼려진 걸까? 그토록 기다리던 그의 전화였는데 왜 이렇게 항상 그와는 엇갈리는 걸까.

그리고 무엇보다 그의 목소리를 들으면 말보다는 울음이 먼저 튀어나올 것 같아 자신이 없었다. 휴대 전화를 붙들고 어린아이처럼 엉엉 울어 버릴까 봐 두려웠다. 항상 의연하고 품위를 지켜 왔던 자신의 이미지를 단번에 와르르 무너뜨려 버릴 것만 같았다.

미안하고 당황한 마음으로 전화했을 그의 얼굴이 손에 잡힐 듯 선연히 그려졌다. 하지만 그에게 자신은 귀찮고 신경 쓰이게 만드는 존재일 뿐이란 못난 생각이 그녀를 머뭇거리게 한다.

그녀의 그에 대한 생각은 여기까지였다. 시간과 머릿속을 완전히 점령했던 재혁이라는 존재보다 지금은 훨씬 더 중요한 사람이 있기에. 자신은 아버지를 만나기 위해 이곳에 왔을 뿐이다.

재혁은 잠시 자리를 비웠다는 기 대리의 말을 곧이곧대로 믿지 않았다. 자리를 비웠다면 곧 다시 전화를 걸어 올 사람이었다. 결국 그녀가 자신의 전화를 거부한다는 뜻으로 귀결된다.

'아뇨. 오늘 당장 만나야 해요.'
'미안한데, 갑자기 전화한 건 너야.'
'……제 생각이 짧았어요. 죄송해요.'

흔한 여자들의 어리광으로 치부했었다. 그녀도 결국 다른 여자들처럼 기다리지 못하고 참을성이 없어지는구나 싶었다. 수현이 다른 여자들과 다르다는 걸 잠시 망각하고 있었던 거다. 날카롭고 차갑게 응수하려던 게 아니었는데, 이미 엎질러진 물이었다.

그것보다 더 큰 문제는 이재학 사장이 모종의 거래로 2년간 사우디로 떠난 이유를 수현이 눈치챈 것이었다. 그분도 딸의 일이라면 물불 가리지 않는다고 들었지만, 수현도 이제 보니 부친과 막상막하였다. 메르스의 위험에도 불구하고 제 아버지를 만나러 준비도 없이 급하게 떠난 걸 보면 말이다.

하루 종일 일이 손에 잡히지 않아 초조해하던 재혁이 어렵게 전화를 걸었지만, 돌아오는 건 그녀의 차가운 침묵이었다.

'차라리 원망의 말이라도 쏟아내라. 아니면 욕이라도 하든가.'

재혁은 그녀가 그러지 않으리라는 걸 알고 있었지만, 이렇게 피가 마를 정도로 자신이 그녀를 기다리게 될 줄은 상상도 못 했다.

'오는 내내 비행기 안에서 꼼짝도 않고 말 한 마디 없이 창밖만 바라보셨습니다. 식사는 조금…….'

기 대리가 전한 말은 그가 예상한 그림과 정확히 일치했다. 익숙하지 않으면서도 익숙한 그림, 과거와 추억이란 그림자 속에 수현은 언제나 존재했다.

그가 따라붙는 시선을 불편해하면 바로 발길이 뜸해졌고, 수현을 만나기 전에 다른 여자와의 처음이자 마지막이었던 연애 때는 그림자조차 얼씬대지 않았었다.

항상 조용하고 차분히, 시선은 부드럽고 온화하게, 음전한 모습을 고수한 그녀가 조금씩 눈에 들어오기 시작했다. 적어도 그녀와 결혼하면 뒤통수를 맞는 일 따위 없을 거라는 강한 확신도 들었다.

동생 지나의 말처럼 다 잡은 물고기라서 신경을 쓰지 않았던 게 아니라, 그녀니까 이수현이니까 자신을 전부 이해하고 받아 줄 거라고 그렇게 믿어 왔던 것 같다.

하지만 그건 착각이었다. 그걸 너무 늦게 깨달았을 뿐이다. 또다시 그녀를 놓쳤다는 상실감이 자꾸만 재혁을 괴롭히고 있었다.

'저도 항공편이 마련되는 대로 가 봐야 하지 않겠습니까.'

'그건 안 된다.'

'아버지.'

'네 어깨에 K그룹의 미래가 걸려 있다. 감정에 휘둘릴 일이 아냐. 수시로 보고하라고 했으니 우선 그쪽에서의 결과를 기다려 보고, 안전하다는 판정이 나오면 그때라도 늦지 않을 거다. 전화 자주 해 주고 다독여 줘라. 자고로 어렵고 힘이 들 때 도와주는 사람을 잊지 못하는 법이니까.'

재혁은 부친과의 대화를 떠올리며 고개를 절레절레 내저었다. 철저한 계산 후에 움직이시는 분이 그의 부친이었다.

재혁은 모든 상황이 답답하기만 했다. 제 마음을 열어 보여 줄 수 없으니 미칠 지경이었다. 계속 뭔가가 어긋나고 있었다. 먼 타국에서 경황이 없을 거라는 건 알고 있지만, 수현이 대놓고 자신의 전화를 거부하는 이 상황은 뭐란 말인가.

부친의 강경 일변도인 태도도 거슬렸다. 우선은 부친의 말에 알겠다며 물러났지만 수현이 알면 많이 섭섭해할 거라 짐작되었다.

사랑에 한 번 혼난 가슴이 새롭게 다가온 사랑을 받아들이기 어렵게 만들었다. 나름 큰 상처를 입었기에 다시 시작한다는 게 처음엔 어려웠다. 감정의 유희에 놀아난 건 한 번으로 족하다고 생각한 오만함도 있었다.

수현은 언제나 그 자리에 그대로 서 있을 거라는 자신감이 있었다. 하지만 지금 그는 안갯속을 헤매는 기분이었다.

뿌연 안갯속에서 갈 길을 찾지 못하고 방황하는 건 그도 그녀도 마찬가지였다.

❖

담맘 공항에 도착한 바로 다음 날, 그녀의 아버지가 있는 하니프 병원에 방문할 수 있었다. 모든 인맥을 다 동원하고서야 이뤄진 일이었다.

삼엄한 경비 속에서 수현은 보호 장비를 다 갖춰 입은 후에야 아버지의 병실로 안내되었다.

"여기까지라고 합니다. 더 이상은 접근 금지라고 하니 이곳에 있으면 될 거 같습니다."

구 대리가 옆에서 통역해 줬다.

유리막으로 되어 있는 병실에서 침대에 걸터앉아 통화 중인 부친의 모습이 보였다. 이 와중에 일이라도 하고 계신 건지, 수현은 걱정이 되었다.

약간 흥분하고 푸념하는 소리, 그리고 걱정 말라는 호탕한 웃음소리가 뒤섞여 들려오자 그녀는 그제야 안도가 밀려들었다. 여전히 변함없으셨다. 부친은 회사 운영이 어려워져 거리에 당장 나앉아야 할 상황 앞에서도 의연할 분이시니까.

"오셨다고 알릴까요?"

"……아뇨. 지금은 지켜보기만 할게요. 모레 3차 결과가 나온
다고 하셨나요?"

"네, 병원 관계자를 만나 확인했습니다."

2차까지는 다행히도 음성반응이 나왔고, 3차 결과를 기다린다
는 말에 얼마나 안심이 되었는지 모른다. 부친은 2주 넘게 이곳에
격리되어 있었고 그동안 아무 일 없다며 그녀를 속여 왔다.

부친이 병원을 나오면 꼭 해야 할 말이 있었다. 다시는 아프거
나 다쳤을 때 거짓말로 속이지 말아 달라고. 아버지가 병원에 입
원했는데 딸이 몰라서야 되겠냐고.

보호 장비를 갖춰 입었기에 누가 누구인지 알아볼 수 없어 이
재학 사장은 그녀와 구 비서를 병원 관계자 정도로만 생각하고
있었다. 딸 수현이 그를 지켜보고 있다는 사실도 눈치채지 못한
채 열심히 전화로 업무를 지시하고 있었다.

수현은 면회 시간이 끝나자 부친이 머무는 숙소에 가서 청소와
빨래를 하며 시간을 보냈다. 혼자 사는 남자의 집은 잠만 자고 나
가는 장소가 확실한지 냉장고 안에는 물과 맥주 외엔 아무것도
없었다. 한국에서 보내 준 음식들은 분명 같이 일하는 사람들에게
나눠 줬을 것이다. 이런 곳에서 챙겨 주는 사람 하나 없이 먹는
것도 부실하게…….

수현은 이를 악물고 눈물을 떨구지 않으려 애를 썼다.

'나라도 정신 똑바로 차려야 해. 벌써부터 울어 버리면 어떡해.

정신 차려 이수현.'

청소를 끝내고 한결 개운해진 마음으로 그녀는 부친의 3차 결과를 기다리고 있었다.

❖

"아빠!"

"수현아! 네가 여길 어떻게……."

"계속 기다리고 있었어요."

그녀의 부친은 3차 결과까지 아무런 이상이 없다는 진단을 받고 병원에서 바로 퇴원할 수 있었다. 한숨 돌리는 것도 잠시, 생각지도 못한 인물이 병원 앞에서 자신을 마중 나와 있었다.

딸 수현이였다. 그는 순간 헛것을 보고 있나 싶었다. 한국에 있어야 할 딸아이가 지금 여기가 어디라고…….

"아빠?"

"가자."

그는 전에 본 적 없는 무서운 표정으로 다짜고짜 수현의 팔을 붙들었다. 옆에 있던 기 대리를 앞장세워 당장 공항으로 보내려는 부친의 행동에 어리둥절하던 수현은 왈칵 눈물이 쏟아졌다.

"당장 한국으로 가거라. 이곳이 얼마나 위험한 상황인 줄 알고 움직인 거냐? 무슨 일이라도 생기면 어쩌려고 이곳에 와!"

"아빠……."

우리 딸, 하며 반가움에 얼싸안고 기뻐하는 것까지는 바라지 않았지만, 싸늘한 그의 표정에 적잖이 당황한 그녀였다. 부친은 늘 그녀가 상상하는 것 이상으로 자식을 생각하고 있었다.

수현은 자신을 무작정 차에 태우고 공항으로 갈 것을 지시하는 부친의 손을 꽉 잡아 주었다.

"항공편 알아보고 움직일게요. 제 걱정하실 때가 아니잖아요. 제가 얼마나 걱정한 줄 아세요?"

"수현아……."

눈물이 멈추지 않는 딸아이의 얼굴을 바라보며 격앙되었던 마음을 가라앉히는 그였다. 그러곤 그녀를 감싸 안아 다독여 주었다.

"네가 걱정이 많았겠구나. 내가 그럴까 봐 말 안 한 거다."

"아빠……. 그래도 저한텐 말씀해 주셨어야죠. 다른 사람은 몰라도 저는 알고 있었어야 하는 거잖아요."

더 이상 말하지 않아도 충분히 서로의 마음을 이해한 두 부녀는 말을 아끼며 건강한 모습으로 다시 만나 다행이라 생각하고 있었다. 서로의 무사함에 안도감이 밀려오고 긴장이 풀어졌다.

결국 그날 수현은 한국으로 돌아가는 비행기 표를 구하지 못해 오랜만에 부친과 함께 맛있는 저녁으로 하루를 마무리할 수 있었다. 오랜만에 느껴 보는 평온함이었다.

물론 그 평온함은 몇 주 동안 회사를 비워 할 일이 쌓였다며 노심초사하는 부친 때문에 오래가지는 못했다. 그래도 수현은 부친이 예전 모습 그대로인 거 같아 다행이라 생각했다.

❖

다음날, 이재학 부친의 성화에 못 이겨 첫 비행기 편에 몸을 실은 수현의 입가엔 한결 여유로워진 미소가 담겨 있었다.

"한국 시간으로 오후 3시에 도착할 예정입니다."

"네, 수고 많으셨어요. 이제야 인사를 드리네요. 경황이 없어서⋯⋯."

"괜찮습니다. 사장님께서 무사하시니 다행입니다."

공항에서 열 체크니 뭐니 해서 탑승이 많이 지연되었다. 새삼 그녀와 동행한 기 대리도 위험 국가에서 여러모로 불안했을 거라 생각하니 미안해졌다. 잠시 어딘가로 실종된 이성이 돌아오고 있었다.

'그러고 보니 요 며칠 재혁 오빠 생각을 한 번도 하지 않은 건가?'

그는 늘 자신의 마음속에 고정되어 있었기 때문에, 그가 생각나지 않은 요 며칠이 낯설게 느껴졌다.

그를 너무 많이 지켜봐 왔다. 피아노 치던 모습, 고등학교 졸업후 군대를 다녀온 늠름한 모습이 그녀의 가슴을 뛰게 했었고, 다른 여자를 만나고 있는 그가 때론 아프기도 했다.

오랜 기다림 속에 익숙해진 통증인데, 새삼 무엇이 그녀를 힘들게 하는 건지. 마치 마라톤 경주에서 열심히 달리다가 고지를 바로 눈앞에 두고 맥이 풀려 주저앉고 싶은 것과 같았다. 허무함이 밀려왔다.

이뤄지지 않기 때문에 더 집착했던 걸까? 아니면 흔한 약속도 청혼도 없이 물에 물 탄 듯 술에 술 탄 듯 상황에 휩쓸려 흘러가다 정신을 차리고 보니 이건 아니다 싶은 건가.

그를 사랑하는 마음을 품으면서 지금껏 단 한 번도 후회하거나 자신의 마음을 보상받으려 한 적이 없었는데…….

투명하리만큼 깨끗하고 유리알처럼 선명했던 진심은 마치 자욱한 안개가 낀 듯 막으로 뒤덮여 갈 길을 잃어 가고 있었다.

광활한 바닷가에 짙어진 황혼이 저물 때면 저 멀리 안갯속 그리운 사람이 생각난다. 손에 잡힐 듯 아련한 물그림자에 스스럼없이 다가가 다 흩어지는 잔상이 아쉬워 두 손을 꼭 쥐어 본다.

하얀 물보라에 솟구치는 물거품은 지나간 추억을 지워 내는데, 무심히 바라보던 내 눈동자는 꿈만을 좇던 순진함만 사라져 간다.

하나만 알고 하나만 생각하고 하나만을 바라던 순수함을 잃어가는 지금이 서글펐다.

시간이 조금 지체되어 오후 6시가 지나서야 도착했다.

"오셨습니까?"

공항 출국 게이트 앞에 구하연, 그의 비서가 그녀를 기다리고 있었다.

"모시고 오라 하셨습니다."

구 비서를 바라보는 수현의 표정에 실망감이 역력했다. 대체 뭘 기대한 걸까? 그가 자신을 마중 나올 거라고?

공손히 고개를 숙이는 구 비서의 모습을 바라보던 수현은 눈을 지그시 감았다 다시 떴다.

"막 도착했어요. 구 비서님도 잘 아시겠지만 메르스 잠복기가 2주라고 하더군요. 2주 동안은 만남을 삼가는 게 좋겠다고 전해 주세요."

"네?"

얼굴에 당황함이 잔뜩 묻은 구 비서는 방금 자신이 수현에게 들은 말이 믿기지 않아 그 다음 말이 떠오르지 않았다.

그런 구 비서를 두고 수현은 바로 등을 돌렸다.

"잠깐……. 아니, 잠시만요!"

그녀의 부름에도 끝내 뒤돌지 않은 수현이 캐리어를 밀며 택시 승강장으로 향하고 있었다.

그래도 K그룹의 기사님을 보낸 게 아니니까 감지덕지해야 하는 걸까?

계속 그의 전화를 피했었다. 그가 자신을 왜 보자고 하는 건진 몰라도 또다시 그에게 실망감을 느끼는 제 자신이 너무 우스웠다. 그의 탓이 아니었다. 모든 건 자신에게서부터 비롯된 것이었다.

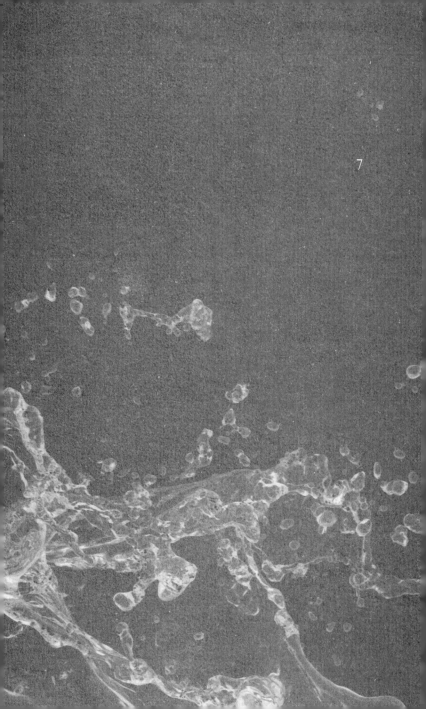

7

끝이 보이지 않았다. 늘 걸어 다니던 익숙한 곳에서 길을 잃어버렸다. 언제 어디서든 떠올릴 수 있었던 그의 얼굴이 이상하게도 희미해진다.

그와 나의 거리는 얼마나 될까.

폭풍우도 해일도 아닌, 미미한 바람은 그렇게 스치듯 불어와 전신을 뒤흔든다.

지나가는 계절이 단 한 번도 아쉽다고 느껴 본 적 없었던 아름다운 길 한가운데에 갈림길이 등장했다. 예상치 못했던 상황에 잠시 멈춰 서 있었다. 바람에 흔들리며 갈피를 잡지 못하고 있었다.

수현은 그대로 구 비서를 지나쳐 공항을 빠져나와 택시를 잡아 탔다. 택시 기사에게 집 주소를 말해 준 뒤, 등받이에 몸을 편히 기대고 눈을 감았다. 택시가 시원하게 내달렸다.

남겨 두고 온 구 비서가 신경 쓰이지 않는다면 그건 거짓말이었다. 그녀에게 무슨 죄가 있겠냐마는 아직 다른 사람의 입장까지 배려해 줄 여유가 수현에겐 없었다.

장시간 비행에 몸이 피곤하기도 했지만 정신적으로 지쳐 있다는 표현이 맞을 것이다. 요 며칠 동안 천국과 지옥을 왔다 갔다 한 수현이였다.

오랫동안 자신의 곁에 있어 줄 거라 믿어 의심치 않았던 존재가 그렇지 못할지도 모른다는 불안감 때문에 10년이나 수명이 줄어든 것 같았다. 위안과 위로가 절실했다. 간당간당하게 유지하던 긴장의 끈이 툭 하고 끊어져 버렸다.

'피곤해⋯⋯.'

갑자기 몰려든 피곤함에 몸은 점점 더 노곤해져 갔다.

공항에 도착해 입국 수속을 하는 동안 부친에게 전화를 걸어 한국에 무사히 도착했음을 알렸다. 부친의 밝은 목소리에 마음이 한결 가벼워졌지만, 구 비서를 마주한 순간 마음의 평정은 다시금 파열음을 내며 깨지기 시작했다.

그가 구 비서에게 뭐라고 하면서 공항으로 마중 나오게 했을까. 이런 것도 비서가 해야 할 일이었던가. 역시 정략으로 이루어진 관계라고 구 비서가 뒤에서 비웃었을지도 모를 일이다.

구 비서는 단지 자신에게 주어진 업무에만 충실했을 뿐인데, 이렇게라도 자존심을 내세워야만 했던 스스로에게 실망하며 후회하고 있는 그녀였다.

우연히 찾아든 불신은 의문이라는 파도에 실려 끊임없이 그녀에게 밀려들고 있었다.

"아가씨."

바라보고 있으면 절로 입가에 미소가 드리워지는 한 사람. 항상 내 편이 되어 주는 일산댁이 문 앞까지 마중 나와 캐리어를 대신 들면서 그녀의 상태를 살피고 있었다.

이 사람 앞에서만은 날카로웠던 감정들도 모두 내려 둘 수 있었기에 보자마자 그녀를 꼬옥 껴안은 수현이였다.

"보고 싶었어요."

마주 안아 오는 주름진 팔의 힘과 손의 악력이 예전만 못 해도 그녀의 품 안에서야 비로소 안정을 되찾아 갔다.

"사장님은 괜찮으신 거예요?"

끄덕.

수현에게 짤막하게 전후 사정을 들은 일산댁은 가슴이 철렁하고 내려앉았다. 하지만 그동안 혼자서 끙끙 앓았을 수현의 마음고생이 눈에 잡힐 듯 선했기에 묻고 싶은 수많은 질문들을 목 안으로 삼켜야 했다.

"지쳐 보이세요. 목욕물 데워 놓을게요."

비로소 사랑받는다는 느낌이 들었다. 힘들고 괴로울 때 알아주고 지쳐 있을 때에는 자신의 옆을 지켜 주는 누군가의 존재가 얼마나 소중한 것인지 수현은 새삼 깨달았다.

겨우 목욕을 마치고 나온 그녀가 너무 피곤해 보였기에 보다 못한 일산댁은 그녀의 머리를 손수 말려 주었다. 일산댁의 손길에 가만히 머리를 내맡기는 그녀였다.

"유모……. 유모는 내 옆에서 오래오래 살아야 해. 알았죠?"

"그럼요. 아가씨 결혼하는 것도 보고, 아이 낳는 것도 보고 그래야지요."

쏟아지는 잠을 이기지 못해 몸을 제대로 가누지 못하는 수현이 행여나 감기에 걸릴세라 서두르는 동작에서도 애정이 담뿍 담겨 있었다.

스륵.

"졸려요……."

"아가씨. 뭐라도 먹고 주무셔야죠."

"나중에……."

일산댁의 걱정 어린 목소리가 듣기 좋았다. 누군가에게 보호받고 있다는 생각에 기분이 좋아져 얼굴엔 미소까지 살짝 드리워졌다.

결국 수마를 이기지 못한 수현이 침대에 깊숙이 몸을 묻자, 그녀에게 뭐라도 좀 먹이려 했던 일산댁은 포기하고 말았다.

'빈속이실 텐데…….'

그녀에게 이불을 덮어 주고 커튼을 치는 일산댁의 손길이 조심스러웠다.

달칵.

일산댁이 닫고 나간 미세한 문소리를 마지막으로 수현은 다디
단 잠 속으로 빠져들고 있었다.

재혁은 수현에게 보냈던 구 비서의 연락을 받고 음식점으로 향
하던 차를 돌려 회사로 되돌아왔다. 먼 타국에서 마음고생이 심했
을 그녀를 생각해 몸보신에 좋은 음식점을 예약해 둔 상태였다.

공항에서 홀로 되돌아온 구 비서가 좀 전의 상황에 대해 보고
하고 있는 중이었다.

"뭐라고요?"

"그게……. 메르스 잠복 기간이 2주니까 그동안은 만남을 삼가
는 게 좋을 거 같다고 전해 달라 하셨습니다."

"알았어요. 나가 봐요. 그리고 급한 전화 아니면 잠시 쉴 테니
까 전화 연결하지 마요."

"네 ,이사님."

재혁은 연신 강펀치를 맞는 것 같았다. 수현이 연인 사이에 흔
히 있는 밀당이라는 걸 하고 있는 게 아니라는 걸 잘 알고 있기에
오히려 더 불안했다.

그러나 벌써 몇 번째인가. 그녀가 전화도 받지 않고 심지어 만
남까지 거부하는 상황에서 그는 당황하고 있었다.

메르스 잠복 기간이라니……. 서운했던 걸까? 그녀 입장에서는

충분히 그럴 만하다 생각되었다. 다른 일도 아니고 부친이 위험할지도 모르는 상황에서 많이 당황하고 흔들렸을 테니까.

부친인 차 회장이 극구 만류했다는 것도 이유긴 했지만, 결국 그녀의 곁으로 가지 않고 일을 선택한 건 본인이었다. 일정을 조정하는 게 쉽지 않다는 비서진의 난감함을 핑계로 삼았다.

차라리 화가 나면 있는 그대로 소리 지르며 표현하는 동생 지나가 상대하기엔 훨씬 편했다. 무엇이 불만이고 뭘 원하는지 알아낼 수라도 있으니까. 하지만 그녀는 지나가 아니었다.

그는 심호흡을 한 뒤 불안한 마음을 잠재우려 애썼다. 그러곤 휴대 전화를 집어 들고 수현의 번호를 찾아 눌렀다.

— 전원이 꺼져 있어…….

하지만 들려오는 건 전원이 꺼져 있다는 기계음뿐이었다. 결국 그녀의 태도를 전부 이해하지 못한 재혁은 수현이 자신을 피하는 거라고밖에 생각되지 않았다.

안 되겠다 싶었는지 재혁은 외투만 대충 걸쳐 입고 이사실을 나왔다.

어딘가 급해 보이는 그의 행동에 의아한 표정을 짓고 있는 박 비서와 구 비서였다.

"차 준비시켜요."

"네?"

"지금 바로 출발합니다."

"네? 어디로……. 아, 그런데 1시간 뒤에 H사와 미팅 일정이 잡혀 있습니다."

"오늘 일정은 다음으로 미루세요."

"그럼……. 네, 알겠습니다."

뭐가 뭔지는 모르겠지만 자꾸만 일이 틀어지고 어그러져 가고 있었다. 더불어 무언가에 쫓기는 기분까지도 들었다. 재혁은 서둘러 수현의 집으로 향했다.

재혁이 수현의 집 응접실에 앉아 일산댁과 마주 보고 있었다.

일산댁은 연락도 없이 집으로 들이닥친 걸로도 모자라, 자고 있는 수현의 얼굴만 보고 가겠다는 재혁의 태도에 어떻게 대처해야 할지 갈피를 못 잡고 있었다.

차라리 자신을 가볍게 무시하면서 수현을 당장 깨워서 데려오라는 강압적인 태도를 보였다면, 자신도 병아리를 지키는 어미 닭처럼 할 말이 무진장 많았을 것이다. 하지만 그의 예의 바른 태도와 생김새와는 어울리지 않는 처량한 눈빛을 바라보고 있자니 일산댁은 그를 그냥 돌려보내기가 어려웠다.

처음으로 수현의 마음을 조금은 이해할 법도 했다.

"깨우지 않겠습니다. 잠깐 얼굴만 보고 내려오겠습니다."

말려서 될 일과 안 될 일을 확연히 구분 지을 나이인 그녀였다. 그의 이런 태도가 가식적으로 느껴지지 않았고, 지금은 그가 어느 정도 수현을 그리워하고 있다는 진심을 알아챘다.

수현 아가씨가 혼자만 애끓고 힘들어하던 남자가 아니었나? 그녀의 일방적인 사랑이 아니었었나, 하는 의문 품을 만큼 그의 태도가 확연히 달라져 있었다.

결국 일산댁은 그를 수현의 방으로 안내해 줬다.

커튼에 가로막혀 빛이 들어오지 않는 어두운 방 안. 침대에 누워 깊이 잠든 수현의 모습이 보였다. 그녀의 조용한 숨소리만 방안에 가득했다.

재혁은 조금 더 가까이 다가가 그녀의 얼굴을 내려다보았다. 수마에 정신을 잃은 듯 미동 없는 그녀의 깨끗한 얼굴이 재혁의 가슴을 두근거리게 했다. 그녀는 깊이 잠든 만큼 노곤함이 담뿍 실려 있는 듯 보였고, 핏기 잃은 혈색이 하얀 얼굴을 더 하얗게 만들어 줬다.

'수현아…….'

어지간하면 아프다, 힘들다 하지 않는 그녀의 성격을 잘 알고 있는 재혁은 지나간 일들을 떠올려 봤다.

지나와 수현이 놀다가 유리 파편을 밟아 다쳤던 일이 있었다. 유리가 깊게 박혀 피가 철철 흐르자, 지나는 공포에 질렸는지 울며불며 난리가 아니었었다. 그에 반해 수현은 아프다는 말 한 마디 없이 조용히 앉아 응급 처치를 하고 있었다.

그때 재혁은 수현의 어린 아이답지 않은 차분함에 조금 놀랐었던 기억이 났다. 참을성이 대단한 아이라고 생각했다.

하지만 지금은 그녀의 참고 인내하는 태도가 오히려 서운하게 느껴졌다. 그녀는 늘 적당한 선을 지킬 줄 알았고, 늘 무엇이든 자신에게 먼저 요구해 오는 법이 없었다. 그녀가 조금만 더 자신에게 기대 올 순 없는 걸까.

그는 감정에 서투른 남자였다. 갑자기 밀려든 감정의 파도 속에서 그 어느 것 하나 제대로 정의 내리지 못하고 있었다. 이런 변화들이 그에겐 매우 낯설었다.

그는 오너였다. 그래서 늘 많은 사람들을 책임져야 할 위치에 있었다. 어려서부터 감정을 함부로 드러내지 않는 법을 배웠고, 아무리 화가 나는 일이 있어도 이성을 잃지 않고 균형을 잡아야 한다는 세뇌 교육을 끊임없이 받아 왔다. 작은 흠집 하나도 용서해 주지 않는 부친 밑에서 완벽해지기 위해 늘 노력했다.

자신을 배려한답시고, 늘 뒤에서 조용히 움직이는 그녀가 요즘 들어 답답해 미칠 지경이었다. 뭔가를 숨기고 있는 그녀의 속내를 조금도 눈치채지 못하고 있는 자신은 더 답답하고 한심하게 느껴졌다.

하지만 결국 모든 건 자신에게서 비롯된 게 아닐까. 자신이 원하는 대로 그녀가 움직여 주길 바라 오지 않았던가. 이래서 안 되고 저래서 안 되고, 이건 좋고 저건 싫고.

'이기적인 새끼.'

재혁은 다시 누워 있는 수현을 내려다보며 제 이기심과 정면으로 맞닥뜨려야 했다.

얼굴만 보고 가려던 재혁은 그녀를 향해 조용히 손을 뻗어 보았다. 그녀의 흐트러진 머리카락을 조심스러운 손길로 정리해 줬다. 그녀의 볼에 살짝 스친 손등에 따뜻한 온기가 전해졌다.

'너와 나는 어디서부터 잘못된 걸까.'

평소답지 않았던 그녀의 목소리를 듣고 자신은 먼저 눈치를 챘어야 했다. 먼저 다가갈 수 있었던 기회를 놓친 건 명백한 자신의 잘못이었다.

그리고 수현은 어느 정도 부친인 이재학 사장의 일을 눈치채고 있는 듯했다. 그는 순간 몇 달 뒤 이재학 사장의 서울 스케줄이 잡혀 있을 때, 약혼을 서두르려 하는 차 회장의 낌새가 이상하다는 생각이 설핏 들었다.

'2년 공사를 끝내고 오는 건 명문화되어 있기 때문에 천지개벽할 일이 아닌 이상 문제가 될 건 전혀 없을 텐데. 대체 왜…….'

재혁은 아직도 자신의 부친인 차 회장을 모르고 있었다. 그가 어떤 상황에서도 계산이 빠른 철저한 사업가라는 것을.

수현은 다음 날 아침이 되어서야 유모에게서 재혁이 집에 다녀갔다는 말을 듣게 되었다.

당혹이라는 감정 다음으로 작은 혹처럼 가슴에 자리 잡았던 응어리가 살짝 풀어지는 것 같았다. 울분과 한이라는 거창한 감정은 아닐지라도 적어도 그녀가 받은 충격은 생각보다 꽤 컸던 것 같다.

가슴앓이. 그건 그를 사랑하는 시간 속에서 혼자 삼켜야 했던 것과 차원이 다른 생경한 아픔이었다. 평소처럼 그녀가 혼자 해결할 수 있는 종류의 것이 아니었다. 자신이 사랑하는 사람과 관련되어 있는 일이었기에 생각했던 것보다 훨씬 더 큰 상처로 다가왔다.

그러나 열심히 걸어가던 길 위에 잠시 멈추어 서서 주위를 둘러볼 수 있었던 계기가 되기도 했다. 하지만 아직도 시간은 매일 똑같이 흘러가고 있었지만, 그녀가 내딛는 발걸음은 나날이 더뎌지고 느려져만 갔다.

따르릉.

휴대 전화의 전원을 키자 얼마 지나지 않아 재혁에게서 전화가 걸려 왔다.

— 수현아.

"네."

— 몸은 좀 어때.

"……괜찮아요."

— 잠깐 만나자. 하고 싶은 말이 있어.

그답지 않았다. 재혁답지 않은 요청이었다. 수현은 결단코 그를 애태우려는 의도로 전화를 피해 왔던 게 아니었다. 다만 마음이 시키는 대로 시간을 가지고 싶었을 뿐이었다.

하루, 이틀, 일주일, 그리고 또 며칠……. 처음엔 그를 볼 수 없음에 미칠 것 같더니, 이젠 어느 정도 참을 만했다. 무뎌졌다고 해야 맞는 걸까.

도시락을 핑계로 그를 찾아 나설 만큼 그렇게 지극정성이었는데…… . 긴 외면과 무심함이 끝없이 이어지자 어지간한 수현도 마음이 피폐해져 갔다. 그러던 중 부친의 일을 알게 되었다.

"네, 저도 드릴 말씀이 있어요."

그녀는 흔들리고 있었다. 불안함과 초조함이 만들어 낸 의혹은 눈덩이처럼 커져 그녀의 뇌를 갉아먹고 가슴을 쥐어짰다. 아니라고 부정하기엔 석연치 않은 점이 많았다.

재혁이 미리 예약해 둔 음식점에서 두 사람은 마주 앉아 있었다. 수현이와 마주 앉아 긴장해 보긴 처음이라고 생각한 재혁이였다.

"얼굴 많이 상했다."

수현의 창백한 맨 얼굴을 바라보며 재혁이 걱정했다. 아직 몸이 다 회복되진 않았을 거다.

"그래요?"

수현은 재혁의 걱정 어린 목소리에 고개를 들어 그를 바라보았다. 그의 얼굴을 바라보면 가슴이 두근거리는 건 여전했지만, 따끔거리는 통증 또한 마찬가지였다. 하지만 이젠 어느 정도 눈을 마주치며 눈웃음을 칠 정도의 여유가 생긴 그녀였다. 여유가 아닌 평정심을 가장한 위선일지도 모르겠지만.

"조금 더 먹어."

"많이 먹었어요."

음식을 반도 못 먹고 남긴 수현은 뭔가 할 말이 많은 듯 머뭇거리는 재혁을 가만히 바라보고 있었다.

"할 말 있으시다면서요."

"우선……."

재혁은 그답지 않게 긴장이라도 했는지 앞에 놓아둔 물컵을 들어 벌컥벌컥 들이켰다.

"이 사장님 근황은 너도 알고 있겠지만 공사가 본격적으로 진행 중이야. 빠르면 2년이 되기 전에 다시 한국으로 돌아오실 수 있을지도 몰라."

지끈.

그의 입에서 나온 부친의 얘기에 수현은 머리가 지끈거리는 듯했다.

"먼저 미안하다는 말, 너에게 하고 싶었어. 하지만 네가 짐작하는 이유 때문만은 아니라는 걸 알아주었으면 한다."

수현은 생각지도 못한 그의 사과에 가슴이 콱 막히고 눈물이 핑 돌았다. 아직도 흘릴 눈물이 남아 있었던가.

갑자기 하니프 병원에서 홀로 병실에 격리되어 있던 부친의 뒷모습과 그런 부친을 바라보기만 해야 했던 자신의 슬픔이 떠올랐다. 가만히 서 있어도 목덜미로 땀방울이 흐르고 숨이 턱턱 막혀오던 그곳에서 마주치자마자 엄한 표정으로 어서 돌아가라며 손짓하던 부친의 다급했던 표정이 잊히지 않았다.

자신은 누군가의 희생을 담보로 행복을 욕심내고 있었다니.

이를 사리물며 수현은 어떻게든 눈물을 감추려 고개를 돌리고, 그의 시선을 피하기 바빴다.

"수현아, 난……. 수현아?"

재혁은 이상하게 눈을 마주치지 못하는 수현을 가만히 바라보다 놀라 자리에서 벌떡 일어났다. 부친의 일로 너에게 상처를 준 거 같아 미안하다는 말을 막 꺼내려던 참이었다. 그에게 쉽지 않은 말이기에 잠시 숨을 고르던 중이었는데…….

그녀가 눈물을 흘리고 있었다.

"잠깐 화장실에 다녀……."

도망치듯 자리를 벗어나려 했던 수현이 재혁의 손에 붙들리고 말았다. 야윈 그녀의 손목은 조금만 세게 그러쥐어도 부서질 듯 약해 보였다. 그녀는 그의 손안에서 어떻게든 빠져나오려 손을 힘껏 비틀었다.

남자의 강한 무력 앞에 무기력한 여자는 놓아 달라는 말 대신 가슴을 밀치며 거부의 몸짓을 보이고 있었다. 그녀에게서 거부당한 느낌에 마음이 쓰라렸지만, 그는 그녀를 놓아주지 않았다.

"놔요. 오빠 놓아줘요. 이것 좀……."

"수현아."

"놓으라고요. 놓아 달라는 말 안 들려요? 내 말이 그렇게 우스워요?"

수현은 이 자리에서 빨리 벗어나고 싶은 생각밖엔 없었다. 그가 무슨 말을 하고 있는 건지 몰랐다. 이제 와서 미안하다는 그의 말도 가식인 것 같았고, 그런 그를 놓지 못하는 제가 역겨웠다. 가증스러웠다. 고생은 누가 하고 있는데. 사과를 받을 사람은 제가 아닌 아버지였다.

재혁은 수현이 날개를 다친 상처 입은 작은 새처럼 보였다. 그래서 그녀를 혼자 둘 수가 없었다. 저도 모르게 수현을 품에 꼬옥 당겨 안았다.

퍽.

퍽.

아무리 발버둥 쳐도 소용이 없자, 수현은 그의 가슴을 작은 손으로 두들기기 시작했다. 그를 향한 서운함과 원망이 뒤섞여 있었다. 그녀의 흐느끼는 소리가 커져 가자 재혁은 가슴에 저릿한 통증을 느꼈다.

"왜……. 왜 하필 아빠예요. 왜! 차라리……. 흑. 흐윽."

차라리 끝까지 외면하지, 모른 척하지. 그랬으면 이렇게 마음이 아프진 않았을 텐데. 거절할 수 없도록 올가미를 씌워 부친을 움직이게 한 차 회장과 재혁이 미웠다.

혹시나 했던 우려가 현실이 되니 생각했던 것보다 훨씬 더 기분이 더러웠다. 마음만은 순수하고 그를 향한 열정만은 어느 누구에게도 지지 않을 만큼 뜨겁고 깊다 자부했던 자신이었는데. 누군가에게 이용당해 흙탕물에 빠져 허우적대는 꼴이라니.

때리는 주먹질에 힘이 빠지자 수현의 머리 위에 턱을 괸채 그녀가 울음을 멈출 때까지 그렇게 기다려 주고 있었다.

"미안하다. 정말 미안해. 변명으로 들리지 모르겠지만 나도 나중에야 전해 들었어. 널 속이려고 했던 게 아니야. 믿어 줘."

그녀는 스스로에게 벌을 주고 싶었다. 자기 식대로 판단하고 외면한 결과가 이런 것이었다니. 그녀는 재혁의 셔츠가 흥건하게 젖어 버릴 때까지 그렇게 하염없이 눈물을 쏟고 있었다.

한 번도 흐트러짐 없었던 수현이었다. 어느 때고 이성을 잃지 않고 자신의 곁을 지켜 주었던 그녀가 눈물을 보이자 당황한 재혁이었다. 눈물샘이 마르지도 않는지 그렇게 한참을 울더니 결국 마지막엔 딸꾹질까지 했다.

"물, 천천히 마셔."

결국 울음을 그치고 눈물을 닦은 수현은 그가 건네는 물컵을 받아 들이켰다. 딸꾹질이 어느 정도 가라앉자, 복받쳤던 감정도 서서히 사그라지는 듯했다.

"……회사 들어가 보셔야죠."

"바래다줄게."

"괜찮아요. 혼자 갈게요."

"눈이 많이 부었어. 혼자 보내면 내 마음도 편치 않아."

집으로 오는 내내 두 사람은 말이 없었다. 한번 들췄던 마음을 다시 정리하고 있는 듯했다.

집 앞에 차를 세운 재혁이 운전대를 잡은 채 조수석의 수현을 빤히 쳐다보고 있었다.

"내가 잘못한 게 많은 거 알아."

"……"

수현은 여전히 말이 없었다.

"다정하고 살뜰하게 챙기는 스타일이 아니라는 건 너도 알 거야. 무심한 게 자랑은 아닌데, 너를 많이 신경 써 주지 않은 것도 사실이야. 너의 괜찮다는 말을 항상 곧이곧대로 믿어 왔던 나도 나지만, 나는 네가 이제부터라도 불만이 있거나 원하는 게 있으면 직접 나한테 와서 얘기해 줬으면 해. 사실 내가 이런 쪽으로는…… 모르는 게 많아. 여자 마음이나 뭘 좋아하는지 뭐, 대충 그런 거."

자신의 속내를 솔직하게 드러내고 있는 그의 얼굴이 조금은 부끄러워하는 것처럼 보인다면 착각인 걸까.

"그런 거 없어요."

저도 모르게 퉁명스러운 목소리가 흘러나왔다. 흠칫 몸이 굳어버린 그녀는 제가 뱉은 말을 주워 담을 수 없어 망설이고 있었다. 왜 갑자기 그가 이런 태도로 나오는 건지……. 부친의 일을 알게 되어 미안한 마음 때문일 거라곤 하지만 어쩐지 과한 느낌이 들었다.

그리고……. 사실 창피했다. 그 앞에서 울어 버리다니. 남자 품에서 부끄러운 줄도 모르고 통곡을 했다, 이수현이.

"내가…… 앞으로 더 잘할게, 수현아."

"오빠."

"다시 시작해 보자. 너와 나."

자신을 뚫어지게 바라보는 두 눈동자엔 진심이 담겨 있었다. 깊고 따스한 눈빛에 기대고 싶은 작은 기대가 스멀스멀 고개를 들고 있었다.

정말일까. 정말 그는 일이 진행되고 나서야 알게 된 걸까. 무엇이 먼저고 무엇이 나중인지 중요하지 않다고 생각했지만, 어쩐지 그녀는 그를 믿고 싶었다.

피아노를 쳐 주며 부드러운 미소를 짓던 친구의 오빠는 멋있었고, 그런 오빠를 둔 지나가 부러웠었다. 그를 향한 감정의 시작은 동경이라는 색깔이었다. 그가 K그룹의 후계자라서가 아니라, 차재혁이라 사랑한 거라고 말한다면 아무도 믿지 않을 테지만 그녀에게만 보여 주었던 모습에 반해 동경이 사랑으로 변질되는 건 시간문제였다.

그가 그녀에게만 보여 준 느슨했던 모습은 아마도 동생 친구라 편해서였을 것이다. 긴장을 풀고 여느 오빠들처럼 지나를 챙기면서 더불어 붙어 다녔던 수현도 같이 챙겼던 것뿐. 그런 그에게 고작 그녀가 할 수 있었던 일이라고는 자신의 감정을 그가 눈치채지 못하게 부담 주지 않는 선에서 그의 곁을 맴도는 것이었다.

혼자 사랑하고, 혼자 애달아 하고, 혼자 기다렸던 시간들이었다.

예전 생각에 잠겨 있던 수현은 순간, 자신 쪽으로 서서히 다가오는 재혁의 얼굴을 망연히 바라보며 얼음이 되어 갔다. 안전벨트를 풀어 주려는 건가?

의아한 기분이 들 정도로 몸을 바싹 들이민 재혁은 엄지손가락으로 부은 그녀의 눈두덩을 문지르다 입술로 내려와 살며시 손가락을 대고 그녀의 허락을 기다리고 있었다. 처음 본 남자로서의 눈빛이었다.

스륵.

저도 모르게 감긴 눈. 그의 입술이 다가오고 있었다. 낯선 감촉에 놀란 그녀가 허벅지 위에 올려놓은 제 손에 힘을 실어 주먹을 꽉 쥐었다.

그렇게 두 사람은 차 안에서 감미로운 입맞춤을 나누고 있었다. 입맞춤이 깊어지면서 수현의 입 안을 넘나들던 그의 혀는 조금 더 그녀의 것을 얽어매며 감아올리고 있었다.

그녀가 늘 막연히 상상해 오던 입맞춤이 아닌 적나라한 욕망을 드러낸 남자의 키스였다.

처음부터 다시 시작되고 있었다.

수현은 가슴이 터질 것 같았다. 거세게 뛰고 있는 심장 소리가 그의 귀에 닿을까 봐 불안했다.

혼자 아닌 두 사람이 마주 보는 사랑을 하자는 재혁의 눈빛엔 그녀를 향한 진심이 그득했다. 수현이 늘 원해 오던 그의 눈빛과 진심이었다. 자신만을 바라보고 사랑스럽다는 듯 쓰다듬어 주길.

그의 한마디에 모든 걸 용서해 버릴 만큼 자신은 늘 그와 관계된 일엔 관대했다. 상대가 다름 아닌 그였으므로.

강자와 약자, 갑과 을이었던 관계가 변화하기 시작했다.

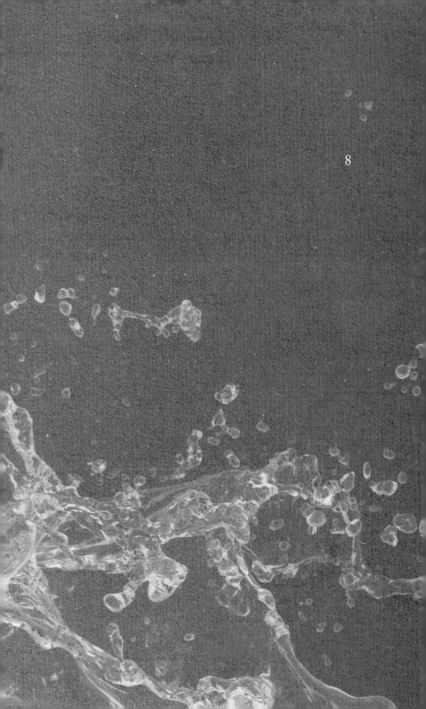

8

학교 안 벤치에 앉아 있던 수현의 머리카락이 살랑 불어오는 바람에 가볍게 휘날리고 있었다. 뺨을 간질이는 얌전한 바람에 기분이 설렐 법도 하건만 수현의 표정은 어두웠다.

늦게 배운 도둑질이 날 샌 줄 모른다더니 재혁은 나날이 사랑에 더 진화하기 시작했다. 자주 전화를 걸어 오고, 보고 싶으니 당장 만나자며 차를 보내고, 출장에서 돌아올 땐 늘 자신의 선물도 함께였다.

물질적 공세와 다정해진 그의 변화에 누구보다 행복해야 하는데, 무엇 때문인지 예전처럼 그에게 온전히 몰입하지 못하고 방황하는 수현이었다. 그토록 원하고 원했던 그였는데, 이제 정말로 그가 연인의 모습으로 다가오고 있는데 말이다.

그녀는 그의 말처럼 어느 선 이상의 접근을 허용하지 않고 있었다.

탁.

누군가 그녀의 어깨를 툭 쳤다. 지나였다.

"요새 행복에 겨워 하늘을 날아다녀도 부족할 텐데, 얼굴이 왜 그 모양이야?"

"왔니."

오빠 재혁이 늦게라도 정신을 차려 수현을 챙기는 모습에 안도한 지나였다. 잘하면 졸업 전에 오빠와 수현이 먼저 결혼하고, 그 다음 그녀가 바로 진우와 결혼해 미국 지사로 나갈 수 있을지도 모른다는 생각이 들었다.

하지만 오늘 수현의 얼굴을 보니 느낌이 좋지 않았다. 넋 놓고 하늘을 올려다보는 그녀 모습이 아련해 보인다고나 할까? 당장 어딘가로 사라져 버릴 것 같기도 했다. 분명 변화가 있긴 있는데……. 둘 다 입 무겁기로 유명한 사람들인지라 꼬치꼬치 캐물을 수 없었지만, 지나는 친구로서 걱정이 되었다.

"너 왜 그래?"

"계절을 타나 봐."

"오빠가 너한테 신경 많이 쓰고 있는 것 같던데. 아냐?"

입을 늘여 빙그레 웃는 표정에 그것이 긍정인지 부정인지 당최 알 수 없는 지나였다.

"말을 해 말을. 넌 너무 말을 아껴. 참는 것도 좋고 남을 배려하는 것도 좋지만, 가끔은 이기적일 때도 필요하단 말이야, 이 맹꽁아. 그리고 이번에 오빠가 출장 다녀오면서 네 거 가방 사 가지고 왔길래 내가 한 소리 해 줬어. 선물이란 게 말이야 뭐든 받으면 기분은 좋지. 근데 이왕 주려면 상대방 취향도 좀 고려할 필요가 있는 거 아니니? 어쩜 네 취향과는 반대인 걸 딱 골라 가지고 와서는."

"그런 말을 왜 해."

"아유, 이 답답아. 말을 해야 알지, 말을. 안 그러면 다음에도 또 똑같은 걸로 사 올걸. 우리 진우 씬 내 속옷 사이즈……까진 아니더라도 영화나 음악, 심지어 커피 취향까지 빠삭하게 알고 있단 말이지. 내가 틈날 때마다 세뇌를 시켜 놨거든. 그리고 조금만 관심 가져 주고 살피면 알 수 있는 것들이 많잖아, 연인 사이엔. 안 그래?"

지나의 말이 맞았다. 수현은 하다못해 그가 좋아하는 손수건 스타일까지도 알고 있었다. 선호하는 시계 브랜드까지도. 그가 말해 주지 않아도 관심을 가지니 자연스레 머릿속에 저장된 것들이었다.

선물은 그게 무엇이든 받는 것만으로도 감사하고 기분 좋은 거라고 하지만, 이번에 그가 사다 준 가방은 그녀의 스타일이 전혀 아니었다. 오히려 지나의 취향에 가까웠다. 동생이 들고 다니는 가방을 보면서 수현도 같은 취향일거라 넘겨짚었을 것이다. 조금만 살피면 알 수 있는 걸 텐데…….

그가 건넨 선물에 가슴 두근거리며 받았지만, 아직 제대로 꺼내 보지도 못하고 옷방에 그대로 두었다. 자신이 그 가방을 몇 번이나 들고 다닐 수 있을까.

"선물한 사람 무안하게……. 다음부턴 그런 말 하지 마."

"아이고, 열녀 났네. 열녀 났어."

답답하다는 듯 가슴을 팡팡 쳐 대는 지나를 보며 수현은 씁쓰레한 미소를 지었다. 수현은 가끔 싫으면 싫다, 좋으면 좋다고 숨김없이 솔직하게 말하는 그녀의 성격이 부러웠다.

"진우 씨는?"

"지금 회사에서 혼자 일 다 하는 모양이야. 계속 바빠."

자신도 바쁜 그의 얼굴 한 번 보기 힘들다며 투정하는 지나의 얼굴에 불만이 가득했다.

"네가 옆에서 잘 챙겨 줘. 말은 안 해도 스트레스가 심할 텐데."

"응, 그래야지. 그래도 너무 잘해 주면 기어올라서 안 돼."

"너도 참."

지나는 아까부터 계속 수현의 얼굴이 신경 쓰였다. 미소는 띠고 있지만, 어딘가 불안해 보이기도 했다. 뭔가 콕 집어 말할 순 없지만 두 사람 사이의 변화가 그리 평온한 것만은 아니라는 걸 눈치챘다. 오빠도 수현이를 대하는 태도가 많이 바뀌었지만 뭔가에 불안해하고 있었다.

'정말 뭐가 어떻게 돼 가는 거야? 왜 전보다 더 둘의 관계가 아슬아슬해 보이지?'

지나는 다시 넋을 놓고 앉아 있는 수현을 불렀다. 곧 강의가 시작될 시간이었다.

"수현아."

"……."

"이수현!"

"아, 응. 불렀어?"

"너 대체 무슨 생각하고 있는 거야?"

"아냐, 아무것도."

"왜 이렇게 계속 멍해. 너 자꾸 아무것도 아니라고 하면 오빠한테 다 이른다!"

"아니래도."

서로 다른 수업을 듣기 때문에 지나가 먼저 강의실로 들어갔다.

혼자 남은 수현은 지나의 말을 다시 떠올려 봤다.

'오빠가 너한테 신경 많이 쓰고 있는 것 같던데. 아냐?'

지나의 말이 맞았다. 그는 그날 이후, 자신을 대하는 태도가 많이 바뀌었다. 그의 진실함이 느껴졌고, 그에게서 사랑받고 있는 느낌도 들었다. 하지만…….

'말을 해 말을. 넌 너무 말을 아껴. 참는 것도 좋고 남을 배

려하는 것도 좋지만, 가끔은 이기적일 때도 필요하단 말이야, 이 맹꽁아.'

결국 자신은 잊지 못하고 있었던 거다. 그가 처음부터 자신을 원했던 게 아니라, 자신의 부친과, D건설의 배경을 필요로 했었다는 걸. 그녀를 얻기 위함이 아닌, 그저 필요에 의한 선택이었음을.

눈을 감고 잊자, 잊자 하면서도 마음은 쉽게 자신의 생각을 따라 주지 않았다. 초연해지자고 수없이 되뇌어 봐도 계속해서 쌓이는 의혹들은 점점 더 커져 갔다.

'내 속이 이렇게 좁았단 말인가. 이제 와서 뭘 어쩌겠다고…….'

재혁이 노력하면 할수록 반대로 그녀의 마음은 화석처럼 굳어 가고 있었다. 한번 금이 간 신뢰는 언 강에 발을 자칫 헛디디면 쩍 하고 깨질 것처럼 아슬아슬하기만 했다.

지나가 가고도 한참이나 그 자리에 앉아 있던 수현은 결국 다음 수업을 빼먹었다.

타악.

재혁은 들고 있던 서류를 내려놓으며 답답한 듯 넥타이를 좌우

로 비틀었다. 입에 담배를 물며 아침에 옆에서 재잘거리던 지나의
말을 떠올리고 있었다.

'오빠 수현이 취향 몰라? 수현이 그런 가방 잘 안 매.'
'……'
'비싸다고 여자들이 다 좋아하는 거 아냐. 남자들이 착각하는
거지. 선물은 상대방의 취향이 더 중요한 거야.'
'몰랐어.'
'그랬겠지. 내가 장담하는데, 이거 오빠가 고른 거 아니지?
구 비서님 시켰지?'

말 없는 재혁을 보며 지나가 혀를 끌끌 찼다.

'선물은 정성이라는 말, 그거 괜히 있는 소리 아냐. 물론 선
물은 뭐든 좋지. 근데 이왕이면 상대가 필요로 하고 좋아할 만
한 거면 더 좋겠다고 얘기해 주는 거야.'

어려웠다. 여자의 마음은 책상 위에 쌓인 서류들을 처리하는
것보다 더 어려웠다. 재혁은 선물을 전해 주었을 때의 수현을 떠
올려 봤다. 고맙다며 잘 사용하겠다고 말은 했지만, 생각해 보니
단 한 번도 그 가방을 메고 다니는 걸 보지 못했다. 지나의 말대
로 그녀가 좋아하는 스타일이 아니었던 걸까…….

'향수를 하나 사더라도 오빠가 직접 사 줘. 그게 그 비싼 가방 사 주는 것보다 더 의미가 있을 테니까.'

출장을 가도 늘 바쁜 일정에 치이는 그였다. 언제 그녀의 취향에 맞는 선물을 고르며 돌아다닌단 말인가.

'쯧. 오빠 얼굴에 다 쓰여 있네 쓰여 있어. 다음에도 구 비서님한테 부탁할 거지? 오빤 아직 멀었다, 멀었어. 정신 차리려면.'

그도 슬그머니 짜증이 치밀었다. 나름 노력한다고 최선을 다하고 있는데, 수현의 반응이 시원찮았다. 처음엔 표현하는 게 서툴러서 그러려니 생각했지만, 지나의 말을 듣고 보니 어쩌면 그녀도 지나와 같은 생각을 하고 있는 게 아닐까란 의문이 들었다. 그녀도 여자니까.

처음부터 잘못 끼워진 단추였다. 그렇기 때문에 자신의 진심을 계속 내보이면 그녀도 언젠가는 자신에게 조금 더 마음을 열어 줄 것이다. 그녀의 마음도 자신과 같은 방향을 향해 가고 있을 거라 믿고 싶었다.

"내가 뭐 잘못한 거 있니?"

"네?"

방금 저녁 식사를 마친 두 사람이었다. 근사한 레스토랑에서 맛있는 음식을 먹고 나서도 서먹한 기류가 사라지지 않았다. 결국 와인 잔을 내려 두고 그녀에게 따지듯 질문하는 재혁이었다.

"너와 식사하려고 일부러 시간 내서 여길 온 거야. 내가 네 의견을 듣지 않고 장소를 선택해서 화가 난 거라면 다음부턴 주의할게."

"그런 거 아네요, 오빠."

"전에도 말한 적 있지만 네가 말해 주지 않으면 나는 잘 몰라. 그러니까 마음에 담아 두지 말고 하고 싶은 말 있으면 해."

요점만 꼬집어 단 한 마디도 논리에 어긋남이 없는 그의 말에 반박할 꼬투리조차 찾을 수 없었다. 하지만 그게 더 그녀를 서럽게 만들었다. 찔러도 피 한 방울 나올 것 같지 않는 그의 단단함이 버겁게 느껴졌다.

"꼭 말을 해야 아는 거예요?"

"뭐?"

그는 위압적이었다. 짜증이 난 그의 말투를 어찌 눈치채지 못할까. 미간을 살짝 찌푸리며 낮은 어조로 말을 아끼며 조심하고 있지만, 음성에 밴 노기까지는 지우지 못했다.

시간 투자와 정성, 배려. 그가 하고 있는 노력이라는 이름하에 따라오는 부수적인 것들. 그러나 마음이 움직이지 않았다.

"말하지 않아도 알아주었으면 하는 것도 있어요. 오빠에겐 어렵겠지만."

탁.

수현은 흠칫 몸을 떨었다. 와인 잔을 내려놓는 동작에 힘이 실려 있었다. 배배 꼬인 그녀의 마음을 풀어 주기는커녕 도리어 화를 삼키는 그의 모습이 실망스러웠다.

날 좀 이해해 줘. 날 좀 사랑해 줘. 날 좀 다독거려 줘. 날 좀······.

한 번쯤 피워 보고 싶은 어리광은 그렇게 입 안에서만 맴돌다 밖으로 나오지 못하고 뱃속을 휘저어 울렁이게 만들었다.

"뭐가 불만이니?"

"아니에요······."

"그 일은 내가 미안하다고 사과했어. 그런 일 다시는 없을 거라고도 했고. 그걸로 부족했니? 너한텐 내 진심이 전해지지 않았던 모양이구나."

무던히 참아 주었다. 잘해 주고 기다려 주고 자신의 눈치를 살피고······. 안다. 알고 있다.

그렇지만 결국 여기까지인 건가? 그가 하는 최대한의 배려란 범위는 무한이 아닌 유효기한이 정해진 거였나. 그에 대한 기대치가 너무 높았던 건지도 모르겠다. 상처받은 그녀를 안아 주면서 미안하다며 다독여 주었을 때, 자신을 진심으로 사랑하는 게 아니더라도 그때의 그 말과 행동들은 거짓 없는 마음이었다고 믿고 싶었었나 보다.

하지만 그는 하나도 변하지 않았다. 여전히 바쁜 사람이었고, 그에게 자신은 이재학의 딸이며 동생 지나의 친구일 뿐.

자신이 너무 앞서 나갔었나 보다. 이젠 더 이상 할 말도 없었고, 알아달라고 외치기도 힘에 부쳤다. 지치고 힘들고 피곤했다. 막다른 골목길에 다다른 고양이 앞에 생쥐처럼 몸을 웅크린 채 더 이상 상처받지 않으려 애쓰는 게 고작 그녀가 할 수 있는 전부였다.

숨 막히는 정적 속에서 재혁의 휴대 전화 벨소리가 울렸다.

"네, 그래서요. 뭐라고요?"

전화를 받고 있는 그의 언성이 조금씩 높아지기 시작했다. 회사 일이란 걸 짐작할 수 있었다.

"잠시만……."

휴대 전화를 들고 그가 조용한 곳을 찾아 이동하는 모습을 지켜보는 그녀의 눈동자가 한없이 흔들렸다. 분명 중요한 일일 것이다. 그에겐 늘 회사 일이 제일 우선이었으니까.

아마 그는 전화를 끊고 돌아와 미안하다며 다음에 다시 이야기하자며 회사에 중요한 일이 생겼다며 늘 그래 왔던 것처럼 먼저 떠날 것이다. 그럼 또 착한 여자로 되어야만 하는 이수현은 괜찮다며 어서 가 보라며 웃는 얼굴로 그를 보내 줬겠지.

절반도 마시지 못한 비싼 와인이 테이블 위에 덩그러니 놓여 있고 혼자 남은 자신은 더 이상 이곳에 있을 이유를 찾지 못한 채 그의 기사가 운전해 주는 차를 타고 집으로 돌아갔겠지.

반복 또 반복이었다…….

10분.

20분.

벌떡.

무슨 정신으로 그곳을 뛰쳐나온 건지 모르겠다. 다만 그 자리에 그대로 있다간 혼자 처량하게 울음이 터져 버릴 거 같아 두 주먹 꽉 쥐고 나왔다.

그녀는 지나가는 아무 택시나 붙잡아 탔다.

"어디로 갈까요?"

"그냥 앞으로…….'"

"네?"

"우선은 아무 데나 가 주세요."

노련한 택시 기사는 눈을 감고 등받이에 머릴 기댄 젊은 여자 손님을 백미러로 흘깃 쳐다보곤 액셀러레이터를 밟았다. 딱히 정해 놓은 목적지가 없이 도망치는 손님인 듯했다.

따르릉.

따르릉.

시끄럽게 울려 대는 벨소리를 무시하던 그녀가 갑자기 휴대 전화를 꺼내 배터리를 분리하곤 다시 가방에 던지듯 집어넣었다. 그런 그녀를 보고 택시 기사는 사랑싸움이라도 했나, 그렇게 생각하며 뻥 뚫려 있는 대교를 시원스레 가로질렀다.

30분이 지나고.

자리로 다시 돌아온 재혁은 황당함과 당혹감에 휩싸여 있었다. 처음 몇 분 동안은 화장실이라도 간 건가 싶었지만, 아무리 시간이 지나도 돌아오지 않는 그녀였다. 그는 다급히 휴대 전화를 꺼내 전화를 걸어 봤지만, 그녀는 받지 않았다.

쿵쿵.

그의 심장 박동이 엇박자로 뛰기 시작했다. 전화로 업무 지시를 하고 돌아온 사이, 수현의 빈자리를 보고 설마설마했다.

박 비서가 웬만한 일이 아니면, 퇴근 시간 후에 연락을 해 오지 않을 사람이라는 걸 알기에 무시할 수 없었다. 왜 하필 이런 순간에…….

휴대 전화를 들고 나오면서 잠깐 마주쳤던 그녀의 눈동자가 순간 절망으로 심하게 요동치고 있었던 것 같다. 그 모습에 재혁도 순간 멈칫했지만, 그뿐이었다. 잠시만이라는 핑계를 대고 돌아온다는 게 생각보다 시간이 많이 지체되고 말았다.

"이수현……."

무심히 그렇게 시간이 흐르면 미칠 것 같았던 마음도 한풀 더 위가 꺾이듯 그렇게 사그라들까요.

내가 온 마음과 진심을 다해 얼마나 간절하게 사랑했는지 오빠는 절대 알지 못할 테죠. 적어도 사랑한다는 말, 한 번쯤 하고 싶었는데……. 실컷 미워하고 나쁜 사람이라고 욕하면 후련해질지 모르겠지만 그건 오랜 시간 오빠를 사랑한 나를 부정하는 것과 같을 거예요.

결국 내 이기심만으로 붙잡을 수 없는 상황이 되고서야 이렇게 놓게 되네요.

떠올려 보면 아름답고 소중했던 기억들을 후회하지 않아요. 아낌없이 베풀 수 있어 행복했고, 내가 더 많이 사랑해서 후회는 하지 않아요.

그리고 지금, 끝까지 붙잡지 못하고 놓아 버려서 정말 미안해요, 오빠…….

약혼 이야기가 본격적으로 오고 가는 때, 수현이 갑자기 뒤로 물러섰다. 그 배후엔 차강필, K그룹 회장인 그가 있었다.

몰랐으면 좋았을 일. 하지만 알아 버렸기에 전처럼 귀 막고 눈 감고 외면할 수 없었던 수현이였다.

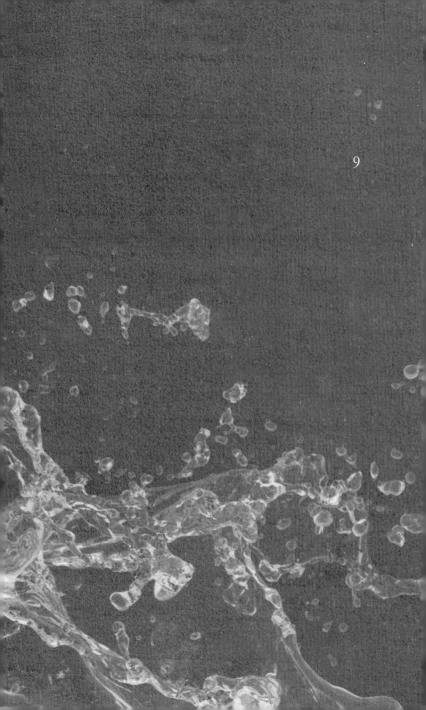

9

쏴아아.

밀려왔다 떠내려가는 파도를 가만히 바라보고 서 있었다.

강원도 고성에 위치한 작고 아담한 펜션은 수현의 부친 이재학의 소유인 곳으로, 전망 좋은 곳에 자리 잡고 있었다.

어제는 그녀답지 않은 일을 많이 했던 하루였다. 자리를 박차고 뛰쳐나온 뒤 집으로 향하던 중 무작정 목적지를 바꿔 여기까지 내려왔다. 어울리지 않게 충동적인 행동이었다.

잔물결이 이는 바다를 보자 울렁이던 속도 가라앉고 차분해졌다. 울화가 쌓여 병이 된다는 말을 완전히 체감하는 중이었다.

'내가 이렇게 속이 좁은 여자였었나.'

비가 내리려는지 어둑한 날씨 때문에 바닷가엔 인적이 드물었다. 저 멀리 다정하게 어깨동무를 한 풋풋한 연인이 그녀의 눈길을 끌었다.

그러고 보니 자신은 한 번도 재혁과 여행을 와 본 적이 없었다. 데이트라곤 기껏 같이 식사를 하거나 차를 마시고, 영화를 보고……. 그런 것들이 다였다. 두 사람이 무언가를 함께 한 기억이 없었다. 시간 때문이라기보다는 마음이 없어서였나.

파도에 들어가려는 남자와 그런 남자를 말리는 여자의 가벼운 실랑이는 영화 속 한 장면을 떠올리기에 충분했다.

빗방울이 하나둘 떨어지기 시작했다. 행여 품속의 연인이 젖을새라 자신의 옷으로 감싼 남자와 여자가 황급히 달려가는 모습을 보는 그녀의 눈동자에 물기가 서렸다.

그녀가 원했던 건 비싼 선물이 아니라, 함께 공유할 수 있는 마음과 시간이었음을 그녀는 끝내 말할 수 없었다.

조금씩 굵어지는 빗줄기를 피하지 않고 앉아 있는 그녀가 부서지는 물보라만 하염없이 바라보고 있었다.

따르릉.

"네, 이재학 사장님 댁입니다."

— 이수현 씨 부탁합니다. 차채혁입니다.

"어제 차 이사님 만나러 나가신 후에 안 들어오셨는데……. 이사님과 같이 계신 거 아니었나요?"

— …….

"무슨 일 있었나요?"

— 아닙니다. 수현이 오면 전화 부탁한다고 전해 주시겠습니까.

"네, 알겠어요."

끊긴 전화를 내려다보던 일산댁은 불안에 휩싸여 여기저기 왔다 갔다 서성였다. 눈치가 백단인 그녀였다. 분명 무슨 일이 생긴 거다.

수현은 어제 차 이사와의 저녁 약속 때문에 나가 본다고 한 뒤, 소식이 없었다. 말도 없이 외박하는 편은 아니었지만, 차 이사와 함께 있으려니 했다. 하지만…….

일산댁은 수현이 걱정되었다. 가재는 게 편이라고 했던가. 전후 사정을 듣지도 않고 수현의 입장만을 먼저 생각하고 있었다. 불안 불안하더니 그새 일이 터졌나 싶다.

서둘러 수현에게 전화를 걸어 보았지만, 묵묵부답이었다. 수현이 먼저 전화를 걸어 올 때까지 일도 하지 못하고 애만 태우고 있던 일산댁이었다.

"유모. 저예요."

— 아이고, 아가씨! 집에도 안 들어오고 대체 어디 계신 거예

요. 얼마나 걱정을 많이 했는지 알아요?

"강원도 펜션이에요. 바람 쐬러 왔어요."

— ……왜 거길 혼자 가신 거예요?

"그냥 갑자기 바다가 보고 싶어서요. 저 괜찮으니까 걱정 마세요. 며칠 쉬다 갈게요."

— 차 이사님한테 전화 왔었어요. 연락 달라고 하셨는데…….

"네. 제가 알아서 할게요."

— ……무슨 일 있으셨어요?

무슨 일, 어쩌면 아무 일도 아닌 일, 예전의 이수현이라면 가볍게 웃고 넘겼을 일이 왜 지금은 그렇지 않은 걸까. 그때와 지금의 차이를 한마디로 정의 내릴 수 없어 그녀도 답답했다. 출구를 찾지 못하고 미로를 헤매는 기분이 이런 걸까.

"제가 다시 연락할게요."

다급히 뭐라 말하던 유모의 목소리를 무시하고 통화를 종료했다. 부재중으로 떠 있던 이름들과 문자 메시지들을 읽어 내리다가 휴대 전화 전원을 꺼 버렸다.

「어디니.」

「연락해라.」

「전화 받아.」

「수현아.」

「이수현.」

사람 욕심은 끝이 없는가 보다. 보고만 있어도 배부르고 벅찼던 마음은 그새 어디로 사라진 건지. 야속하고 아팠다. 그럼에도 불구하고 그가 보고 싶었다. 이대로 가만히 내버려 두었으면 하는 바람과 자신을 찾아 주었으면 하는 바람이 뒤엉켰다.

'아직도 정신 못 차리는구나, 이수현. 그가 날 찾아 이곳에 올 리 없잖아. 하늘이 무너지길 기다리는 게 더 빠를 테지.'

제법 굵어진 빗방울이 그녀가 머무는 2층 창을 두드리며 무늬를 그리기 시작하고 있었다. 창가로 간 그녀는 살짝 수증기가 서린 창에 자신의 이름 써 보았다. 그리고 그 옆에 차재혁이란 이름도 써 보려 했지만, 손가락이 머뭇거리며 움직이질 않았다.

툭.

투둑.

이젠 눈물도 말라 버렸다 생각했는데, 아직도 다 비워지지 못한 것이 남아 있었나 보다. 그녀의 눈물샘은 바닥을 드러내지 않을 만큼 깊은가 보다. 바보 같고 등신 같고 처량하고 미치도록 초라해서 눈물이 났다.

기록적인 속도로 업무를 마무리한 재혁이 수현의 집으로 찾아가기 전 마지막이라는 생각으로 전화를 걸어 봤지만 돌아온 대답은 뜻밖이었다.

강원도라니……. 화가 많이 나 있을 거라는 것, 혹시 만나 주지 않을지도 모르겠다는 예상은 하고 있었다. 만나 주지 않으면 다음 날 아침까지 기다렸다 얼굴 도장이라도 찍으려고 단단히 마음먹었는데…….

자신이 잘못하고 있다는 건 알고 있었다. 뭔가 이상하다 느낀 위화감은 눈덩이처럼 불어 이젠 어찌할 수 없는 커다란 불안을 조성하고 있었다. 여자 마음 하나 잡는 게 사업하는 것보다 배로 힘이 들었다.

순하고 늘 자신이 하자는 대로 따라오기만 했던 수현이 돌발 행동을 서슴지 않았고, 생각할 시간을 갖자며 폭탄을 던지기도 했다. 그리고 이렇게 말없이 종적을 감춰 버렸다.

재혁은 망설이다 지나에게 전화를 걸어 보았다.

— 오빠.

"어디니?"

— 나? 방금 진우 씨랑 헤어지고 집에 가는 중. 왜?

"수현이한테 전화 좀 해 봐."

— 뭐? 왜? 오빠가 하면 되잖아.

"내 전화는 안 받아."

— 뭐야. 또 무슨 일인데.

"그럴 일이 좀 있었어."

— 그럴 일이 뭔데? 수현이가 오빠 전화를 거부해? 수현이 걔가 은근히 고집 있어서 달래기 힘들 텐데.

"알아."

이제야 알았다. 수현이 그가 알던 이수현이 아닐지도 모른다는 걸. 자신이 보고 싶어 했던 모습만 봐 왔다는 것을.

— 안다는 사람이……. 아냐, 일단 내가 전화 걸어 보고 다시 할게. 끊어 봐.

다시 전화가 걸려온 지나에게서도 수현의 소식은 들을 수 없었다. 그녀는 다른 이들의 전화도 모두 피하고 있었다. 이렇게 된 이상 재혁은 강원도로 출발을 해야 하는 건지 결정을 내리지 못하고 있었다.

재혁은 구 비서를 불렀다.

"네, 이사님."

"내일 일정 어떻게 됩니까."

"네. L그룹 대표님과 계약 관련 사항 때문에 점심 약속 잡혀 있고, 시흥공장 내부 수리 완공 전 방문……."

"알겠습니다."

빠듯한 일정도 일정이지만 대민당 실세와의 중요 미팅 약속이 잡혀 있었다. 몸을 사리는 한 차관인지라 만나기까지 꽤나 공을 들였었다.

"이사님. 저녁 식사는 어떻게 할까요?"

"생각 없습니다. 박 비서와 먼저 퇴근하세요."

"하지만……."

"나가 보세요."

"그럼 도시락이라도 사다 드릴까요? 초밥 어떠세요?"

"괜찮습니다."

도시락……. 초밥……. 순간 퍼뜩 떠오른 생각에 돌아 나가려는 구 비서를 붙잡았다.

"전에 수현이가 도시락 싸 오지 않았습니까?"

"네? 네. 그런데 요샌 바쁘신지 들르시지 않네요."

"그래요?"

"저……. 이사님께 드릴 말씀이 있는데요."

그녀답지 않게 머뭇거리는 품새가 이상했다. 무슨 대죄를 저지른 사람처럼 고개를 푹 숙이고 얼마 전의 일을 상세히 이야기해 줬다.

"죄송합니다. 제가 함부로 입을 놀렸습니다."

"……아닙니다. 그만 퇴근해 보세요."

엎친 데 덮친 격이 이런 경우를 두고 말하는 걸까. 그는 얼마 전 나누었던 수현과의 대화를 상기하고 있었다.

'오빠. 내가 만든 계란말이 어땠어요?'

'응? 계란말이?'

'생각해 보니까 전에 만든 계란말이 간이 좀 짰던 것 같아서요.'

'괜찮았어.'

'괜……찮았다고요?'

'그래. 맛있었어.'

전부 알고 물어본 것이었다. 도시락에 손도 대지 않았다는 걸 알고서 자신을 떠본 것인데 멍청하게도 확인 사살을 날려 버린 것이다. 수현이라면 그가 계란 알레르기가 있다는 걸 모를 리 없었을 텐데.

변명 같겠지만 그는 도시락이나 배달 음식을 선호하지 않았다. 바쁠 때는 어쩔 수 없지만, 되도록 음식은 식탁 위에서 편하게 하자는 주의였다.

무심코 비서 둘에게 그녀의 도시락을 먹어도 좋다고 답한 것뿐인데, 수현이 충분히 오해할 만한 상황이었다.

'내가 네게 무슨 짓을 한 거니?'

너무 안일했다. 그래서 그렇게 방심하고 있었던 거다. 어차피 자신의 옆자린 수현, 그녀의 것이었고 절대 변하는 일 없을 거라 그렇게 생각해 왔다.

수현이 온전히 제 것이라 생각하고 있었다. 그녀를 동생 친구로만 보아 오다, 여인으로 받아들인 건 얼마 되지 않았지만 거기에 별다른 거부감은 없었다. 그거면 된 거라고, 충분하다고 생각했다. 정말로 무슨 자신감이었는지…….

새로 찍힌 발자국 위에 또다시 밀려드는 파도. 작은 소망은 산

산이도 부서진다. 밀려왔다 밀려가는 물결은 빈 가슴속을 휘돌아 다닌다.

밤잠 설치며 돌아눕기를 수차례. 믿어 온 사랑이 어리석은 기다림일지도 모른다는 의심으로 바뀌었다. 나에게 당신의 의미는 무얼까. 당신에게 나는 어떤 의미일까.

하찮은 사랑은 없다. 모든 사랑은 아름다운 것이다. 저마다의 사연이 담겨 있고 소중할 테니까.

모두가 대충 얼버무리며 꺼려지는 일은 뒤로 미뤄 둔 채, 나른한 일상에 떠밀려 하루하루를 살아간다. 문제는 뒤로 미뤄 놨던 상처가 곪아 터지기 직전인데도 살펴보지 않는 것이다. 단단할 것이라 믿어 의심치 않았던 진심은 사실 허술하기 짝이 없었다. 이렇게 불어오는 작은 바람에도 휘청거리다 주저앉고 싶어지는 걸 보면.

마음이란 게 단번에 정리된다면 아파할 필요도 없었을 텐데. 10년이란 세월 동안 한 사람만을 위해 향했던 관심과 애정을 무엇으로 보상받을 수 있을까. 다른 대상으로 대체하기란 불가능했다. 처음엔 야속함, 나중엔 후회와 자기반성이 밀려들었다.

차재혁.

그에게 잘못을 모두 전가시키기엔 그녀에게도 책임이 많았다. 괜찮은 척, 착한 척, 모두 수용하고 받아들일 수 있는 척, 천사의 탈을 쓰고 연기한 건 자신이 아닌가. 이제 와서는 이건 이래서 저건 저래서라는 이유를 들먹이는 게 우스웠다.

차라리 그가 손에 닿을 수 없는 존재였을 때가 오히려 포기하기가 쉬웠다. 하지만 제 사람이 될지도 모른다는 희망과 기대가 싹트자 어느새 그녀는 좀 더, 조금만 더……라고 욕심을 내기 시작했던 것 같다.

그에 대한 소유욕을 느꼈고 집착과 목마른 갈망에 허우적댔다. 하지만 대답 없는 메아리처럼 항상 그 자리에 서 있는 그에게 지쳐 갔다.

뭘 원하는지, 뭘 잘못하고 있는지, 왜 서운한지 그에게 제대로 설명해 주지 않은 자신에게도 책임은 있었다.

자신의 사랑은 일방통행이었다. 그에 대한 서운함도 모두 숨긴 채 착한 여자 역할에 흠뻑 빠져 있던 그녀였다. 혹여 해 달라는 것 많은 귀찮은 여자라고 생각할까 봐, 다른 여자들처럼 참지 못하고 졸라 대는 철부지로 여길까 봐, 그러다 그녀에게 실망해 멀어질까 봐 두려웠다.

아름답고 우아하고 예쁜 모습만 보여 주고 싶었다. 그게 잘못된 생각이었다는 걸 지금 뼈저리게 느끼고 있는 수현이였다.

잠을 설치고 새벽에 잠깐 잠이 들었다가 깨어난 그녀는 인적이 드문 바닷가에 서서 생각에 잠겨 있었다.

다행히 어젯밤에는 부친의 전화가 없었다. 멀고 먼 거리임에도 그녀의 기분 상태를 귀신같이 알아차렸다. 아무 일 없는데 그녀 혼자 강원도에 와 있다고 말한다면 이상하게 생각하실 게 분명했기에 며칠 쉬고 가려던 계획을 수정한 그녀였다. 자신 때문에 안 그래도 먼 곳에서 고생하시는 분에게 마음고생까지 안겨 드릴 순 없었다.

그의 무심함이 갑자기 변할 거라곤 기대하지 않았는데도, 왜 이렇게 여름 삼복더위에 축축 늘어지는 엿가락처럼 몸의 기운이 빠지며 무장해제 되어 버리는 걸까.

그의 눈동자엔 연인이라면 필수적으로 가져야 할 열정이 깃들어 있지 않았다. 최소한 여자를 대상으로 기본적인 욕망을 조금라도 내보여야 하는 건데……. 아직도 그에게 자신은 바람직한 신붓감 그 이상도 이하도 아닌 걸까? 그에게 울타리를 제공할 모범적인 아내상인 걸까?

그의 곁에 있고 싶었고 함께할 수 있어서 행복해 죽을 것 같던 마음은 점점 더 많은 것들을 요구하며 변질되어 가기 시작했다. 동생의 친구가 아닌 여자로 봐 주길, 사랑이 아니더라도 끌리는 욕망을 드러내 주길 원하고 있었다. 여자니까, 그녀도 남자를 흥분시킬 만한 매력이 충분히 있다고 느끼고 싶었으니까.

결국…… 자존감의 문제였다. 있으나 없으나 상관없는 존재, 그녀 아닌 다른 사람이 얼마든지 차지할 수 있는 자리에 서 있다는 것이 불안을 넘어 그녀를 뿌리째 흔들었다.

쏴아아.

다시금 파도가 밀려들었다.

"저기요."

어제 본 한 쌍의 연인이 세상을 다 가진듯한 행복한 얼굴로 사진기를 수현의 코앞에 들이밀었다.

"죄송한데, 사진 한 장 부탁드려도 될까요?"

"아, 네."

넓은 바다를 배경으로 자연스레 상대의 허리를 감는 그들의 행동이 아름다워 보였다.

찰칵.

행복한 연인의 모습이 카메라 앵글에 담겼다. 카메라를 넘겨받으며 자신들이 찍힌 사진을 확인한 그들은 뭐가 그리도 좋은지 연신 싱글벙글댔다.

"감사합니다."

귀엽고 앙증맞은 여자의 얼굴에 스민 예쁜 미소가 찬연하게 빛나고 있었다.

연인들의 계속되는 애정 행각을 지켜보던 수현은 슬며시 자리를 피해 펜션으로 돌아왔다. 그녀가 놓치고 있는 건 아무래도 생각보다 훨씬 많은 것 같았다.

차라리 아무것도 주지 않을 때가 나았을까. 어차피 기대하지 않았으니까. 하지만 지금은 달콤한 초콜릿 한 개를 맛보고 나머지 초콜릿을 왜 주지 않느냐 따지는 모양새였다. 그도 나름 노력하고 있다는 걸 아는데, 서운함은 혼자 외사랑을 할 때보다 훨씬 크기가 컸다.

바라보는 사랑이 이토록 어려운 것일까. 아님 그녀의 기대가 지나친 걸까. 사람 마음이 간사하다더니 딱 그 짝이었다.

'어처구니없겠지, 재혁 오빠도. 할 만큼 했다고 생각하고 있는 게 틀림없어.'

옹졸한 여자가 돼 버린 것 같았다. 별거 아닌 일에도 혼자 멀리 도망칠 만큼 못난 자신이 싫었다. 서울로 올라가 다시 마주할 그의 얼굴을 생각하니 그저 한숨만 나왔다.

멋지고 쿨한 모습을 보여 주고 싶은데, 마음의 준비가 어려웠다. 함께 같은 곳을 바라보며 다시 시작하자는 말에 지나친 기대를 품었던 걸까. 생각이 거듭될수록 답은 나오지 않았고 오히려 머리는 터질듯 복잡하기만 했다.

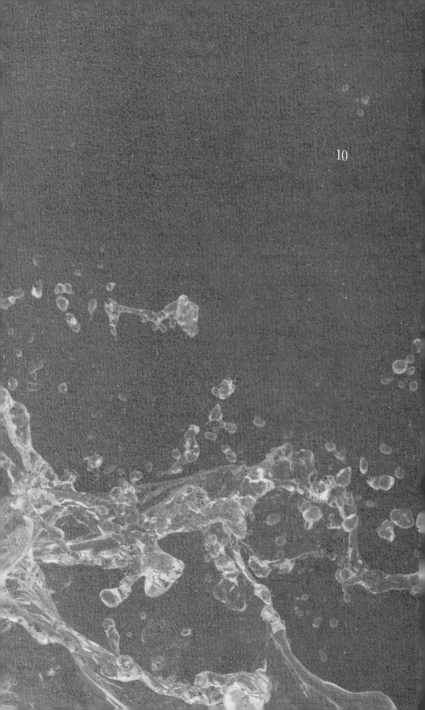

"이수현."

수업이 끝난 수현이 강의실을 나오는 길에 지나와 딱 마주쳤다.

"나랑 이야기 좀 하자."

거의 끌려가다시피 수현은 지나에게 붙잡힌 채 밖으로 나왔다.
교정 벤치에 앉아 자신의 눈치를 살피는 지나를 옆에 두고 하늘
만 쳐다보는 수현이었다.

"하늘이 참 높고 파랗다."

"너 정말! 지금 하늘이 눈에 들어와?"

"저건 뭉게구름인가 건가……. 아니 둥근 포크 모양이네. 맞지?"

지나는 태평해 보이는 수현을 보고 속이 터졌다. 차라리 오빠
에게 뭐가 서운하다느니 뭘 잘못했다느니 욕이라도 해 주면 시원
하련만. 아무렇지 않아 보이는 얼굴로 자신을 보며 구름모양이 어

쩌고저쩌고 주절대는 그녀가 이해되지 않았다. 답답해 복장이 터질 것만 같았다.

"쉽게 쉽게 살면 얼마나 좋아? 너도 오빠도 참 어렵게 연애한다, 어렵게 연애해."

수현은 그러고 싶었다. 만약 지나가 재혁과 전혀 관계없는 친구였다면 그럴 수 있었을지도 모르지만 그녀는 그의 동생이었다.

"오빠가……. 너 만나고 싶어 해."

"알아."

"연락 안 된다고 엄청 걱정한단 말이야."

"오늘 저녁에 만나기로 했어."

"정말?"

끄덕.

"잘됐다. 그래. 그래야지. 난 또 두 사람 완전히 틀어……. 아냐, 아냐. 만나기로 했으면 된 거지, 뭐."

그래, 그럼 된 거다. 없었던 일처럼 상처받지 않았던 것처럼 되돌아가는 순서. 만나고 이야기하고 헤어지고 또 만나고. 반복되는 일상 속에 눈 감고 귀 막는다면 평범한 시간은 계속될 거고 그는 그녀의 약혼자가 될 거다. 그래, 그럴 거다.

표정이 한결 나아진 지나를 먼저 보내고, 수현은 화장실 거울에 비친 자신의 모습을 망연히 바라보며 서 있었다.

'저 눈동자가 사랑으로 반짝이는 행복한 눈동자가 맞나? 저 얼굴이?'

거울 속엔 그녀 아닌 그녀가 비쳐 보였다.

인간의 욕심은 끝이 없고 같은 실수를 죽을 때까지 반복한다, 라는 글귀가 갑자기 왜 떠오르는 걸까. 인간이 가졌다는 두 얼굴, 거울에 비친 그녀의 내면은 생각보다 핼쑥하고 초라해 보였다.

그동안 그도 자신을 사랑해 줄 것이고, 우리 두 사람은 행복하게 잘 살 거라는 긍정적인 도취 상태에 빠져 있다가 조금씩 현실로 돌아오고 있는 중이었다.

처음으로 두 사람은 공원을 걸으며 산책하고 있었다. 항상 만나던 레스토랑이 아닌 이곳을 약속 장소로 정한 건 그녀였다. 저물어 가는 노을빛 아래 살랑이며 불어오는 바람이 걷기엔 그만이었다.

구두로 성큼성큼 걷는 재혁이 신경 쓰였지만, 운동화를 신고 나온 수현은 한결 마음이 가벼웠다. 복장도 평소와는 다르게 캐주얼 했다. 녹색 후드 점퍼를 입은 그녀를 보고 놀라던 일산댁의 얼굴이 떠올라 절로 입가에 미소가 담긴다.

두 사람 다 말없이 30분이나 걸었을까. 재혁이 먼저 입을 뗐다.

"앉자."

"네."

앞으로는 호수가 시원하게 펼쳐져 탁 트인 전경을 눈앞에 두고 나란히 벤치에 앉은 두 사람의 모습이 조금은 이질적으로 보였다. 남자는 완벽한 슈트 차림에 여자는 산책하러 나온 게 분명해 보이는 가벼운 옷차림. 어울리지 않는 조합이었다.

"바쁘세요?"

"아니. 아직 시간 있어."

다시 회사로 돌아가야 한다는 말로 들렸다. 그렇겠지. 그가 자신에게 할애할 수 있는 시간이 얼마나 되는 걸까. 1시간? 30분?

"내가 강원도에 널 찾아가지 않은 건, 나도 생각할 시간을 가지고 싶어서였어."

"……."

생각할 시간……. 어쩌면 이런 관계를 그만두자고 그가 먼저 제의할지도 모른다는 예감 때문에 그녀는 가슴이 졸아들었다. 원하는 것 같으면서 원하지 않았었는지 마음은 갈팡질팡했고, 두 눈동자엔 혼란스러움이 가득했다.

"오해하지 마. 내가…… 잘못한 게 많은 것 같아서 뭘 어떻게 해 주면 좋을지 생각할 시간이 필요했다는 뜻이야."

"아……."

생각보다 최악은 아니었지만, 돌덩이처럼 굳어져 가는 마음도 녹아내리진 않았다.

"수현아."

"네."

"도시락 얘기…… 들었어. 미안하다. 너의 정성을 무시해서 다른 사람에게 건넸던 게 아니야. 내가 먹을 수 없는 상황이라 그렇게 했던 것뿐이고. 많이 서운했을 거라고 생각한다. 내 입장만 생각했어."

차재혁은 멋있다. 사과하는 타이밍도 어쩜 이렇게 절묘한지, 마음에 담아 두고 홀로 가슴 쳤던 자신이 우스울 지경이었다.

혼자 치열하게 고민하고 울었던 그 일은 이렇게 그의 미안하다는 한마디의 말로 한순간에 없었던 일이 되어 버린다. 이렇게 쉬운 거였나. 그녀에겐 며칠을 마음 앓을 만큼 큰 상처였는데 이렇게 간단할 수 있다는 게 놀라울 뿐이었다.

"전에 말한 적 있을 거다. 원하는 게 있음 말을 해 달라고. 말해 주지 않으면 나는 잘 모른다고."

"기억해요."

재혁은 마음속으로 참을 인자를 새기고 있었다. 신경 쓰지 못했다는 자책과 미안한 마음에 이러지도 저러지도 못하며 감정의 기복이 심하게 오르내렸던 요 며칠이었다.

다시 만나면 잘해 줘야지, 미안한 마음을 표현해야지, 그리고…… 사실은 널 여자로 보고 있었다고 남자로서 다가가기가 어려워 눈치만 보고 있던 거라고 말을 해 줘야지, 라고 수도 없이 되뇌었었다.

그런데 청개구리 심보를 가졌는지 그녀의 얼굴을 보니 안심은 되었지만, 평소와 달리 눈도 마주치지 않고 시큰둥한 말투와 무성의한 대꾸가 그의 신경에 거슬렸다.

"나도 잘못한 거 많지만, 네게도 책임은 있다고 생각한다."

수현은 알고 있었다. 그의 탓만이 아니라는 걸. 하지만 재혁에게 그런 말을 듣고 싶었던 게 아니었다. 탓을 하자면 그녀가 스스로 자초한 일들이었지만 그래도 감싸 주고 달래 주었으면 하는 바람은 가볍게 무시되었다.

허탈했다. 드라마처럼 갑자기 사라져 버린 아내의 부재를 겪고 돌이켜 보니 그녀가 소중한 존재였다는 걸 깨닫게 되는 스토리까지는 아닐지라도, 진심 어린 그의 다짐을 기대했었다. 하지만 그 작은 바람마저도 사치였었나 보다.

"알아요. 제가 잘못한 게 더 많아요. 오빠의 말처럼."

말이라는 게 뱉고 보니 별거 아니었다. 언뜻 들어도 빈정거리는 말투였다.

"수현아, 잘잘못을 따지자는 게 아냐. 너와 나, 어차피 약혼하고 평생을 함께할 사이야. 그러니까……."

"아직 약혼한 거 아니잖아요."

"뭐?"

"약혼 전이라고요. 지금이라도 없던 일로 할 수 있어요."

"이수현!"

저도 모르게 버럭 성을 내 버린 재혁이었다. 어떻게 그런 말을 함부로 내뱉을 수 있을까. 암묵적 약속이었다. 식만 올리지 않았을 뿐이지 두 사람은 이미 약혼한 거나 다름없었다.

시간과 약속을 칼같이 지키는 재혁은 이 세상에서 믿음을 배신하는 인간을 가장 싫어했다. 다른 누구도 아닌 그녀의 입에서 이렇게 무책임한 말이 나오다니, 믿기지 않았다.

"할 소리가 있고 안 할 소리가 있는 거다. 아무리 화가 나도 그렇지 어떻게 그런 경솔한 말을 할 수 있어!"

처음 봤다. 재혁이 분노하며 소리치는 모습을. 수현은 그의 그런 모습이 생소하기도 했지만 반대로 눌러 왔던 뭔가가 저 밑바닥에서부터 치고 올라왔다. 멈출 수가 없었다.

"경솔한 거 아니에요. 계속 생각해 왔던 거예요. 잘됐네요. 저 원래 이래요. 그릇이 이것밖에 안 되는데, 그동안 아닌 척하느라 무지 힘들었네요. 지금이라도 아셨으니 다행이잖아요?"

"너…… 정말."

휙.

눈물이 솟구쳐 오르려는 걸 허벅지에 올려놓은 두 손을 꼭 쥐고 이를 사려 무는 것으로 버텨 낸 그녀였다. 쿨하게 덤덤하게 우아하게 말하고 행동하던 그녀는 어디로 갔는가. 당장은 눈앞이 뿌예지고 온몸이 긴장으로 아프게 당겨졌다.

그냥 좀……. 참아 주고 기다려 주겠다고 빈말이라도 하면 어디 덧나? 꼭 이렇게 다그치고 잘잘못을 따져 물어야 속이 시원한가? 그에게 자신은 어떤 존재일까? 집안끼리 적당히 맞아떨어지는 조건을 갖춘 상대, 아니면 요구하면 당연히 받아들일 거라 믿는 아군? 대체 뭘까?

"오빠에게 제가 여자이긴 한가요?"

"그런 말이 어딨어!"

"확신이 들지 않아요. 굳이 제가 아니어도 괜찮을 것 같다는 못난 생각도 해요."

"하아."

답답한 듯 재혁이 이마를 가린 앞머리를 쓸어 넘겼다. 어디서부터 꼬인 건진 모르겠지만 오늘은 단단히 마음먹고 나선 길이었다.

이야기를 나누다 보면 앙금도 풀릴 거라 생각했었는데 더 꼬여가는 것 같았다. 여자이긴 했냐니. 그럼 제가 남자를 만나고 있었단 말인가.

"결혼 상대자로 너를 좋다고 한 거다. 대체 무슨 생각을! ……잠시만."

벌떡 몸을 일으킨 그가 조금 떨어진 곳으로 걸어가 그녀에게 등을 지고 서서 숨을 몰아쉬고 있었다. 화를 가라앉히고 평정을 찾으려는 것 같았다.

후우.

결혼 상대자 이수현. 분명히 그렇게 말했었지. 그 말은……. 좋은 신붓감이라는 말이지만 사랑하는 대상은 아니라는 말인 건가? 뒤틀린 심사가 자꾸만 어긋난 방향으로 나아가고 있었다.

그가 다시 그녀의 곁으로 다가왔다.

"우리 서로 솔직해지자. 먼저 네가 원하는 걸 말해 봐."

"말하면 들어줄 거예요?"

"그래."

그를 곤란하게 만들고 싶었다. 자신의 난처한 요구를 그가 어떻게 대처하는지 알고 싶었다.

"아빠, 한국으로 돌아오시게 해 줘요."

"뭐?"

이건 자신의 억지였다. 무리라는 것도 안다. 불가능한 요구라는 것도 안다. 그리고 또 한 가지. 정작 부친은 하던 일을 내팽개치고 돌아오실 분이 아니었다. 그걸 잘 아는 수현이었다. 다만 그가 자신에게 어떤 답을 내놓을지, 그게 궁금했다.

"그건……."

"원하는 거 말하라면서요?"

두 사람의 눈동자가 허공에서 부딪쳤다. 검은 눈동자에 그득 담긴 난처함이라는 그림자를 읽어 낸 그녀의 심정은 어떤 말로도 표현할 수 없었다.

말도 안 되는 요구를 한 자신에게 화가 났고, 동시에 그의 마음을 확인받은 상처에 소금이 뿌려져 욱신거렸다. 말이라도 네가 원한다면 애써 보겠다, 힘써 보겠다 답해 주길 바랐다.

"됐어요. 잊어버리세요. 사적인 감정으론 처리할 수 없는 회사 일이잖아요. 꼭 그런 게 아니더라도 오시지 않을 분이세요, 아버지는."

할 말이 없었다. 담담히 내뱉은 수현의 말을 들으며 아차, 싶은 재혁이었다. 이재학 사장이 누구인가, 계약된 사항이 아니더라도 그분이라면 하던 일을 마무리 짓지도 않고 귀국하실 분이 아니었다. 무엇보다 그의 딸인 그녀가 잘 알고 있을 텐데…….

그제야 재혁은 수현의 의도를 파악하고 있었다. 지금에 와서 그녀의 마음을 돌리기 위해 노력해 보겠다고 말하는 건 가식일

뿐이었다.

아까보다는 제법 세차게 불어오는 바람이 두 사람 사이를 통과했다.

사랑은 감정이다. 사랑에 빠진 그 순간 마법을 경험한다. 눈이 멀기도 하고, 남들이 보지 못하는 곳에서도 크고 작은 변화가 일어난다. 또한 더 많이 사랑하는 쪽이 더 많이 상처받게 되는 것이다……

사랑만 있다면 얼마나 좋을까. 항상 배려하고 베풀 수만 있다면 좋겠지만, 그런 것들은 늘 한쪽으로만 기울기 마련이다. 그러다 보면 누군가는 항상 먼저 지쳐 버린다.

두 사람 중 먼저 지친 건 수현이었다. 지금에 와서 잘잘못을 따지는 건 의미가 없을 것이다.

그들은 사랑에 있어 동등한 관계를 가지기 위해 진통을 겪고 있었다. 서로를 이해하고 용서하며 마주 볼 진정한 연인이 되기 위한 첫걸음을 막 떼었을 뿐이었다. 짧은 혹은 긴 이별. 영원한 사랑은 없기 때문에 오직 시간만이 아픔을 바래지게 한다.

당신 없인 아무것도 못 할 거라고 생각했었지만 그래도 살아간다.

사랑하는 사람 곁에 머무는 것만으로도 다행이라고 생각했던 건 오만이었을까. 끝이 보이지 않는 막막함에 그리움은 눈처럼 쌓여 간다.

하지만 지치고 외로워도 그 끝에 그대가 있다는 확신이 있다면 기운을 내어 보고 싶다.

　시간은 더디지만 빠르게 흘러갔다. 수현은 임시 귀국 예정인
이재학 사장을 기다리며 생각을 정리하고 있었고, 재혁은 돌파구
를 찾고 있었다.

　"2주 뒤에 들어오신다고요?"

　— 허허, 그래.

　부친께서 한국에 임시 귀국 한다고 소식을 전해 왔다. 타이밍
이 절묘하다고 생각되는 건 왜일까.

　— 아비가 돌아가는 게 반갑지 않은 것 같구나.

　"아니에요. 아빠도 참. 그럴 리가 있어요. 보고 싶어요, 무척요."

　— 그래, 우리 딸. 아비도 하나밖에 없는 딸이 보고 싶구나.

　"아빠……."

아빠가 그곳에 계신 동안 많은 일이 있었어요. 저로 인해 그곳
으로 떠나셔야만 했던 일들도 모두 다 알아 버렸어요. 이제 와 되
돌릴 순 없겠지만, 그래도 예전처럼 알고 있는 것들을 모르는 척
하는 건 이제 그만하려고요. 그건 너무 비겁하잖아요. 그래선 안
되는 거잖아요.

　어떻게 아빠를 봐야 할지 모르겠어요. 더 이상 질질 끌려다니
고 싶지 않아요. 아빠가 화를 내실지도 모르겠어요. 행동과 말에

책임을 지는 사람이 돼야 한다고 항상 말씀하셨는데 지키지 못할 것 같아요.

— 수현아, 무슨 일 있니?

입 밖으로 내뱉어지지 않는 말들을 삼키며 수현은 숨을 골랐다. 아직 귀국 전이신데, 벌써부터 걱정을 끼쳐 드리고 싶지 않았다.

"아무 일도 없어요. 정말이에요."

— 흠······.

"아빠도 참. 매일 유모한테서 보고 받으시잖아요. 맞죠?"

부친이 몸은 멀리 떨어져 있어도 늘 자신을 걱정하며 매일 유모를 통해 보고 받고 있다는 걸 수현은 알고 있었다. 딸과 관련된 일에서만큼은 늘 걱정부터 앞서는 분이셨다.

— 알았다. 그럼 2주 뒤 만나자.

"네."

전화를 끊은 수현은 안도의 한숨을 내쉬었다. 미리 조치를 취해 두었기에 망정이지 저번에 혼자 강원도에 내려갔었다는 걸 알아 버리셨다면, 분명 끈질기게 추궁을 당했을 것이다. 유모에게 신신당부를 해 두었었다.

가슴을 쓸어내린 수현이 걱정스러운 얼굴로 자신을 바라보는 일산댁을 향해 미소 짓고 있었다.

"어떻게 하시려고요?"

"나도 잘 모르겠어요."

누군가 정답을 가르쳐 주면 좋겠다. 명확한 해답을 찾아 제시해 주면 좋을 것 같다.

더 이상 시간을 끌 수 없다는 것도 알고 있었다. 그녀가 고민하는 건 그와의 약혼이 아니었다. 약혼하지 않겠다고 선언함으로써 상처받을 사람들을 신경 쓰고 있었다. 부친, 친구인 지나, 차강필 회장님까지.

그래도 가장 신경이 쓰이는 건 역시 차채혁 그 사람이었다. 솔직해지자던 재혁은 결국 그녀의 바람을 들어주지 않았다. 무리한 부탁이라는 걸 알면서도 그 당시 느꼈던 절망감을 어떤 말로 표현할 수 있을까.

그날 이후 두 번의 만남을 가진 두 사람이었지만, 대화는 겉돌고 시간은 더디게만 흘러갔다.

재혁이 함께 저녁이나 하자며 수현을 불러냈다. 마침 할 말도 있었기 때문이다.

"수현아. 이수현."

"아, 네. 죄송해요. 뭐라고 하셨어요?"

"……이 사장님께서 귀국하신다고 들었다."

"네."

영혼 없는 듯한 무성의한 대답만 돌아오자, 그의 가슴에서 뭔가 울컥 치미는 듯한 느낌이 들었다. 재혁은 겨우 마음을 진정시켰다.

근래 항상 이런 식이었다. 재혁은 초조해하고 있었다. 잡힐 듯 잡히지 않는 뭔가가 두 사람 사이에 존재하고 있었지만, 재혁은 계속해서 참고 기다렸다.

하지만 그는 수현을 과소평가하고 있었다. 아니, 그녀의 자신에 대한 사랑을 알기에 자만했는지도 모른다.

"이 사장님 오시면 아버지께서 약혼 서두르실 거라고 하셨어."

"……"

"내 생각에도 사장님께서 이번에 귀국하셨을 때, 식을 바로 올……."

"오빠."

"네 마음이 아직 풀어지지 않았다는 건 알아. 내가 잘할게. 약속한다."

수현은 평상시와 달리 말이 많아진 재혁을 바라보고 있었다. 먼저 그만두자고 말해 주길 기다렸다. 그는 참는 성격도 아니었고, 말이야 바른말로 자신이 아니어도 그의 주위엔 넘치는 게 여자들이니까.

결국 끝이 이럴 수밖에 없다는 게 슬펐지만, 어차피 아름다운 이별은 없지 않은가.

"오빠……. 저 못 해요."

"뭐?"

"저…… 약혼하고 싶지 않아요."

"그게 무슨…… 뜻이야."

"말씀드린 대로예요. 오빠와 약혼하지 않을 거예요. 아버지 귀국하시면 바로 말씀드리려고요."

"너……."

그의 깊고 검은 눈동자에 놀라움이 넘실대고 있었다. 희미하게나마 아픔이라는 빛이 스치듯 나타났다 사라졌다고 느낀 건 착각이었을까. 이 한마디를 뱉기까지 얼마나 고민했었는지 모른다.

하지만 딱 한 번만 눈 감으면 차재혁은 네 것이 될 거라고 말하는 악마의 속삭임을 무시하기 어려웠다.

오래전 그가 피아노를 연주해 주던 그때 사랑에 빠졌다. 자신의 삶에 찾아들던 사랑이란 감정이 소중했다. 그 사랑이 처음이자 마지막일 거라고 믿었었는데, 시간이 흐를수록 일방적인 사랑은 점점 더 외롭고 힘겹기만 했다.

약혼식 때 입을 드레스를 고르던 행복한 때가 그림처럼 머릿속을 유영하기 시작했다. 지나가 진우와의 약혼을 앞두고 수현을 데리고 다닐 때, 그녀에게 이것저것 옷을 입혀 보기도 했었다. 거울속의 화려한 드레스를 입은 자신의 모습을 바라보며 가슴 설레어 하던 그녀였다.

"죄송해요."

그날 이후 그와의 연락이 끊긴 지 이틀이 지났다. 뭐라고 고함을 지르거나 화를 냈다면 차라리 편했을 거 같다. 하지만 그는 침묵했다. 지나치게 고요했다.

마음 속에서 고요함이 깨진 그 순간부터 운명 같았던 사랑이 변해 갔다. 오직 한 사람만을 바라보고 사랑할 거라 생각했던 견고한 세계가 흐릿해지고 흔들렸다. 서로의 공감에서 비롯되지 못했던 관계는 한 움큼 움켜쥔 손아귀에서 순식간에 잘도 빠져나갔다. 이 느낌을 뭐라 표현할 수 없었다.

사막의 신기루 같기만 했던 그녀만의 성이 무너지는 건 한순간이었다.

놓았는데, 놓아줬는데, 왜 눈물이 나는 걸까.

"이사님. 제발 천천히⋯⋯."

홀로 쓰디쓴 양주 한 병을 병째 들이켜는 재혁을 지켜보고 있다가 말리는 웨이터였다. 평소답지 않게 주량을 훌쩍 넘긴 건 고사하고 폭주 상태였다.

'오빠와 약혼하지 않을 거예요.'

"하!"

다른 사람도 아니고 그녀가 자신의의 뒤통수를 쳤다. 여자는 전부 믿을 수 없는 족속이었다.

"혼자세요?"

아까부터 계속 재혁을 야릇한 눈빛으로 바라보고 있던 여자가 타이밍을 잡았는지, 그에게 가까이 다가왔다.

"저도 혼자라 같이 마시면 어떨까 하는데. 오늘 파트너한테 제대로 바람맞았거든요."

"……."

"혹시 오해하실까 봐 미리 말해 두는데, 아무 남자한테나 막 쉽게 접근하는 그런 여자는 아니에요."

자신은 술집 여자처럼 쉬운 여자가 아니니 오해 말라는 소리였다. 그는 아무렴 상관없었다.

"저도 한 잔 주세요."

그녀가 계속 말을 걸어왔지만 그는 들리지 않는 듯했다.

"우리 나갈래요?"

이제야 눈썹을 치켜들고 자신을 바라봐 주는 남자를 보며 여자는 묘한 미소를 흘렸다. 몸매가 그대로 드러나는 타이트한 옷을 입고 그에게 몸을 바짝 붙여 오는 여자였다. 여자는 민망함도 없는지 대놓고 제 욕망을 그에게 드러내고 있었다.

"마음에 들어요, 당신. 우울한 일이 있나 본데 내가 제대로 위로해 줄게요. 서로 책임지지 않는 쿨한 하룻밤, 어때요?"

"크큭."

"뭐, 뭐예요?"

재혁이 기분 나쁜 비웃음을 터뜨리자 재혁을 쏘아보는 여자였다.

"쉬운 여자는 아니라고 하지 않았나?"

"그런데요."

"만난 지 얼마 되지도 않은 남자한테 같이 자자고 하는 여자가 쉬운 게 아니면 뭐지?"

"뭐, 이런 사람이……."

"차라리 돈이라도 받으면서 당당해지는 게 어때. 개소리는 집어치우고."

촤악.

그녀는 그대로 잔을 들어 그의 얼굴 위로 술을 끼얹었다.

"나 참. 재수가 없으려니까."

엉덩이를 씰룩이며 사라지는 그녀에게 일순 바에 있는 남자들의 시선이 달라붙었다.

"이사님, 여기 있습니다."

아무렇지도 않아 보이는 재혁에게 오히려 웨이터가 혼자 더 어쩔 줄 몰라 하며 손수건을 내밀었다. 재혁은 얼굴을 대충 닦아 내고 양주 한 병을 추가로 더 주문했다.

"위로를 해 준다고? 웃기는군. 뭘 어떻게 위로를 한다는 거야. 그 싸구려 몸뚱이로? 어디서 건방지게……. 내가…… 누군 줄……. 수현아……."

"이사님?"

"……현아. 수현아……."

테이블 위로 고개를 처박은 재혁을 보더니 안 되겠다 싶었는지 웨이터가 대리 기사를 불러 그를 집에 보냈다.

"수현아……. 나한테 이러지 마."

집으로 향하는 차 안에서도 재혁은 끊임없이 수현의 이름을 불러 댔다.

"너 이러면……. 내가……."

이수현, 이수현!

재혁은 페이스를 잃고 허우적대고 있었다. 회의 시간에 멍한 표정으로 넋을 놓는가 하면 중요한 서류를 확인하면서도 사인을 빼먹기 일쑤였다. 비서진의 재촉이 들려와야 그나마 정신을 되찾았다. 약혼한 적 없으니 파혼당한 것은 아니지만 정신적인 충격이 컸다.

영원히 자신의 곁에 있어 줄 거라 생각했던 수현이 자신을 감당할 수 없다며 이제 와서 없던 일로 하자는 태도로 나왔다. 다시 모르는 사이로 돌아가자고.

콰앙.

다시 또 수현의 생각에 빠져 헤어나지 못한 그가 책상을 짧게 손으로 내리쳤다.

"이사님?"

충동적인 그의 행동에 놀란 구 비서가 그를 불렀다.

그의 인내심이 툭 하고 끊어져 버렸다. 이제까지 어떤 상황에서도 흔들리거나 초조해하는 모습을 내비쳤던 일이 전무한 그였다.

"나가 봐요. 오늘 일정 모두 취소하고 내가 지시할 때까지 들어오지 마세요."

"……알겠습니다."

하연은 여자의 직감으로 그를 혼자 두어야 한다는 것을 깨닫고 몸을 사렸다. 보통 일이 아님은 분명했다. 회사는 아무 문제없이 잘 돌아가고 있었으니까. 그렇다면…….

"무슨 일인데 그래요? 이사님이 큰소리까지 내시고?"

눈이 휘둥그레진 박 비서가 이사실을 나오는 하연을 바라보며 묻자 그녀는 얼른 입가에 손가락을 붙이며 고개를 좌우로 흔들었다.

"오늘 일정 모두 취소하래요."

"네? 하지만……."

"취소하세요. 요새 무리하셨잖아요. 신경이 날카로우신가 봐요."

박 비서는 하연의 평소와는 다른 단호함에 고개를 끄덕였다. 업무적인 면에서야 그가 훨씬 유능하다 할 수 있겠지만, 눈치가 빠른 그녀의 말을 따라서 나쁠 건 없었다. 모시고 있는 윗분들의 속내를 누구보다 먼저 알아채고 적절히 대응할 줄 아는 기민함을 갖춘 그녀였다.

"알겠어요."

하연은 냉한 기운이 감도는 이사실을 물끄러미 바라보며 한숨을 내쉬었다. 아무래도 오늘은 식사도 거르실 거 같았다. 재혁을 상사로 모신 이후 처음 본 표정이었다.

가끔은 로봇처럼 움직이고 자로 잰 듯 일정에 맞춰 사는 그가 안타까웠지만, 그만큼 인정을 받고 있었기 때문에 때론 존경스럽기도 했다. 바늘로 찔러도 피 한 방울 나올 거 같지 않은 그가 세상 다 무너질 거 같은 표정을 짓고 있으니, 놀라웠다. 그리고 그도 사람이 맞구나, 하는 생각에 반갑기도 했고.

아끼던 장난감을 잃어버리고 안절부절못하는 사람처럼, 놀이공원에서 엄마 손을 놓치고 뭘 어쩔지 몰라 당황한 사람처럼 그는 허우적대고 있었다.

'이수현 씨 때문인가?'

마음이 편치 않았다. 자신의 입방정으로 상처 입은 게 분명한 그녀가 이곳에 발길을 끊었을 때부터 조금씩 자신을 갉아먹던 양심의 가책 때문에 더 속이 탔다.

재혁은 예기치 않은 상황을 매우 싫어했다. 그래서 수없이 시뮬레이션을 하고 여러 상황들을 대비해 둔다. 인생이 평온하게 흘러가는 것처럼 보이려면 보이지 않는 곳에서의 수많은 희생과 노력이 필요했다. 그랬기 때문에 그는 누가 보더라도 K그룹의 후계자로 부족함 없이 이미지를 구축해 왔다.

하지만 그도 사람이기에 흔들리고 힘들고 주저앉았던 적이 많았다. 인복을 타고난 건지 그런 그의 옆엔 항상 좋은 사람들이 있었다. 자신을 보좌해 주는 성실한 사람들, 자상한 부모님, 착한 여동생 그리고 아름다운 수현이까지. 그의 주위엔 늘 그를 위해 몸을 사리지 않고 아껴 주는 많은 사람들이 존재했다.

열심히 제 일에만 집중할 수 있었던 건 그들이 함께해 줬기에 가능했다는 걸 깨달았다. 늘 함께할 사람들이기 때문에 특별히 고맙다, 미안하다는 인사의 말을 아껴 둔 것인데 그녀에겐 제 마음이 다 전달되지 않았던 거 같다.

그의 마음속에 이미 그녀는 자신와 한 가족이었다. 말을 하지 않아도 알아줄 거란 자신감은 그녀로 인해 비롯된 것이었다. 자신의 것이 분명하다는 믿음도.

딱 한 번, 열병을 앓은 후론 여자에게 눈도 돌리지 않았던 그가 수현을 선택한 건 조건이 맞았던 탓도 있었지만, 무엇보다 마음이 향했기 때문이었다. 동생의 친구를 여자로 보지 않으려 애썼던 경계를 무너뜨리자 그녀가 너무도 자연스레 제 마음에 박혀 왔다. 너무 순식간이라서 그도 깨닫지 못할 정도였다.

'오빠와 약혼하지 않을 거예요.'

물에 물 탄 듯 술에 술 탄 듯 유약해 보여도 자신이 한 번 결심한 일에 대해선 번복하지 않는 고집스러운 그녀였다. 10년간 그녀를 겪어 보면서 깨달은 것들이었다. 그녀는 동생 지나와의 관계에서도 대부분 의견을 들어주는 편이었지만, 정말 아니다 싶은 일엔 단호하게 거절할 줄도 알았다.

그녀 성격에 약혼을 안 하겠다고 말하기까지 수없이 고민하고 고뇌했으리라. 그 결정으로 인해 비난의 화살을 맞을 각오까지도.

2주였다. 이재학 사장님의 임시 귀국까지 2주 동안 어떻게든 그녀의 맘을 돌려야 했다. 반드시.

자신의 옆자리는 이수현 이외에 생각할 수 없었다. 약혼설이 나도는 중일지라도 주위에서 자신의 딸을 은근히 들이미는 많은 사람들이 그의 주변엔 늘 존재했다. 혹여 파파라치에게 이상한 사진이라도 찍혀 기사로 나와 수현이 보고 오해할까 싶어 늘 주위를 살피고 조심히 행동했다.

노골적으로 속눈썹을 깜박이는 적극적인 여자도 물론 있었다. 그런 여자들을 보면 욕망이 이는 게 아니라 추하게만 느껴졌다. 오히려 조용히 고개 숙이고 그의 말을 경청해 주는 얌전한 수현의 생각만 더 깊어질 뿐이었다.

동생 지나와는 달리 수현은 공식적인 자리 외엔 큰 연회나 파티에 참석하지 않았다. 결혼하고 나서는 그런 자리에 종종 참석을 해야 하기 때문에 가끔 곤란하긴 했지만 싫어하는 걸 억지로 등 떠밀며 시키고 싶지 않았다. 나름 그녀를 배려한다고 했던 행동인데, 한 번도 그런 자리에 함께하지 않아 서운했을 수도 있겠다 싶었다.

오후의 노을이 창을 붉게 물들일 때까지 생각에 잠겨 있던 재혁은 일어나 창가 쪽으로 가서 섰다.

그가 내린 결론은 단 한 가지였다. 놓아줄 수 없다. 이기적인 줄 알지만 다른 여자는 생각할 수 없었다. 그리고 무엇보다 내가 아닌 다른 남자의 품에 안긴 그녀를 상상할 수 없었다. 절대로 누구에게든 수현을 양보할 수 없다.

표현이 부족했다면 이제부터 조금씩 변해 갈 거다. 그동안 쌓여 왔던 서운함이 단숨에 날아가 버리도록.

'나, 이제 와서 너 못 보낸다, 이수현. 아니. 놓지 않는다. 넌 처음부터 내 여자였어.'

붉은 노을이 재혁의 몸을 뒤덮었다. 그의 눈동자가 발갛게 타오르는 건 노을 탓만은 아닌 것 같았다.

"나야."

— 네.

"지금 제주도야. 출장 와 있어."

— 네.

"내일 돌아갈 예정이야. 올라가면 식사라도 같이 할까?"

— ……

"선물 사 놨어. 이 사장님 것도 준비했으니 네가 전해 드려."

— 오빠…….

"올라가서 연락할게. 잘 자."

— 고마워요. 근데 오…….

"지금 운전 중이라 통화는 길게 못 해."

누가 보더라도 그녀는 그와의 대화를 피하고 있었다.

— 내일은 학교에 가요. 논문 준비 때문에 하루 종일 학교에 있을 거 같아요.

"그럼 학교로 갈까?"

— 네? 뭘 하신다고요?

"학교에 하루 종일 있을 거라면서?"

— 오…… 오빠. 그건……. 따로 만나요. 내가 약속 장소로 나갈게요.

"그럴래?"

수차례 만남을 피하는 수현 때문에 애를 태우던 재혁의 입가에 미소가 드리워졌다. 뭘 걱정하는 건지 빤히 보였다. 당황하며 얼굴을 붉히는 그녀의 얼굴이 떠올랐다.

마음이란 게 처음이 힘들지 한번 빗장을 열기 시작하니 막혔던 강물이 흐르듯 넘실대며 흘러가기 시작했다. 무엇 때문에 억누르고 표현하지 않았을까. 그건 어쩌면 믿는다, 믿는다 하면서도 외면당할지도 모른다는 불안감 때문이지 않았을까.

서이수. 그가 처음으로 사랑했었던 여자였다. 단 한 번이었던 만큼 이별에 대한 충격도 컸다. 사랑한다고 속삭여 주던 연인은 하루아침에 돌변해 다른 남자와 결혼했다.

당시 그는 회사에 실력을 입증해야만 했다. 부친 차강필은 아들이라고 해서 무조건 감싸지 않았다. 바닥을 굴러 봐야 진정한 오너가 되는 거라며 건설 현장 방문이나 공장 파업으로 살기등등한 노조원 협상까지 직접 참여하도록 지시했었다.

스트레스는 말도 못 했고 하루에 4시간도 안 되는 쪽잠만 자기 일쑤였다. 연인에게 할애하던 시간은 날로 줄어들었다. 서이수, 그녀는…… 그동안 다른 남자에게 눈을 돌리고 있었다.

중소기업의 딸이었던 그녀는 동생이 Y모직 장남과 정략으로 먼저 시집을 가자 위기감을 느끼며 초조해했던 것 같다. 아들 없이 두 딸만 있던 Y모직의 서 사장은 사위가 된 둘째 딸의 남편에게 주식을 전부 넘기며 회사 경영에 참여를 시켰다.

서이수는 욕심이 많은 여자였다. 그래서 더는 기다리지 못하고 그를 내동댕이친 채 한 마디 말도 없이 다른 남자와 결혼해 버리고 말았다. 그녀를 잡지 못했다. 그때는 어리석게도 그녀의 마음을 읽어 주지 못한 자신의 잘못이라고 생각했었는데…….

하지만 지금에 와서 다시 생각해 보면 서이수에 대한 내 마음도 그녀를 잡지 못한 마음, 거기까지가 아니었을까.

그 후로 그에게 여자는 믿을 수 없는 존재가 되었다. 그러다 수현을 만났고, 그녀를 지켜보며 그녀는 아니겠지, 아니겠지 하면서도 마지막까지 믿지 못한 마음이 분명 있었다.

잘못된 생각이라는 걸 이제 와 깨달았지만, 많이 늦었지만 제 진심은 그게 아니었다는 걸 알려 줘야 했다. 최소한 그녀만의 일방적인 마음이 아니었다는 걸.

❖

"이게 뭐예요?"

"수선화."

"그건 알겠는데. 왜 이걸……."

"생각해 보니까 너한텐 한 번도 꽃을 선물해 준 적이 없는 거 같아서."

이 남자가 왜 이럴까. 학교 정문 앞에서 기다리고 있던 그의 모습이 낯설었다. 늘 익숙했던 슈트 차림이 아닌, 캐주얼한 복장을 한 그가 제 또래의 남학생들처럼 보이기도 했다. 하지만 그것보다 꽃다발을 한 아름 든 채 주위의 흘끔거리는 시선을 한 몸에 받고 있는 이 남자가 정말 차재혁, 그가 맞는 건가?

"오빠. 왜 이래요, 정말."

"꽃 싫어? 그럼 다음엔 케이크로 할까?"

"그런 말이 아니잖아요, 내 말은."

"일단 가자."

"네? 어디로요?"

"네가 전부터 입에 침이 마르도록 칭찬했던 학교 앞 떡볶이 집으로."

"……."

그가 그 말을 기억하고 있다니 놀라울 따름이었다. 분명 그 때 그는 서류에 살피며 자신의 말을 대충 듣는 둥 마는 둥 했었는데…….

"기억하고 있었어. 전부는 아니었지만."

뭐라고 할 말이 없어진 수현은 꽃다발을 안은 채 고개를 홱 하고 돌렸다.

"나 배고프다. 1시간 전부터 여기서 기다리고 있었거든."

얼떨결에 학교 앞 떡볶이 집까지 그와 함께 오게 됐다. 이곳에서 그와 마주 앉아 있다는 게 믿기지 않았다. 맛있게 떡볶이를 먹는 재혁의 모습은 그녀가 알던 그가 분명 아니었다.

"천천히 드세요. 체해요."

"맛있다. 떡볶이를 오랜만에 먹었더니 더 맛있는 거 같아. 너도 얼른 먹어."

항상 고급스러운 레스토랑에서 바른 자세로 나이프를 들고 고기를 자르던 그에게 익숙해져 있었는데, 떡볶이라니……. 바로 앞에서 보고 있어도 믿기지 않았다. 조금 매웠는지 땀까지 흘리며 먹는 그를 위해 물을 따라 주던 그녀의 손길이 분주했다. 매운 걸 잘 못 먹는구나……. 어쩐지 그의 약점을 알아 버린 것 같아 기분이 이상했다.

"왜 이러는 건데요?"

"내가 왜 이러는 거 같은데."

"오빠 바쁜 사람이잖아요."

"그래, 네 말이 맞아. 바쁘다는 핑계로 널 외롭게 했고 지치게 만들었고 힘들게 했어. 인정해. 그래서 이젠 좀 달라져 보려고."

"오빠……."

"다시 한 번만 더 기회를 줘. 내가 잘못한 거 만회할 수 있도록. ……부탁해."

시공간이 일순간 정지하는 현상을 체험했다. 진심이 담뿍 담긴 재혁의 눈동자에 그녀가 들어 있었다. 그토록 바라 온 그의 마음이 그녀를 향해 열리고 있었다.

"내 옆에는 네가 있어야 한다는 생각은 변함이 없다. 나한텐 다른 누구도 아닌 네가 필요해."

순간 휘청하고 흔들렸다. 어렵게 다잡은 결심이 또다시 무너지려 하고 있었다. 그랬기 때문에 수현은 그와 잠시 떨어져 있고 싶었다. 냉정해지기 위해서라도 혼자 있고 싶었다. 그를 다시 만나면 또다시 이전으로 돌아갈 것만 같았다. 그가 손 내밀기만 하면 조르르 달려가던 바보 이수현으로.

이러다 다시 예전처럼 되돌아가면 어쩌지? 그가 당장은 그녀를 붙잡는다 해도 지금은 그녀를 원한다고 해도 또 다른 이유가 있다면? 깨어진 사기 조각처럼 바닥을 나뒹구는 믿음이란 조각들을 다시 잇는 건 생각보다 쉽지 않기에 수현은 망설이고 있었다.

그와 떡볶이 집에서 헤어지고 난 후, 복잡한 마음에 결국 도서관으로 가지 않고 집으로 와 버렸다.

거실에서 창밖을 보며 서 있다가 차라도 마실까 해서 주방으로 들어가 보니 어정쩡한 자세로 싱크대를 짚고 몸을 굽히고 서 있는 일산댁이 보였다.

"유모도 참. 그런 자세로 있으면 허리가 굽는다니까."

"네……. 뭐 필요한 거라도 있으세요?"

"국화차 한 잔 마시려고요."

"네……. 가져다 드릴게요……."

유모의 목소리가 조금 이상하다 생각했지만 별일 아니겠지 싶어 거실로 나와 소파에 앉아 있었다.

그러고 나서 유모가 조금 오래 걸린단 생각이 들 때쯤 그녀가 국화차를 내왔다. 그런데 어딘가 불안정해 보여 대신 찻잔을 받아 주기 위해 몸을 일으켜 유모에게 다가갔다.

"유모, 왜 그래요?"

"아니……. 아무것도 아니에요. 가슴이 좀 답답해서……."

유모의 얼굴을 본 수현이 깜짝 놀랐다. 얼굴이 지나치게 창백해져 있었다. 그녀가 평소 심장약을 복용하고 있다는 걸 알고 있었기에 불안했다.

"약 어디 있어요, 유모? 응?"

"그게……. 저기 방에……. 윽!"

"유모!"

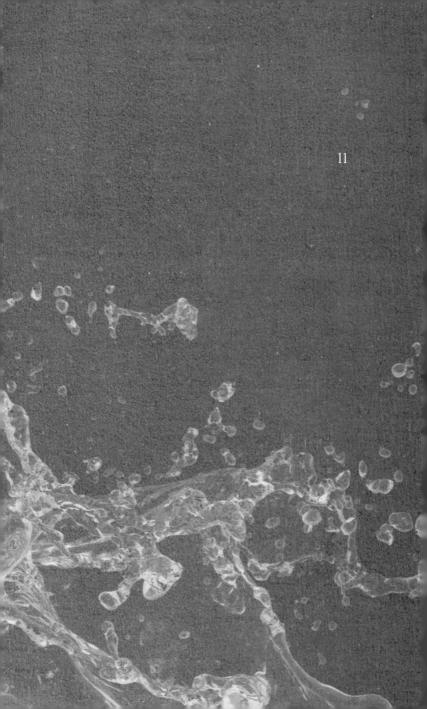

11

수현은 하늘이 노래진다는 말을 처음 체험했다. 갑자기 가슴을 쥐어뜯듯 움켜쥔 유모가 눈앞에서 쓰러지자 넋이 나가 버렸다.

"유모! 유모 정신 좀 차려 봐요. 왜 그래, 응?"

"허억……."

"유모!"

머릿속이 텅 비어 버린 것처럼 아무것도 생각나지 않았다.

몇 번이었지? 112 아니 119던가? 뭐지, 번호가……. 부들거리는 두 손으로 간신히 휴대 전화를 붙잡은 수현이 번호도 제대로 누르지 못하고 있었다. 그때였다. 수현의 휴대 전화 화면 위로 재혁의 이름이 떠 있었다. 수현은 그에게서 걸려온 전화에 통화 버튼을 눌렀다.

"오빠!"

— 수현이?

그 순간 재혁의 목소리가 한 줄기 빛처럼 구원의 손길을 내밀어 준 거 같았다. 왈칵 눈물이 흘러나오려는 걸 꾹 참은 그녀는 서둘러 도와 달라며 그를 보채고 있었다.

"오빠, 살려 줘요. 유모가 쓰러졌어요. 지금 유모가……."

목이 메어 더 이상 말이 이어지지 않았다. 어서 유모를 병원으로 데려가야 하는데. 시간이 없는데…….

— 기다려. 내가 다 알아서 할 테니까. 알았니? 문만 열어 둬."

"네, 네!"

— 119에 신고해 놨으니까 금방 사람들이 갈 거야. 침착해, 수현아.

얼마 지나지 않아 구급 대원들이 들이닥치고 정신없이 구급차에 올라타 병원에 도착했다. 곧바로 대기하고 있던 의료진에 의해 간단한 검사와 문진을 거쳤다. 사실 뭐라 대답했는지 기억도 나지 않았다.

"이수현 씨. ……이수현 씨?"

"네? 네!"

"다시 한 번 묻겠습니다. 환자가 쓰러질 당시 가슴을 움켜쥐었다고요."

"네 무척 괴로워했어요. 숨을 잘 쉬지 못하겠다고 했던 거 같아요."

"전에도 이런 적이 있었습니까?"

"아뇨. 쓰러지신 건 처음이에요. 심장약을 복용하고 있는 건 알고 있었지만, 건강하신 편이었어요."

"결과가 나와 봐야 알겠지만 수술이 필요할 것 같습니다. 수술에 관한 설명 먼저 들으시고 사인을 하셔야……."

"잠깐, 잠깐만요. 수술이라뇨? 많이 안 좋은 건가요? 살 수 있죠? 네?"

"……최선을 다하겠습니다."

"제발, 제발요! 살려 주세요, 제발……. 흐흑……. 뭐든 다 할게요. 시키는 대로 다 하겠습니다. 그러니까 제발요, 선생님……."

흰 가운을 붙들고 안타깝게 울부짖는 수현을 내려다보는 담당의 얼굴에 난감한 기색이 역력했다. 우선 그녀를 먼저 진정시킬 필요가 있었다. 담당의가 그녀를 일으켜 세우려 했을 때였다.

"수현아."

"오빠!"

출장 떠난다고 들은 것 같은데 눈앞에 그가 와 있었다. 염치 불고하고 수현은 그에게 달려가 매달리며 애걸하고 있었다.

"오빠가 우리 유모 좀 살려 줘요! 네? 오빠 할 수 있잖아요. 불가능한 거 없잖아요. 그렇죠?"

유모란 사람이 수현에게 어떤 의미인지 알 거 같았다. 어려서부터 수현을 돌봐 준 분이라 했던가.

이성을 잃고 절박하게 매달려 오는 수현의 모습이 낯설었다.

그녀는 초조함이 극에 달해 거의 제정신이 아닌 상태였다. 이러다간 그녀도 쓰러질 거 같았다. 그녀의 손을 잡으며 마음이 가라앉을 수 있도록 달래 주었다.

"기다려 보자. 진정하고. 내가 알아서 다 할 테니까, 걱정 마. 옆에 있을게."

"오빠."

수현은 전문의가 해 주는 설명을 들을 수 있는 상태가 아니었다. 다행히도 그녀의 옆에 있는 재혁이 차분하게 의사가 하는 말들을 주의 깊게 듣고 있었다.

"심근경색증은 환자의 50% 이상이 평소 아무런 증상이 없다가 갑작스럽게 발생하므로 평소에 발견을 못하는 경우가 많습니다. 심전도검사와 혈액검사를 했더니 급성심근경색입니다. 바로 관상동맥을 확장하는 시술을 할 예정입니다. 그나마 다행인 것은 급성 발생 직후 빠르게 병원에 도착해서 심장근육으로 혈액이 공급되지 않은 것을 막을 수 있었습니다. 수술 들어갑니다."

의사의 장황한 설명이 이어졌지만 정신은 딴 데로 실종된 지 한참이었다. 뭐라고 하는 건지 어디에 사인을 한 건지 모를 정도로 정신이 없었다. 오로지 유모를 살려야 한다는 생각밖에 없었다. 수술실 문이 닫히자 수현은 털썩 자리에 주저앉았다.

곧이어 유모가 들어간 수술실에 불이 켜졌다. 수술실에 들어가기 전에 마지막으로 본 유모의 창백한 얼굴이 안쓰러워 수현은 다시금 눈물이 차올랐다.

"수현아."

"······내가 유모 아픈 줄도 모르고 계속 일만 시켰어요. 짜증만 부리고······. 내가······."

못 해 준 것, 그동안 표현하지 못한 많은 일들이 주마등처럼 스쳐 지나갔다. 받은 사랑의 1000분의 1도 되돌려 주지 못했는데, 행복해하는 모습을 보여 주지도 못했는데, 이렇게 허무하게 보낼 순 없었다.

단 한 번도 이런 상황이 올 거라는 걸 생각해 본 적 없었다. 항상 자신의 곁에 있을 거라고 생각한 사람이었다. 그랬기에 그녀의 충격은 더 컸다.

"걱정하지 마. 이 분야에선 최고이신 분이 집도하실 거야. 그러니까······."

재혁이 이끄는 대로 수현은 수술실 앞에 비치된 의자에 앉았다. 그러곤 닫힌 수술실 문만 뚫어져라 바라보고 있었다. 그렇게 6시간 동안 꼼짝 않고 앉아 기대 있던 곳이 그의 품이었다는 걸 그녀는 깨닫지 못했다.

"중환자실에서 환자가 의식을 회복하면 개인 병실로 이동할 겁니다."

수술은 성공적이었다. 의사의 괜찮다는 말을 듣고서야 숨을 쉴 수 있었다. 멈췄던 심장이 제자리를 찾아 다시 뛰기 시작했다. 초점을 잃어 방황했던 동공도 다시 자리를 잡았다.

"아……. 감사합니다. 정말 감사합니다. 감사합니다."

수차례 몸을 숙여 인사하는 그녀의 얼굴에서 굵은 눈물방울이 바닥으로 흘러내렸다. 이대로 유모를 잃어버릴까 봐 얼마나 전전긍긍했는지 모른다.

당일은 면회가 금지되었지만 고집을 부리며 병원을 떠나려 하지 않는 수현이였다.

재혁은 수현을 설득해 병원 밖 잘 꾸며진 산책로로 이끌었다. 그녀를 쉬게 해야 했다. 아픈 사람도 신경이 쓰였지만 당장은 그녀가 더 걱정이었다. 그녀는 긴장이 풀렸는지 금방 쓰러질 것처럼 위태위태했다.

"잠깐 여기 앉자."

"……오빠, 출장 가 있었던 거 아니에요?"

서서히 정신이 돌아오는 건지 오늘 처음 그를 본 사람처럼 말을 건넨 그녀에게 재혁은 고개만 끄덕일 뿐 더 이상 대답을 하지 않았다.

자세한 설명도 없이 현장을 뛰쳐나온 상황이라 박 비서에게 연락해 마무리를 잘했는지 물어봐야 했지만, 우선은 그녀의 곁을 떠나고 싶지 않았다. 처음으로 자신을 믿고 의지하는 그녀의 모습에서 눈을 뗄 수 없었다.

만약 일이 틀어져 큰 손해를 감수하더라도 그녀를 지켜주기 위해 이곳까지 온 자신의 선택을 후회하지 않았다. 갑자기 먼저 결혼한 친구들이 항상 충고랍시고 해 주었던 말이 떠올랐다.

'결혼은 인연이 닿고 서로를 향해 마주 보는 순간이 가장 소중해질 때 해야 되는 거야. 인연을 붙잡는 건 너의 몫이겠지만 언젠가는 분명 이때다 싶은 순간이 찾아와. 그때를 놓치지 않는 게 중요해. 지나간 시간은 다시 되돌아오지 않잖아.'

누구나 알고 있는 뻔한 이야기라고 흘려들었었다. 하지만 오늘에서야 비로소 친구 녀석의 말이 이해가 되었다. 이수현, 그녀가 지금 자신을 필요로 한 이 순간을 잡아야 했다. 그녀를 놓치고 싶지 않다면 조금 더…….

"일 끝나고 막 출발하려던 참이었어. 일에 지장 있는 거 아니니까 걱정 마."

수현은 말없이 그의 넓은 어깨에 힘없이 머리를 기대 왔다.

"이제 다 괜찮으니까, 아무 생각 하지 말고 쉬자. 이러다 너도 쓰러지겠어."

"……빨리 와 줘서 고마워요. 진심이에요."

자신의 어깨에 기대 눈을 감은 상태로 고마운 마음을 표현한 그녀의 진심에 재혁은 아무 말도 할 수 없었다. 그녀가 자신에게 온전히 기대 오고 있음을 알 수 있었다. 빈말이 아니라 자신을 믿고 의지하고 있다는 것이 재혁의 가슴에 묵직하게 와 닿았다. 그녀가 힘들 때 옆에서 힘이 되어 줄 수 있다는 게 얼마나 다행이고 뿌듯한지 모르겠다.

그의 애정을 갈구하면서도 항상 일정 거리를 유지했던 그녀가 무장해제 된 상태 그대로 한 발 한 발 다가서고 있었다. 아름답고 현명한 여자를 원했지만, 정작 수현에게는 자신도 어느 정도 거리감을 느끼고 있었던 것 같다.

비집고 들어갈 틈이 없었다고 해야 할까. 이상한 말처럼 들리겠지만, 그녀의 깨끗함을 자신이 감당할 자신이 없었다. 굳이 자신이 아니더라도 그녀를 빛나게 해 줄 사람은 많을 거라고 생각했다. 그녀는 혼자 있어도 항상 빛이 나는 여자였으니까.

결론은 그도 그녀도 같은 생각과 착각에 빠져 서로의 벽을 허물지 못했던 것이다.

"못난 놈이 따로 없네."

재혁은 스스로에게 못난 놈이라 욕하며 혀를 찼다.

"네?"

"아냐. 아무것도. 면회는 내일부터라고 하니까 오늘은 일단 집에 들어가자. 어차피 여기 있어 봐야 아무 소용 없으니까."

"싫어요. 여기서 지키고 있을래요. 어차피 집에 아무도 없어요."

"고집부리지 말고, 내 말 들어."

도리도리 고개를 저으며 그를 올려다보는 그녀의 눈빛에 재혁은 순간 흔들렸지만, 그녀를 병원에서 재울 순 없었다.

"그럼 가까운 호텔 예약해 줄까?"

사실은 그녀를 혼자 두고 싶지 않았다. 같이 옆에 있어야 될 거 같았고, 뭐라도 좀 먹이고 싶었다.

"가자."

1시간 후 병원 옆 호텔 레스토랑에서 두 사람은 간단한 식사 중이었다.

조금 전 통화한 박 비서의 말에 따르면 현장에서 말도 없이 사라진 재혁의 무책임한 행동을 보고받은 회장님께서 화가 많이 난 상태라고 했다. 수현의 일이라는 걸 알고 계셨을 테지만 차 회장에겐 회사가 더 먼저였다.

"좀 더 먹어."

"생사를 넘나드는 사람도 있는데 밥이 넘어가는 게 죄스러워요."

달그락.

몇 술 뜨지 않고 결국 숟가락을 내려놓자 재혁도 덩달아 식사를 중단하고 말았다.

"고비는 넘겼다고 했으니까 너무 걱정 마."

"그래도 사람 일은 모르잖아요. 혹시라도……. 아, 그냥 지금 병원에 가 보면 안 될까요?"

"안 돼. 무슨 일 생기면 바로 연락하라고 했어. 괜찮아. 병원도 바로 옆이잖아."

"그래도요……."

"그분이 네게 어머니 같은 존재였다는 거 알아. 하지만 그래도 나한텐 네가 먼저야."

"……."

낯설었다. 낯선 그의 태도와 평생 그의 입에서 나올 것 같지 않았던 다정한 말들이 믿기지 않았다. 자신을 동정하고 있는 걸까? 아니면 의무감일까? 그 어느 쪽도 반갑진 않았다. 하지만 그의 눈빛에서 전해지는 진심을 차마 야멸치게 모르는 척할 순 없을 거 같았다.

이상했다. 오랫동안 보아 온 사람인데, 오늘 처음 그를 제대로 마주한다는 느낌이 드는 건. 절대 누구에게도 아쉬운 소리 하지 않을 것 같았고 웬만한 일엔 눈 하나 깜짝하지 않을 것 같은 완벽한 사람이 차재혁이었다.

그런 그가 정말 그녀를 진심으로 걱정스러운 눈빛으로 바라 봐 주고 있었다. 나에겐 네가 먼저라면서……. 창밖으로 보이는 별같이 영롱한 빛이 그의 눈동자에 박혀 있었다.

눈 감고 돌아섰다 하면서도 사랑하는 마음은 쉬이 버려지지 않았나 보다. 얼굴을 보기만 해도 눈을 마주치기만 해도 가슴이 떨려 오는 건 막을 수가 없다. 마음의 열쇠를 단단히 채웠다고 생각했지만, 너무 쉽게 열려 버렸다. 다 비워지지 않은 미련이 남아 있었던 걸까.

때론 내게만 모질다 생각했던 세상은 어느새 봄처럼 따뜻한 공기를 품고 나를 향해 웃음 지어 보인다. 세상이 온통 눈이 부셔 보였다. 절망, 후회, 그리움의 뒷면엔 용기와 환희 그리고 진실한 사랑이 기다리고 있었나 보다.

쓱.

테이블 위에 올려놓은 수현의 작은 손 위로 재혁의 커다란 손이 얹어졌다. 물끄러미 그의 손을 내려다보는 그녀의 눈동자에도 다시 생기가 돌기 시작했다.

자신의 무심한 행동들 때문에 마음이 많이 다쳤을 그녀라는 걸 알면서도 외면해 왔던 재혁이였다. 그가 지금까지 진심을 내비치며 해 왔던 말들이 그녀에겐 어떻게 들렸을지 모르겠지만 그녀와 자신의 관계를 믿고 싶었다.

"내가 잘할게. 다시는 널 놓치고 싶지 않아."

"재혁 오빠……."

"내가 널…… 많이 외롭게 한 거 알다. 그거에 대해선 변명하지 않을게. 하지만 앞으로 달라질 거야. 널 위해 노력할 거야. 그러니까 날 향한 너의 마음, 버리지 마. 나를 원하고 있는 너의 마음만 생각해. 표현이 서툴렀던 것뿐이지 너를 원하지 않았던 게 아냐. 나도 너를 너무나 간절하게 원하고 있어."

재혁의 뜻하지 않은 고백에 그녀는 또다시 눈물을 흘렸다.

10년 동안 지켜 온 사랑의 결실이 맺어지는 순간이었다. 그를 갖고 싶었지만, 가질 수 없었다. 늘 혼자 체념하고 고통스러워했는데, 이제는 그가 먼저 손을 내밀어 준다.

사랑한다는 말보다 너를 원하고 있다는 그 말 한마디가, 그녀의 가슴에 따뜻하게 와 닿았다. 그가 자신을 여자로 보고 있었다. 이제야 비로소.

수현의 눈물은 그칠 줄 몰랐다. 재혁은 자리에서 일어나 그녀의 옆으로 갔다.

"미안하다, 정말 미안해……."

그녀의 울음소리가 잦아들 때까지 재혁은 가만히 그녀의 어깨를 감싸 안고 기다려 줬다.

어느 정도 진정이 된 그녀가 민망했는지 그를 보며 얼굴을 붉혔다. 재혁은 수현을 데리고 호텔 룸으로 올라왔다.

"자, 들어가. 문단속 잘하고 내일 아침에 일찍 올게."

"……가지 마세요."

"그런 말 함부로 하면 안 돼. 나도 남자다. 무슨 뜻인 줄 알지?"

수현의 얼굴이 새빨개졌다. 뱉어 놓고 보니 엄청난 말이었다는 걸 뒤늦게 깨달았다.

'미쳤어, 미쳤어 정말!'

"그런 뜻이 아니었어요. 난 그저……."

"풋. 알아. 내가 널 모른다고 생각해?"

가지 말라는 그녀의 말에 괜히 긴장하고 있는 자신이 어색했다. 하지만 당황하는 모습의 수현을 바라보고 있는 것도 꽤 즐거웠다. 자신은 건강한 성인 남자였고, 이곳은 호텔 룸 앞이었다. 그런데도 욕망을 참고 있는 건 자신이 그녀를 아끼고 있다는 증거였다.

"죄송해요……."

"맨입으로?"

"네?"

더 이상은 참을 수 없을 거 같아, 그녀를 가볍게 자신의 품 안으로 당겨 안았다. 그의 기습에 놀란 그녀가 눈을 동그랗게 뜬 채, 이러지도 저러지도 못하고 있었다.

어색해하는 그녀를 재미있다는 듯 바라보는 그의 얼굴에 순간 웃음이 거둬졌다. 그리고 순식간이었다. 그의 입술이 그녀의 입술에 닿은 건.

새들이 서로 부리를 부딪치는 것처럼 입술만 살짝 맞대는 가벼운 버드 키스였다.

"잘 자. 내일 아침에 보자."

멀어지는 그의 뒷모습을 멍하니 바라보는 수현의 볼에 드리운 붉은 홍조가 짙어지고 있었다.

"에구. 이제 혼자 있어도 된다니까 그러네."

"나 할 일 없어요. 그리고 불안하단 말예요. 집에 혼자 있는 것도 싫고."

"아가씨."

중환자실에서 깨어난 일산댁은 상태가 많이 호전되어 곧바로 1인 병실로 옮겨졌다. 말하지 않아도 누군가의 발 빠른 지시가 있었다는 걸 알 수 있었다. 국내 굴지의 병원에서 극진한 대접을 받기란 병원 관계자 아닌 이상 힘들다는 것쯤은 알고 있었다.

그에게 고마웠다. 재혁은 이후로도 계속 날마다 찾아와 자신을 챙겨 주었다. 아주 잠깐 얼굴 도장만 찍고 다시 회사로 돌아간 적도 있지만, 그의 배려와 정성에 그녀의 가슴은 늘 두근거렸다.

수현에게 유모는 어머니와 같은 분이었다. 어려서부터 지극정성 돌봐 준 일산댁은 집안의 고용인이 아닌 가족 같은 사람이기도 했다. 자신에게 소중한 사람을 위해 애써 주는 재혁에게 고마웠다.

"무리한 일은 하지 마시고 당분간 계속 건강을 돌봐야 합니다. 재발은 위험하니까요. 제 말 알아들으셨습니까."

회진을 온 의사의 단호한 어조엔 거역할 수 없는 경고와 힘이 담겨 있었다.

"네."

축 처진 어깨와 수척해진 유모의 얼굴을 안타깝게 바라보며 수현은 전 같지 않은 그녀의 건강에 촉을 곤두세우고 있었다. 그녀에겐 늘 받기만 했다. 그녀가 이렇게 아픈 줄도 모르고 제 상처만 챙겼다. 이기적이었던 자신의 행동에 깊이 반성했다.

유모가 저에겐 가족과 같은 사람이라면서 정작 아무것도 해 주지 못했던 자신이 한심스러웠다. 유모가 아픈 게 다 제 탓인 것만 같았다. 자책감이 밀려와 수현의 눈에 다시 물이 차올랐다.

아무 말 없이 가만히 서 있는 수현을 무심코 올려다본 일산댁의 눈이 화등잔만 하게 커졌다.

"무슨 일이세요? 네? 이사님이 또……."

"아니, 아니에요 그런 거. 그냥 유모가 괜찮아져서, 너무 기

뼈서……."

일산댁은 가슴이 뭉클해졌다. 표현은 안 했지만 그녀야말로 지옥을 다녀온 기분이었다. 가슴이 막히고 눈앞에 아무것도 보이지 않았을 땐 이대로 죽는 거구나 싶었다. 생에 대한 미련은 없었지만, 그 순간에도 홀로 남을 수현이 자꾸만 마음에 걸렸다.

처음 제 손으로 키워 본 예쁜 여자아이였다. 제 속으로 낳은 아이는 아니지만 친자식만큼이나 그녀를 자신보다 더 아끼며 사랑으로 키워 왔다. 그렇게 애지중지 키운 수현을 홀대하는 사람이 나타나자, 일산댁은 자기 일처럼 마음 아파했다.

하지만 깨어나 보니, 전화위복이 되었던 걸까? 수현과 차 이사의 사이가 예전과는 확실히 달라져 있었다.

"조금 있다가 차 이사님 오시면 오늘은 집에 들어가세요."

"……."

"제가 불편해서 그러네요."

"거짓말."

"환자 마음 편하게 해 줘야 한다던 의사선생님 말씀 기억하시죠?"

끄덕.

"여자 얼굴이 이게 뭐예요. 피부도 거칠어지고. 누가 보면 내가 아니라 아가씨가 더 아픈 줄 알겠어요. 사장님도 곧 한국 들어오실 텐데 걱정하세요."

수현은 기어이 저를 집으로 들여보내려는 일산댁을 바라보다 마지못해 고개를 끄덕였다. 아프고 힘든 상황에서도 늘 자신만 걱정하고 있었다.

"퇴원하면 우리 여행 가요."

"여행요?"

"네. 전에 섬에 가고 싶다고 했었잖아요."

"그걸 기억하고 계셨어요?"

"조용한 곳으로 가서 며칠 쉬다 와요, 우리."

"그래요. 기분 좋네요."

조용히 고개를 끄덕이며 미소 짓는 일산댁과 수현의 얼굴엔 정겨운 분위기가 흘러넘치고 있었다.

더 늦기 전에 추억을 만들고 싶었다. 자신이 점점 더 커 가면서 유모와 함께한 시간이 별로 없었던 듯했다. 바쁘다는 핑계로, 내가 아프다는 핑계로 늘 미뤄 왔었다.

"참 무의도에도 가 봐요. 추억이 있는 곳이잖아요."

"기억나죠. 사람들이 참 순박했었죠. 그곳도 개발이니 뭐니 해서 변하진 않았을지."

어릴 적 아주 잠깐 머문 적이 있었다. 부친의 사업이 정상 궤도에 오르기 전이었는데 아름다운 풍광에 흠뻑 빠져 지냈었다. 1년 머물렀었지만 아직까지도 잊히지 않는 추억들을 심어 준 곳이기도 했다.

하지만……. 그 여행에서 수현은 또 다른 고뇌에 빠져들게 된다.

"왔어요, 오빠?"

반가움이 얼굴에 뚝뚝 묻어났다.

'저리 좋으실까.'

일산댁은 만면에 화색이 도는 수현의 얼굴을 보고 빙그레 미소 짓고 있었다. 다행이었다. 이젠 정말 혼자만의 가슴앓이가 끝이 났나 보다.

제삼자인 일산댁이 옆에서 지켜보아도 재혁은 정말 많이 변해 가고 있었다. 따뜻하게 수현을 바라보는 눈길이 그랬고, 다정한 말투가 그랬고, 날마다 찾아오는 정성이 그랬다. 그동안 산처럼 쌓아 둔 미움이 눈 녹듯 사라져 갔다.

"어서 오세요, 이사님."

"몸은 어떠십니까."

"덕분에 비싸고 좋은 병원에서 많이 회복되고 있어요."

"다행입니다."

"그나저나 오늘은 아가씨 좀 집에 데려가 주세요."

"유모……."

"혼자 있고 싶어서 그래요. 정말이네요."

재혁은 일산댁의 의도를 금방 파악했다. 며칠을 집에도 안 들어가고 마음 편하게 쉬지 못했던 수현이 걱정되었던 거다.

"간병인을 구해 놨으니 무리하지 마시고 푹 쉬세요."

"감사합니다."

일산댁은 일부로 그의 호의를 거절하지 않았다. 간병인을 거절하면 수현은 절대 집으로 돌아가지 않을 것이기에.

"우리 아가씨 맛있는 거 좀 사 주세요. 요새 살이 너무 빠지신 거 같아요."

"그러겠습니다."

수현은 재혁과 편하게 대화를 나누는 일산댁이 낯설었다. 유모가 재혁 오빠에게 저런 말을 하다니 놀라울 따름이었지만 더 놀라운 건 마치 당연하다는 듯 긍정의 대답을 하는 넉살 좋은 그의 모습이었다. 언제부터 저렇게 둘이 친하게 지냈다고…….

하지만 한편으론 가슴이 뭉클해졌다. 그녀가 사랑하는 두 사람이 곰살맞게 서로를 대하는 모습이 보기 좋았다.

"수현아."

"네, 오빠."

"가자."

"……."

"어서 가세요. 저는 정말 괜찮으니까."

빨리 나가 보라 손짓하는 유모의 재촉에 그녀를 혼자 두고 가기가 끝내 마음이 편치 않았다.

"경험 많은 간병인을 불렀으니까 걱정 마. 곧 도착할 거야."

"……네."

수현은 그에게 붙들려 나가면서도 연거푸 뒤를 돌아보며 그녀를 확인했다. 한 번 놀랐던 가슴은 불안을 새겨 놓은 듯 쉽게 잊히지 않았다.

바로 눈앞에서 잃을 뻔했기 때문일까. 당장 앞에 닥쳐야만 소중한 걸 깨닫는 우매한 인간이기에 그런가 보다. 항상 곁에 있어 줄 거라 믿었던 사람이기에 놀랐던 가슴은 쉽게 진정이 되지 않았다. 자꾸만 자고 있는 일산댁의 코끝으로 귀를 가져다 대 숨은 제대로 쉬고 있나 확인하게 되고, 한시도 떠나 있지 못했다.

"괜찮을 거야."

"네⋯⋯."

자신을 바라보며 괜찮다고 확인받고 싶어 하는 아이처럼 그렇게 고개를 끄덕이는 그녀를 자신의 품에 꼭 안아 주고 싶었다. 안심하라며 그녀의 등을 다독여 주고 싶었다. 한번 무장해제가 되고 나서는 감정이란 것이 봇물처럼 흘러넘쳐 감당이 안 될 정도였다.

그녀가 떠나지 않아 다행이었다. 그녀는 늘 자신을 기다려 줬지만 그 시간들이 얼마나 외롭고 불안했을지 이제는 안다. 그렇기에 이젠 더 이상 그녀를 혼자 두고 싶지 않았다. 같은 곳을 바라보며 함께하고 싶었다.

많이 늦었지만 지금이라도 먼저 다가가고 기다려 주고 이해하려 애써 본다. 참 이상했다. 이렇게 별거 아닌 일이었는데 그땐 왜 몰랐을까. 조금만 더 일찍 깨달았더라면 그녀에게 상처를 남겨 주지는 않았을 텐데. 이렇게 작은 행동 하나에도 기뻐하며 웃음 지어 보이는 수현을 보고 재혁은 많은 반성을 했다.

그리고 자신의 안에서 조금씩 더 커져 가는 그녀의 존재를 느끼고 있었다.

"오빠, 어디 가는 거예요?"

"밥 먹으러."

"나 조금 답답한데……."

"가고 싶은 곳 있어?"

자유로운 곳, 둘이 손잡고 걸으며 바람이라도 쐬고 싶었다.

"음, 홍대?"

"홍대?"

"아니, 그냥…… 좀 돌아다니고 싶어서요. 사람 많은 곳이라
좀 그렇죠?"

"가자."

"어? 정말요?"

그녀의 손을 더 꽉 잡고 재혁은 망설임 없이 차를 타고 홍대로
갔다. 젊음의 거리라 불리는 곳에서 맛있는 식사를 하고 간단히
차라도 마실 겸 카페에 들어갔다.

여느 연인들처럼 자연스럽게 손을 잡고 걸으며 데이트를 하고
있다는 것이 수현은 믿기지 않았다. 자꾸만 간지러운 기분이 들어
묘했다.

심플한 인테리어가 돋보이는 카페에 마주 앉은 재혁과 수현은
누가 봐도 예쁜 연인의 모습을 하고 있었다. 자신이 고른 인절미
빙수를 가운데 두고 이걸 어떻게 먹어야 하나 고민하고 있는 재
혁을 바라보며 수현은 미소 지었다. 적당히 빙수를 섞어 숟가락으
로 떠 주니 주는 대로 받아먹는 그가 꽤 귀여워 보였다.

"어때요?"

"차가워."

"풋. 빙수니까 당연히 차갑죠. 여기 인절미 빙수가 유명하대요. 그래서 한번 꼭 먹어 보고 싶었어요."

"너랑 먹으니까 더 좋다."

재혁의 돌직구에 수현의 얼굴이 새빨갛게 붉어졌다. 그를 가만히 쳐다보고 있기가 민망해 고개를 돌린 수현의 시야에 다른 연인들의 모습이 들어왔다. 그들도 수현과 재혁처럼 핑크빛 기류가 흘러넘치고 있었다. 여기저기 휴대 전화를 들고 서로의 사진을 찍어 주는 모습도 보였다.

"우리도 사진, 찍을까?"

"네?"

"생각해 봐. 너랑 나, 둘이 찍은 사진이 없잖아. 지나와 셋이 찍은 사진뿐이잖아."

수현은 주위를 다시 둘러보았다. 연인들은 부끄럽지도 않은지 다정한 포즈를 취하며 사진을 찍어 대고 있었다. 저렇게까지 사진을 찍을 수 있는 용기는 없었지만, 어쩐지 그의 말을 듣고 보니 둘이 같이 찍은 사진 한 장 정도는 갖고 싶었다.

드륵.

갑자기 맞은편에 앉아 있던 재혁이 의자를 뒤로 밀며 일어났다.

"어……."

자리에서 일어난 그가 휴대 전화를 들고 수현의 옆자리로 오더니 대뜸 그녀의 어깨를 감싸며 얼굴을 붙여 왔다.

"아니, 그게……. 저……."

"가만있어 봐."

수현은 돌발적인 행동이 어색해 말도 제대로 나오지 않았다.

"자자. 얼굴 좀 들어 봐. 너 지금 되게 이상하게 나와."

"네에?"

찰칵.

카메라 촬영음이 한 번 들리는가 싶더니 그는 그러고 나서도 몇 번이나 촬영 버튼을 눌러 댔다. 수현은 이제 그만 찍어도 될 거 같아 민망함에 그를 말렸다. 그의 행동이 귀여워 웃음이 터진 순간이었다.

"좋아, 그 표정. 마지막으로 한 번 더!"

찰칵.

한 장은 건졌을 거라는 재혁의 말에 수현은 또다시 미소를 지었다. 민망함도 잠시뿐이었다. 저장된 사진들을 살펴보며 어떤 사진이 제일 나은지 고르고 있는 수현을 바라보는 재혁의 얼굴에도 뿌듯함이 떠올랐다.

"이 사진으로 해요."

"그래. 나도 그 사진이 제일 마음에 들어."

사진을 공유하고 각자 휴대 전화 배경화면으로 지정해 놓은 뒤 서로를 마주 보는 눈빛에는 애정이 담뿍 담겨 있었다.

"회사 들어가 봐야 하는 거 아녜요?"

"오늘은 괜찮아."

사실 한가한 상황은 아니었다. 늘 일이 쌓여 있는 일정이었지만 재혁에겐 수현과 함께 있는 시간들이 더 소중했다. 그녀가 웃어 주면 피곤함도 다 싹 사라지곤 했다.

행복은 늘 이렇게 가까운 곳에 있는데, 그동안 왜 그걸 모르고 있었던 걸까. 답은 간단했다. 재혁은 자신이 겁쟁이였기 때문이라고 생각했다. 조금만 더 일찍 용기를 냈었더라면…….

늦게 배운 도둑질이 날 새는 줄 모른다고 두 사람은 카페에서 나와 계속 홍대 거리를 거닐며 쇼핑도 하고 즐거운 시간들을 보냈다. 또 재혁은 굳이 필요 없다는 수현에게 목걸이를 선물해 줬다.

"고마워요, 오빠."

목걸이를 채우기 위해 머리를 감아올리자 수현의 하얀 목덜미가 드러났다. 순간 재혁의 뜨거운 입술이 그녀의 목에 닿았다 떨어졌다.

"예쁘네."

"……."

그와 눈이 마주치자 수현은 얼굴이 터질 듯이 붉어졌다. 예쁘다는 그의 말에 심장이 자꾸만 두근거렸다. 아무 생각도 할 수 없는 상태가 되어 버렸다. 수현에게 향해 있는 재혁의 눈빛엔 그녀를 원하는 남자의 정염이 고스란히 드러나 있었다.

부드럽게 웃으며 흘러내린 머리를 넘겨 주는 당신이 내 곁에 오래 머물면 좋겠다. 설탕처럼 녹아내릴 듯 포근히 안아 주는 당신이 영원히 내 사람이었으면 좋겠다. 아름다운 말들을 속삭여 주고 봄바람처럼 보기만 해도 설레는 당신이 날 꼭 안아 주었으면 좋겠다.

부디 내 사랑이 영원토록 당신에게만 닿아 있으면 좋겠다. 내가 알 수 없는 미래까지도 함께할 수 있는 사람이 오직 당신이었으면 좋겠다.

차재혁 당신이었으면…….

두 사람은 오늘 진정한 연인이 되었다. 서로를 바라보는 눈빛에 그것에 대한 확신이 담겨 있었다. 함께할 찬란한 미래를 꿈꾸는 평범하지만 특별한 연인이 되었다.

이재학 사장이 한국으로 귀국했다. 그러고 나서 몇 주가 더 흘러 일산댁은 완전히 몸을 회복해 무사히 퇴원을 하고 집으로 돌아왔다. 약혼은 미뤄졌지만 그사이 재혁과 수현의 사이는 점점 더 깊어져 있었다.

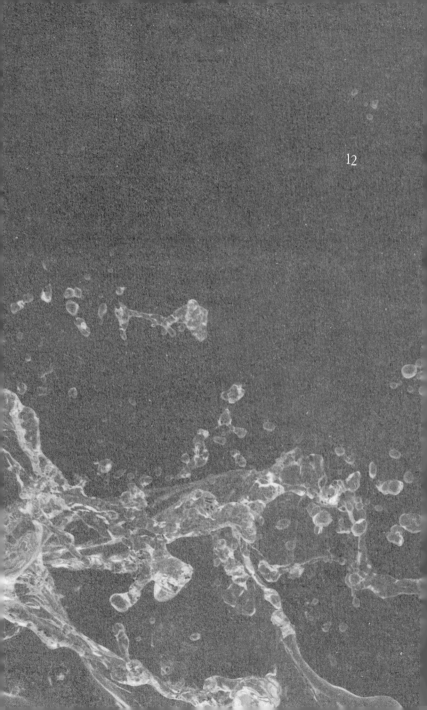

12

재혁은 요새 먹지 않아도 배가 부르다는 말을 실감하고 있었다. 수현이 때문이었다. 그녀는 날로 더 아름다워지고 성숙해지고 있었다. 휴대 전화 배경화면에 깔려 있는 수현의 사진을 보며 재혁은 웃음이 자꾸만 나와 입을 다물지 못했다.

"아이고 좋아서 죽네, 죽어. 오빠, 사람이 그렇게 갑자기 변하면 위험하다던데. 요즘 좀 심한 거 아냐?

한참을 기다려도 재혁이 방에서 내려오지 않자 동생 지나가 올라온 모양이었다.

"뭘?"

"어머, 뻔뻔스럽기까지. 내가 말이야 요즘 오빠랑 수현이 보고 있으면 닭살 돋아 미치겠거든?"

"넌 더했어, 인마."

"나랑 진우 씨는 원래 처음부터 그랬고. 오빠가 솔직히 이런 캐릭터는 아니었잖아?"

"하하하. 그런가?"

부정도 안 하는 깔끔한 긍정에 지나는 더 이상 할 말이 없어졌다. 지나도 예전부터 지켜봐 왔기 때문에 둘의 관계가 이렇게까지 발전한 거에 대해서는 놀랍기도 했지만, 누구보다 기뻤다. 행복에 겨워 어쩔 줄 몰라 하는 두 사람의 모습이 너무나 예뻐 보였다. 재혁은 자신의 친오빠이고 수현은 가장 친한 친구였다.

"학교에 가면 수현이가 지금 오빠처럼 헬렐레하고 있지, 집에 오면 오빠가 그러지. 못 봐 주겠어, 정말."

수현의 얘기에 금세 또 얼굴에 함박웃음이 핀 그를 보며 지나는 오빠를 조금 놀려 줘 볼까 싶었다.

"오빠, 긴장 좀 해야겠어. 내가 전에 수현이 학교에서 인기 많다고 했지? 근데 뭐 당연한 거 아니겠어? 얼굴 예쁘지 몸매 좋지 여성스럽지. 남자들이 좋아할 만한 거 다 갖췄잖아, 걔가. 처음엔 좀 얘가 무뚝뚝해서 다른 애들이 쉽게 접근을 못 했는데, 요새는 뭔 말만 하면 웃어 보이고 그러니까 틈이 좀 많아졌다고나 할까."

"뭐?"

지나는 자신의 말에 표정이 조금씩 굳어 가는 재혁을 보며 새어 나오려는 웃음을 꾹 참고 있었다. 솔직히 자신의 말이 과장은 아니었다. 여자는 연애를 하면 예뻐진다고 했던가. 안 그래도 예쁜 애가 봄을 달고 다니듯 살랑거리는 모양새가 주변의 시선을 끌기에 충분했다.

"조심하라고. 조심해서 나쁠 건 없잖아? 아, 그리고 얼른 내려
오래."

"잠깐만. 얘기 좀 더……."

혀를 쏘옥 내밀고 도망가 버리는 지나 때문에 재혁은 이상하게
기분이 나빴다. 그리고 지금 이런 상황을 모르고 있을 수현에게
괜한 심술이 났다.

아직은 한창 꽃피울 나이인 그녀를 바라보고 있으면 가끔 불안
할 때도 있었다. 자신이 늙었다는 건 아니지만 수현의 주변엔 그
녀의 나이대와 비슷한 파릇파릇하고 생동감 넘치는 남자들이 많
을 것이란 생각에 초조해지기도 했다.

'나도 참. 나답지 않게 언제부터 이런 걱정을 했다고…….'

자신을 배신한 여자가 남겨 놓은 것들이 여자의 본질이라 생각
했었다. 여자는 믿지 못하는 존재라 여기고 있었다. 처음부터 수
현을 받아들이지 못했던 건 아마도 이런 불신들이 깔려 있었기
때문일 것이다.

하지만 자신도 눈이 있고 귀가 있고 감정이 있는 사람이었다.
무심함으로 수현을 대해 왔지만 늘 한결같은 모습의 그녀를 바라
보면서 어쩌면 자신은 생각했던 것보다 더 빨리 그녀를 받아들이
고 있었는지도 모르겠다.

차재혁은 이기적인 사람이었고 그도 그것을 알고 있었기에 드
러내 놓고 관계를 정의하고 싶지 않았다. 참 어리석은 생각이었다

는 걸 이제야 깨닫고 있었다. 조금만 더 솔직해지면 이렇게 행복하고 마음 편하다는 것을 이제는 안다.

띠링.

재혁의 휴대 전화 문자 알림음이었다.

「오빠, 오늘도 화이팅.」

수현의 귀여운 문자에 지나와 나눴던 이야기는 금세 잊히고 그의 얼굴에 화색이 돌기 시작했다.

「보고 싶다.」

간지러운 마음을 네 글자로 표현해 문자로 보내기까지 그가 얼마나 치열하게 고민했는지 그녀는 알고 있을까.

눈앞에 있지 않아도 자신의 문자를 받고 얼굴이 빨개져 있는 수현의 모습이 상상되었다. 수현만큼이나 문자를 보낸 당사자도 가슴이 떨렸다.

「보고 싶다.」

재혁이 보내 온 문자를 한참이나 뚫어지게 바라보고 있는 수현의 얼굴에 수줍음이 가득했다.

당신을 사랑한다. 내게는 영롱한 빛 같은 당신을 원한다.

당신을 원한다. 여름날 내리쬐는 태양빛처럼 뜨겁고 강렬하게.

오직 하나만 보아 온 내 순수를 전부 담아서.

다시 오지 않을 이 순간을 당신과 영원히 함께하고 싶다. 당신과. 오직 당신 한 사람과.

하지만 좋은 일에는 반드시 방해되는 일이 생기기 마련이라는 호사다마라는 말의 뜻을 두 남녀는 경험하게 된다. 수현이 가장 견디기 힘들어하는 건 혼자만의 고통이 아니었다. 혼자만 참고 견디고 기다리라면 얼마든지 어떤 고통도 감수하고 이겨 낼 수 있었다.

그러나 제 고통이 아닌 타인의 고통을 알고 있으면서도 외면한다는 건 쉽지 않았다. 때론 이기적이 사람이 되어 보려고도 했지만, 불쑥 솟아오르는 아픈 진실 앞에 그녀는 선택을 강요받고 있었다.

사랑이 깊어 갈수록 불안도 커져 간다. 마치 행복을 시기하는 사람이 도사리고 있는 것처럼 그렇게 숨어 있던 어두운 그림자는 하나둘 빛을 따라 세상에 나오기 바빠 보였다. 사랑으로 모든 것을 견디고 없던 것으로 돌려 버릴 수 있으면 좋으련만 어김없이 찾아온 이별의 갈림길에서 그녀와 재혁이 마주서게 된다.

몰랐었다고 나는 모르는 일었다고 외쳐 보아도 무관심마저 잘못된 것이기에 궁색한 변명조차 늘어놓을 수 없게 된다.

재혁에겐 그의 부친, 차강필 회장님이 있었다. 사랑하는 그에게 부친을 등지고 자신에게만 올인해 달라고 그녀는 그렇게 말할 수 있을까. 자신은 또한 아버지를 등지고 그를 선택할 수 있을까. 잔인한 물음이었다. 혼자서 참고 견디는 거라면 할 수 있었다.

하지만 내 곁에 있는 그의 곁에 있는 사람들의 아픔까지 외면하는 건 잔인한 일이었다. 사랑하는 사람들이 자신의 행복 때문에 불행해지는 건 견딜 수 없는 일이기 때문이다.

그와의 약혼을 앞두고 수현은 기력이 없어 보이는 일산댁을 배려해 전에 약속했던 섬으로 여행을 떠나기로 결정했다. 무의도, 영화로 유명해진 실미도 아래에 위치한 작은 어촌 마을. 인천대교를 거쳐 잠진도 선착장에서 배를 타면 10분 거리에 있는 작은 섬이었다.

무의도(舞衣島)라는 이름은 섬의 생김새가 투구를 쓰고 갑옷을 입은 장수가 칼춤을 추는 모습과 같다고 붙여졌다는 설과 여인이 춤추는 모습을 닮아서 붙여졌다는 설이 있다.

한동안 외국으로 자주 나가야 했던 부친 때문에 수현은 어렸을 때 1년 정도 이곳에 터전을 잡고 살았었다.

어릴 적 살았던 곳, 잠시 머물렀던 곳이었지만 수현을 보듬어 주고 품어 준 고마운 곳이었다. 지금이야 섬 축제, 바다 축제, 먹거리, 볼거리로 풍성하다 하지만 그때만 해도 개발이 덜된 상태였고 사람들은 순박했었다.

시원한 바닷바람, 부드러운 갯벌의 감촉. 자연은 그렇게 수현을 어루만져 주었다. 붉은 노을로 물든 서해의 낙조를 바라보며 꿈과 희망을 키웠던 여름날의 추억들이 새록새록 밀려들었다.

"참 이상하죠, 유모? 너무 오래된 추억이라 생각했는데, 이렇게 생생하게 떠오르는 걸 보면."

"그러게요. 많이 변한 건 아닌 것 같아요."

마음의 무거운 짐을 날려 보내고 건강해질 목적으로 이곳을 다시 찾았지만 변한 게 없기를 바란 건 이기심일지도 몰랐다. 하지만 마음의 고향인 이곳이 사람 손을 타지 않고 예전 모습 그대로이기를 바랐다.

무의도로 가기 위해 잠진도 선착장에 도착한 수현은 일산댁을 부축해 배에 올랐다. 탁 트인 바다를 보던 일산댁의 얼굴에 미소가 깃들자 그녀의 얼굴도 기쁨으로 얼룩졌다. 고작 바다 한번 보는 것만으로도 행복해하는 유모를 바라보며, 수현은 자주 그녀를 데리고 여기저기 다녀야겠다고 마음먹었다.

질서 정연하게 늘어선 배들과 해무가 낀 바다가 두 사람을 반갑게 맞이하고 있었다.

"유모가 몸이 좋지 않으니까, 호룡곡산엔 다음 기회에 가기로 해요."

"그래요. 그래도 아쉽네요. 오랜만에 왔는데."

"또 오면 되죠. 앞으로도 자주 와요."

일산댁은 예쁜 말만 하는 수현이 기특했다. 이제 제 마음고생도 끝나려나 싶었다. 두 사람은 연인이 되어 하루가 멀다 하고 전화도 자주 주고받는 눈치였다. 일산댁은 지금처럼 수현이 행복해하는 모습을 본 적이 없었다. 사랑받고 있는 그녀를 곁에서 바라보는 것만으로도 마음이 따뜻해졌다. 자식 같은 수현이기에 부디

이 평화가 영원하기만을 바라고 있었다.

"참, 칼국수 집 아직도 그대로일까요?"

"그랬으면 좋겠지만……."

"유모도 그 집 기억나요?"

"그럼요. 손맛이 특별한 곳이었지요."

손맛만 특별했나. 인심도 후한 집이었다. 엄마가 없는 수현을 안타깝게 여기고 매번 많이 먹으라며 그릇 가득 칼국수를 담아 주곤 했었다. 어리니까 매운 걸 먹기 힘들 거라며 바지락을 넣어 매운맛을 살짝 없애는 특별한 손님 대접도 해 주었었다. 그걸 알게 된 부친은 나중에 따로 칼국수 집을 방문해 감사 인사를 전하기도 했었다.

"유모 저기, 저기요! 맞죠? 세상에. 아직 그대로 있어요!"

수현의 얼굴엔 숨겨진 보물을 찾은 듯 의기양양함과 뿌듯함이 떠올랐다. 펜션이 즐비하고 관광객들이 자주 오는 위치가 아닌 그곳에서 조금 동떨어져 위치한 곳이었다. 세월의 흐름을 고스란히 담은 허름함이 눈에 띄었다. 많이 변해 있었지만 그녀는 한눈에 알아볼 수 있었다.

두근대는 가슴으로 두 사람은 손을 맞잡고 서둘러 발걸음을 떼고 있었다.

처음엔 설레었지만 그 다음에 찾아온 것은 그리움이었다. 세월이 흐르면 풍경도 변하고 사람도 변하게 된다. 하지만 항상 변하지 않고 그 자리 그대로 있어 줄 거라 믿는 마음도 있었다. 무려져 가는 감정들도 다시 살아날 수 있을 거라고. 화려하진 않지만 그래도 세상을 살 만하다 생각하게 만들어 주는 추억들이 소중했다.

약속은 지키기 위해 존재했다. 지키려고 노력하는 건 약자만의 몫이 아니라고 생각하기 때문에 그녀의 고뇌는 계속되었다.

"아줌마?"

"어머, 이게 누구야! 일산댁 맞지? 응?"

"잘 지내셨어요?"

"아이고, 얼마만이야 이게! 옆에 아가씨는…… 그때 그 이 사장님네 딸 수현이 아닌가?"

"안녕하세요. 그동안 잘 지내셨어요? 저 기억하고 계시네요."

일산댁과 수현을 대번에 알아본 칼국수 집 주인 여자의 얼굴에 반가움이 서려 있었다. 그녀도 시간을 지나치진 못했는지 머리에 백발이 성성했다. 하지만 유독 총기 넘치던 눈동자는 여전히 반짝이고 있었다. 오랜만에 만난 사람도 어제 만난 사람처럼 대해 주는 편안함도 그대로였다.

"기억하고말고. 어릴 때도 그렇게 예쁘더만, 지금은 더 예뻐졌네!"

세 사람은 그렇게 한참을 서서 손을 맞잡고 반가움을 표현하고 있었다.

추억이 깃든 장소에 오랜만에 돌아왔더니 자신들을 반겨 주는 사람까지 있어 일산댁과 수현은 마음이 울컥했다. 그때 그 칼국수 집이 아직도 그 자리에 그대로 남아 있는 것도 그렇고 아주머니도 그대로인 거 같아 감사한 마음까지 들었다.

"그래도 여기를 잊지 않고 기억하고 있었나 보네. 고맙네, 고마워. 오랜만에 왔으니 칼국수 한 그릇씩 해야지?"

반갑게 맞아 주는 아주머니를 보니 종종 와 볼 것을, 하는 생각이 들었다. 어쩌면 너무 변해 버린 곳에서 방황하게 될까 봐 그게 두려워서 찾지 못했던 건 아닐까 싶기도 했다.

일산댁과 수현이 자리에 앉아 가게 안을 살펴보는 사이, 따뜻한 칼국수가 두 사람 앞에 놓여졌다.

"맛이 똑같아요. 어렸을 때 먹었던 그 맛이에요."

"내가 여기 있는데, 그 맛이 어디 가겠니. 많이 먹어. 일산댁도 많이 들어요. 그래도 다행이다 싶네요. 이제 이곳에 있을 수 있는 것도 얼마 남지 않았는데, 찾아와 줘서……."

"아주머니?"

수현과 일산댁은 눈물을 훔치는 주인 여자의 모습에 많이 놀랐다.

"무슨 일 있으세요?"

"아니. 아니야. 내가 또 주책맞게……. 그냥 사는 게 힘이 들어서. 이 나이 되면 더는 욕심 없이 살 수 있을 줄 알았는데……."

주인 여자는 자신의 하소연이 계속 길어지고 있다는 걸 눈치채고 일산댁과 수현에게 미안하다며 어서 먹으라고 재촉했다. 오랜만에 왔으니 서비스라며 자꾸만 주방에서 이것저것 내오는 그녀를 보며 예나 지금이나 인심 좋은 건 여전하다고 말하며 수현과 일산댁은 미소 지었다.

칼국수를 맛있게 먹은 두 사람은 굳이 방을 내주겠다고 붙잡는 주인 여자를 뿌리칠 수 없었다.

주인 여자의 집에 도착해 간단하게 씻고 나온 수현은 재혁과 통화 중이었다.

"잘 도착했어요. 저녁도 잘 챙겨 먹었고요. 오빠도 일 때문에 피곤했을 텐데, 일찍 자요."

— 수현아.

"네."

— 뭐 더 할 말 없니?

"네? 무슨……."

— 보고 싶다든가 그립다든가.

투정 섞인 그의 목소리가 귀여워 수현의 입가엔 절로 미소가 지어졌다.

"음, 오빠가 원하면 백 번이든 천 번이든 말해 줄 수 있어요. 그것보다 더한 말도요. 듣고 싶어요?"

— 응. 듣고 싶어.

"오빠. 아니, 차재혁 씨. 사랑해요. 여자가 자존심도 없냐고 생각할지 모르겠지만, 나는 오빠가 생각하고 있는 그 이상으로 오빠를, 그리고 훨씬 오래전부터 사랑해 왔어요."

— 수현아…….

"왜요, 아직 부족해요? 더 할까요?"

— 아니. 충분해. 나도 널 많이 사랑한다.

그의 떨리는 듯한 목소리가 들려 왔다.

"그리고요?"

— 응?

"보고 싶다, 그립다 뭐 그런 애틋하면서도 감동적인 말은 준비 안 된 거예요?"

— 뭐라고? 하하하.

시원스레 웃는 그가 좋았다. 머뭇거리고 눈치 보는 재혁이 아닌 당당하고 뻔뻔한 그가 더 익숙했다.

"올라가서 봐요."

— 빨리 와. 너를 못 보니까 텅 빈 것 같다. 목소리 듣는 것만으론 부족해.

"알았어요."

재혁은 더 이상 들려오지 않는 그녀의 목소리가 그리워 한참이나 손에서 휴대 전화를 놓지 못했다. 그녀와 떨어져 있어 보니 그녀에 대한 애틋한 감정을 제대로 느낄 수 있었다. 항상 배려하고 자신을 먼저 생각해 주는 그녀가 좋았다. 자신을 웃게 만드는 그녀가 소중했다.

애정은 봇물처럼 넘쳐나 그녀를 향해 끊임없이 흘러가고 있었다.

사실을 인정하고 나니 이렇게 편하고 행복한 것을. 그동안 안일했던 태도를 돌이켜 보면 자신에게 실컷 욕이라도 퍼붓고 싶은 심정이었다.

'약혼이 아닌 결혼부터 서두르자고 해야겠어.'

놓쳐 버린 시간만큼 아끼고 사랑하기 위해서라도 한시라도 빨리 옆에 그녀를 데려다 놓고 싶었다. 초조함, 조바심이라는 단어는 그에겐 결핍된 단어였건만 수현으로 인해 날마다 그 의미를 절감하고 있었다.

"애인인가?"

"네."

"좋을 때네. 이제 다 커서 애인도 생기고. 다 컸네, 다 컸어. 그만큼 세월이 많이 흘렀지."

무의도의 밤은 서울보다 일찍 찾아들어 그녀의 집 평상에 둘러앉은 세 사람은 밝은 별을 바라보며 추억에 잠겼다.

"우환이라도 있으신 거예요?"

아까 칼국수 집에서 눈물을 보였던 주인 여자가 신경이 쓰여 수현이 말을 꺼냈다.

"아니……. 그냥 사는 게 다 그렇지, 뭐."

"자녀분들이 자주 찾아오지 않아요?"

"지들 살기도 바쁜데, 오기 힘들지. 안 그래도 자꾸 여기 정리하고 서울로 올라오라는데 난 여기가 좋아."

"맞아요. 여긴 아직도 너무 좋은 곳이에요."

"그렇지. 많이 변하긴 했어도 좋은 곳이야. 그 빌어먹을 개발이니 뭐니 시커멓게 생긴 이상한 외지 사람들만 오지 않아도 살 것 같은데……."

"외지 사람이라뇨?"

"언젠가부터 개발한다고 들쑤시고 다니고 있어. 동네가 뒤숭숭하니까 벌써 이사 가 버린 사람들도 많아."

"개발요?"

"……뭐라고 협박을 해 오든 난 여기서 이사 갈 생각 전혀 없지, 암. 여기서 나고 자랐는데 뼈를 묻어야지."

수현이 뭔가 이상한 낌새를 느꼈다.

"그런데 이곳은 재개발이 금지되어 있는 곳이잖아요?"

"그렇지. 근데 법이 뭐 바뀐다나 뭐라나. 말이 하도 많아서 불안해하는 사람들이 많아."

그럴 리가 없었다. 그녀뿐 아니라 부친도 무의도를 아끼고 사랑했다. 아이러니하게도 부친이 건설업자긴 하지만 될 수 있다면 땅을 훼손하지 않고 자연 그대로를 유지하자는 마인드를 갖고 계신 분이었다.

'수현아, 이 애비가 건물을 짓고 빌딩을 세우는 건 사람들을 위한 거라고 당당히 말할 수는 없지만, 나는 항상 그렇게 믿으며 일을 해 왔다. 자연을 훼손하지 않고 유지할 수 있는 방향으로 말이다. 그래서 나는 내 힘이 닿을 때까지 이곳, 무의도를 지켜 주고 싶구나. 우리 딸, 아비가 한 말 이해하니?'

예전에 아버지가 했던 말이 떠올랐다. 아버지는 항상 무의도에 대한 애착을 갖고 계셨으며, 절대 개발로 난립한 섬으로 만들지 않겠다고 말씀하시곤 했다.

'네가 조금 더 크면 아비의 말을 다 이해할 수 있을 거야.'

제대로 알아듣긴 했는지 고개를 끄덕이며 대답하는 어린 딸이 기특해 호탕한 웃음소리를 내며 그는 수현을 번쩍 안아 들었다. 그때의 그 풍경과 모습들이 아직도 수현의 기억 속에 고스란히 남아 있었다.

부친은 칼국수 집을 기준으로 반경 20km 무의도 땅의 실질적 소유자였다.

'뭔가 착오가 있는 거겠지. 아버지는 현실과 적당히 타협하시는 분이 아니니까.'

수현은 그렇게 생각했다. 가볍게 생각하고 넘기고 싶었다. 하지만 께름칙한 기분은 떨쳐지지 않았다.

어쩌면 무의도 재개발에 관련된 일의 배후에 그가 있는 게 아닐까……. 수현은 문득 재혁의 부친인 차 회장님이 떠올랐다. 하지만 곧 말도 안 되는 억측이라며 고개를 흔들었다. 한번 눈에 뭐가 씌더니 제정신이 아닌 모양이라며 애써 모르는 척해 본다.

재혁을 믿는다. 자신은 그를 믿고 있다. 하지만, 차 회장님은……

수현은 복잡한 생각은 미뤄 두자며 평상에 누운 그대로 눈을 감아 버렸다.

무의도의 바람이 그녀의 머리카락을 흩트려 놓았다.

재계의 늙은 너구리라는 별명을 가진 사람답게 이미 차 회장은 수현이 무의도를 다녀왔다는 것과 그곳에서 누굴 만났는지, 뭘 했는지 일거수일투족을 상세히 보고받은 지 오래였다.

하지만 칼은 그가 쥐고 있었다. 수현에게 유일한 약점은 그의 아들, 차재혁일 테니까. 차 회장은 그걸 잘 이용할 줄 알았다.

무의도를 다녀온 수현이 대충 그곳에서 벌어지고 있는 일들에 대해 들었을 것이다. 의구심은 들겠지만 직접 자신에게 따져 묻지는 못한다는 걸 알고 있었기에 차 회장은 먼저 그녀에게 전화를 걸어 회사로 불러들였다. 미래의 며느리를 챙겨 주는 다정하고 인자한 시아버지의 모습을 가장해서.

"어서 와라. 둘이서만 만나는 건 오랜만이지?"

"네, 회장님. 그동안 잘 지내셨어요?"

"회장님은 무슨. 이제 곧 내 며느리 될 아이한테까지 회장님 소리를 듣는 게 어째 서운하다."

"아직은 아버님이라는 말이 어색해서요……."

부끄러움에 고개를 푹 숙이는 수현을 바라보는 차 회장의 눈빛이 다정했다.

오랜만에 같이 차라도 한잔하자며 회사로 불려 온 그녀는 차 회장님의 사무실이 낯설었다.

"다음 주면 이 사장님의 일도 어느 정도 마무리된다고 하니까 약혼식이라도 올려 두자. 결혼식 날짜도 얼른 잡고."

"아버지께 말씀드려 볼게요."

"하하. 그래그래. 요즘 재혁이가 얼굴이 환하다. 두 사람 잘 지내니 보기 좋구나."

좋은 말들이 계속 오고 갔다. 그런데.

"이 사장님과 무의도 리조트 건도 이야기를 마무리 지어야겠고……."

무의도라는 단어만 아니었다면 그냥 지나쳤을 말이었다. 듣는 입장인 수현이 고개를 번쩍 든 건 순식간이었다.

"방금 무의도라고 하셨어요?"

"응? 아, 그런 게 있다. 재혁이랑 만나 저녁 먹기로 했다지?"

수현은 분명히 들었다. 차 회장의 입에서 무의도라는 말이 나왔다. 요즘 계속 자신이 무의도에 대한 생각에 빠져 있어 잘못 들은 건가 했지만, 그건 아니었다.

'그 빌어먹을 개발이니 뭐니 시커멓게 생긴 이상한 외지 사람들만 오지 않아도 살 것 같은데…….'

무의도에서 만났던 칼국수 집 아주머니의 말이 떠올랐다.
'아니겠지, 설마……. 그럴 리가…….'
아직도 그녀는 자신 때문에 사우디로 떠나야 했던 부친의 일이 잊히지 않는 상처로 남아 있었다. 안부 전화를 나눌 때도 늘 죄스러운 마음뿐이었고, 알면서도 모르는 척하는 자신이 가증스러워 잠 못 이루는 날이 많았다.
다시는 그런 일이 생기지 않기를 바랐건만, 그녀는 풍랑 앞에서 흔들리는 조각배처럼 위태롭게 서 있었다.

"무슨 일 있니?"
그녀가 음식을 삼키지 않고 젓가락으로만 깨작거리자 재혁이 걱정이 가득한 얼굴로 바라보고 있었다. 수현은 말없이 그를 바라보며 하고 싶은 질문들이 많았지만 차마 뱉지 못했다.

"아무 일도 없어요. 여행 다녀왔더니 몸이 조금 피곤한가 봐요."

"어디 보자."

자신의 이마를 짚어 보는 재혁의 행동이 다정했다.

"열은 없는거 같은데."

"피곤해서 그렇지, 어디가 아프거나 하진 않아요."

차 회장님과 헤어져 바로 재혁을 만나 중화요리 전문점으로 저녁을 먹으로 왔다. 기름기가 있는 음식을 좋아하는 편은 아니지만, 그가 이곳 음식은 맛있다며 데리고 왔다.

"오빠, 저기……."

"응?"

"회사 일은 잘 되고 있어요?"

"뭐, 늘 똑같지."

수현은 웬만하면 그에게 회사 일에 대해서 물어보지 않았다. 업무 스트레스가 많을 것을 알기에 밖에서 만큼은 회사 일에 대해 신경 쓰게 하고 싶지 않았다.

"요새 새로 추진하는 일이 있다고 회장님이 그러시던데……."

"응? 아버지가 너한테? 포항에 공장 설립 건과 현재 추진 중인 리조트 건을 말씀하시는 건가?"

아무런 의심 없이 묻는 질문에 성실하게 답해 주는 그의 목소리가 들려왔다. 그는 무의도에 대해서 아무것도 모르는 것 같았다. 그의 진심을 잠깐이나마 의심한 자신이 부끄럽고 추하게 느껴졌다.

"아니, 그냥 회사 일에 대해서는 아는 게 없어서 물어봤어요."

자신의 일에 대해 질문을 해 오는 건 처음인 거 같아 꽤 자세하게 알려 주었다. 그러다 문득 현재 협상에 난항을 겪고 있다던 입주민들과의 마찰 보고서가 머릿속에 떠올랐다.

항상 그렇듯 개발 지역 주민들 중에 일부분은 반발과 보상을 요구해 왔고 역시나 무의도 주민 중 5명이 기어이 이주를 하지 않겠다고 버티고 있는 중이라고 했다. 이 부분에 대해서는 조만간 이 사장을 만나 확실하게 매듭을 지을 부분이라고 부친께서 말해 둔 바 있었다.

하지만 무의도 개발은 이재학 사장의 의지가 아니며 딸의 지참금이란 명목으로 차 회장이 무의도와 관련된 모든 권리를 요구한 사실에 대해서 재혁은 전혀 모르고 있었다.

두 사람 앞에 또 다른 시련이 점점 더 가까워 오고 있었다.

수현은 결국 불안했던 마음이 끝내 떨쳐지지 않아 차라리 정면으로 부딪쳐 보자고 마음먹었다. 결국 직접 차 회장을 찾아가고야 말았다. 마침 재혁은 출장을 간 상황이었다.

무의도에 다녀오고서부터 차 회장의 태도가 조금 이상했다. 자신에 대한 관심과 호의가 지나쳤다. 물론 앞으로 며느리 될 아이기에 그럴 수도 있다 생각할 수 있겠지만, 그것만으론 설명이 되지 않는 뭔가가 있었다.

차 회장에게 직접 얘기를 들어 봐야겠다는 처음의 그 호기로웠던 태도는 어디 갔는지, 막상 그의 얼굴을 보자 말이 잘 떨어지지 않았다. 그녀는 한참을 망설이다가 질문을 던졌다. 그러자 차 회장은 별일 아니라는 듯 짧게 말을 끊었다.

"네가 상관할 일이 아니다. 이건 사업이니까."

"하지만 저와 관계된 일이잖아요. 외람되지만 묻고 싶습니다, 회장님. 제가 짐작한 대로입니까?"

"돌려 말하진 않으마. 사실이다."

쿵.

커다란 바윗덩이가 가슴을 짓누르는 것 같았다. 뭐라 말해야 하는데 말이 나오지 않았다.

"네가 그 일을 왜 따지는지 모르겠구나."

사업, 일, 결국 수현. 그녀가 거래에 오고 가는 물건이라는 되는 말로 들렸다.

"재고 부탁드립니다. 결혼하는 조건이라면 아버지가 2년간 가계시는 걸로 충분하다 생각합니다."

덜덜 떨리는 두 손을 마주 잡고 겨우겨우 뱉어 내는 말이 가시가 되어 가슴에 꽂혔다.

"귀엽게 봐 주는 것도 정도가 있다. 네가 나설 일이 아니다."

"……제가 받아들이지 않는다면 어떻게 되는 겁니까."

"아마 네가 생각하는 대로일 거다. 그러니 모르는 걸로 하는 게 서로를 위해 좋을 거야."

최후통첩이었다. 나서지 말라는 말, 만약 일이 틀어질 경우 그와의 결혼도 없던 일로 하겠다는 무서운 통보였다.

이분이 그녀를 다정하게 보듬어 주던 그분이란 말인가. 동일 인물이 아닌 낯선 타인이 의자에 몸을 깊숙이 묻고 같잖은 듯 그녀를 바라보고 있었다.

"아버지랑 다시 상의하겠습니다. 전 그곳을 개발하고 싶지 않습니다. 그분들이 살고 있는 터전을 빼앗을 생각 없어요."

냉정하고 차갑게 빛이 나는 차 회장 눈동자엔 그녀를 향한 적대 감정까지 보였다. 믿기지 않는 현실 앞에 수현은 너덜대는 심장을 부여안고 자리에서 겨우 일어나 등을 돌렸다.

"후회하지 않겠냐. 재혁이에게 어울릴 만한 결혼 상대자는 이미 차고 넘친다. 그러니 굳이 네가 아니어도 상관없다는 말이다."

돌아선 그녀의 어깨가 경직되었다. 그녀를 뒤흔드는 존재. 차재혁을 언급하며 잘 생각해 보고 결정하라는 차갑고 건조한 협박성 짙은 경고에 몸서리가 쳐졌다.

가까스로 엘리베이터를 탄 그녀의 몸이 한쪽으로 급격히 기울어졌다. 협상은 애초부터 불가능한 일. 사업에 잔뼈가 굵은 차 회장을 순진한 수현이 상대할 수 있을 리가 만무했다. 그리고 무엇보다 그는 사랑하는 사람의 아버지였다.

수현이 떠나고 혼자 남은 차 회장은 심기가 불편했다.

"윤 비서 들어와."

"네, 회장님."

"오늘 수현이 여기 온 것 비밀로 하도록 해. 내일 리셉션 참석자 명단 가지고 오고. 그리고 재혁이 내일 귀국하자마자 리셉션 참석하라고 해. 알겠나."

"알겠습니다."

'발칙한 것. 어딜 와서 뭐가 안 된다고?'

순진하다 믿었건만 그저 순한 것만은 아니라는 걸 알게 된 차 회장의 심기가 불편했다. 충격을 받고 비틀대면서도 꼿꼿이 등을 세워 나가는 품새를 보아하니 그냥 넘어갈 생각은 아닌 게 분명해 보였다.

그는 사업가였다. 일이 어렵다면 방향을 틀 타이밍을 놓치지 않고 잡아내야 했다. 일에 차질이 생겨 무산된다면 부녀를 설득해 시간을 질질 끌기보단 다른 쪽 길을 찾는 게 현명하다 판단한 그였다. 어렵겠지만 차선책으로 간도도 있고 홍도도 있지 않은가.

참석 예정자 명단을 훑어 내리던 그의 얼굴에 만족의 빛이 서렸다.

'정일권, 딸이 디자인을 전공한 재원이라고 했었지 아마?'

차 회장이 따로 지시해 그날 정일권의 딸 정이화와 차재혁이 유리잔을 부딪치는 사진이 신문에 실렸다.

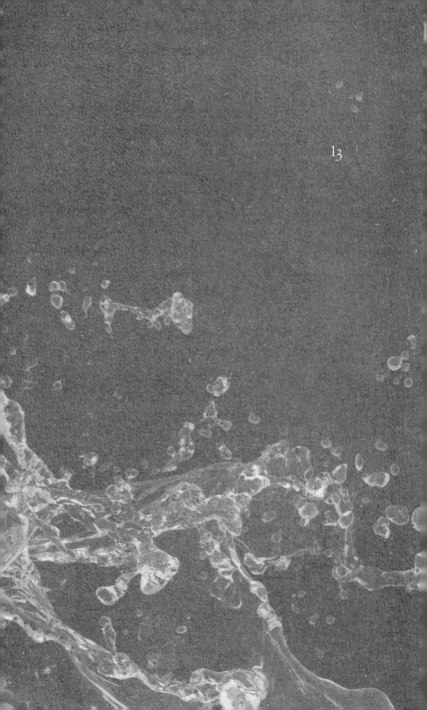

13

"이게 대체 뭐야!"

"사장님, 진정하세요."

이재학은 분노하고 있었다. 다른 건 몰라도 예비 사위가 벌써부터 계집질이라니 그는 하늘이 무너져 내리는 듯했다. 하나밖에 없는 외동딸이 목을 매고 그놈 외엔 싫다고 해서 많은 걸 감수한 그였다. 그런데 오늘 아침 보고된 사실 앞에 화가 머리끝까지 솟구쳐 올랐다.

"일산댁, 수현이도 알고 있습니까?"

"……아마도요."

머뭇머뭇하며 말하는 일산댁이었다.

세상에 무슨 이런 일이 있느냐 말이다. 어서 빨리 약혼이라도 시키자는 차 회장의 서두름도 있었지만 무엇보다 미래의 사위가 될 재혁이 하루가 멀다 하고 매일매일 안부 전화를 걸어 왔다. 전과는 사뭇 다른 정성을 보이는지라 흐뭇해하던 참에 이런 일이 터져 버리다니.

사람의 탈을 쓰고 어찌 이리 뒤통수를 칠 수 있단 말인가. 오늘 자 신문에 오른 그 잘난 낯짝이 눈앞에 있다면 속 시원히 한 대 후려치고 싶은 심정이었다. 그의 충격이 이렇게 큰데 당사자인 딸아이는 어떻겠는가. 어렸을 때부터 속 한번 썩이지 않았던 그 속 깊은 것이 아비 속이 상할까 봐 혼자 끙끙대고 있을 게 분명했다.

"오빠……."

수현은 대문짝만하게 1면을 장식한 스포츠 신문을 뚫어지게 보고 또 보고 있었다. 아니라는 걸 알면서도 그를 믿으면서도 신문에 오른 기사가 주는 효과는 대단했다. 그뿐만 아니라 귓가에 이명처럼 남아 있는 차가운 차 회장의 경고도 소름 끼칠 만큼 두려웠다.

'후회하지 않겠냐. 재혁이에게 어울릴 만한 결혼 상대자는 이미 차고 넘친다. 그러니 굳이 네가 아니어도 상관없다는 말이다.'

그의 상대는 차고 넘친다. 굳이 그녀가 아니어도 당장이라도 그에게 손 내밀 여자는 많을 것이 분명하다. 알고 있는데…… 그리고 그를 믿고 싶은데, 바람 앞에 등불처럼 수현은 흔들리고 말았다.

두 눈을 꼭 감고 나만이 그냥 모른 척 넘어가면 모두 다 평안한 걸까, 정말 그런 걸까. 이번에도 바보 등신처럼 속이면 속이는 대로 모르면 모르는 대로 구렁이 담 넘어가듯 넘어가고 싶은 마음이 전혀 없다고는 할 수 없지만…….

부친에게 무의도 일을 알고 있다고 고백하는 건 기름에 불을 붙이는 것이 틀림없는 일이란 것을 이미 알고 있었다. 후폭풍, 아무리 이재학 그가 탄탄한 사업체를 가지고 있다 하더라도 재계에서 차 회장의 힘을 무시할 수는 없을 것이다.

동맹은 아닐지라도 만약 그가 적으로 돌아서게 된다면 그 피해는 그녀의 부친이 고스란히 감당하게 된다는 것쯤은 수현이도 짐작할 수 있었다.

'오빠…… 나 이제 어떻게 해야 하죠? 출구가 없어 보이질 않아. ……사실은 이대로 도망치고 싶어요. 나, 한심하죠?'

수현은 수업을 마치고 귀가하기 전 머릿속에 밀려드는 여러 가지 생각들을 정리하고 있었다. 아버지가 무엇을 물으시더라도 흔들리지 않고 덤덤하게 대답해 드려야 했다. 하지만 궁리에 궁리를 더해 봐도 자신이 재혁의 일을 이미 알고 있다는 사실은 밝히지 않는 편이 좋다는 결론에 도달하게 되었다. 자칫 잘못했다가는 들

불 번지듯 걷잡을 수 없이 일이 커질 게 분명했다.

　암담한 상황에 머리가 텅 빌 것 같으면서도 그녀의 머릿속에 각인된 영상이 가슴을 죄어들게 했다.

　어울렸다. 그것도 무척이나. 핏이 살아 있는 슈트를 멋지게 갖춰 입은 잘난 그와 지적인 이미지의 여자, 마치 갤러리의 유명한 그림 속에서 튀어나온 화보 같았다. 그가 하루를 앞당겨 도착했지만 쉴 틈도 없이 회사 일을 처리하느라 약속되어 있던 자신과의 저녁 식사가 뒤로 미뤄진 그날, 하필이면 그날의 사진이 선명하게도 찍힌 모양이었다.

　수현은 아무리 의례적인 일일지라도 다른 여자를 향해 미소 짓는 그의 모습에 허탈해지기까지 했다. 부친처럼 한 여자만 바라보는 지고지순한 남자는 현실에선 존재하기 힘들다는 걸 잘 알고 있었지만 그래도 내 남자만은 나만을 바라보아 주길 소원했다.

　질투라기 보단 여자로서의 소망, 하지만 당신도 남자니까 아름다운 여자를 보면 자연적으로 호감을 보이는 게 정상일 텐데. 그건…… 새삼스럽게 와 닿는 깨달음이었고 그녀에게 있어서는 작은 실망이었다.

　K그룹이 뒤숭숭했다. 웬만하면 화를 잘 내지 않는 재혁이 소리를 질러 대고 있었다.

"당장 기사 내리게 조치하세요. 도대체 이런 기사가 나올 때까지 뭘 한 겁니까!"

한바탕 폭풍우가 휘몰아치고 진정이 되어 갔지만 이미 엎질러진 물이었다.

"젠장."

탁자 위에 신문을 내던지고 책상 위에 앉아 애꿎은 머리카락을 쓸어 넘기는 재혁의 눈은 어둠 그 자체였다. 하필 지금이라니, 이재학 사장이 귀국한 이때……. 불길한 예감이 그를 덮쳤다.

그는 오늘 터진 기사에 어떻게 수현에게 얘기해야 할지 몰라 연락도 하지 못하고 몇 시간째 계속해서 망설이고만 있었다. 두려움, 난생처음 느끼는 낯선 감정 앞에 그는 알몸으로 서 있는 기분이었다.

가슴이 미친 듯이 두근거렸다. 그녀 하나만을 위해 망설이지 않고 사막으로 갈 정도로 맹목적인 사랑을 퍼붓는 이재학 사장이었다. 과연 그를 용서해 줄 것인가에 대한 대답은 참담하게도 이미 나와 버렸다.

하지만 사랑하는 그녀를 무슨 일이 있더라도 놓칠 수는 없는 일이다. 재혁은 필요하다면 무릎이라도 꿇고 용서해 달라고 빌 각오를 마음속으로 다졌다.

출장 후 수현을 만나기 위해 한껏 들떠 있던 재혁에게 중요한 자리라며 부친이 참석을 지시했기에 약속을 미루었다. 하지만 얼굴만 비치고 나오면 될 거라 생각했던 가벼움은 그의 착각이었다.

올가미에 걸린 기분이 이럴까. 당장 자리를 박차고 뛰쳐나가고 싶었지만 장관과 뭐 그리 할 말이 많은지 허허거리며 미소 짓는 부친을 버려두고 나올 수는 없었다. 자존심 하면 시체인 분이니. 일각이 여삼추와 같은 길고 긴 시간이 지나고 어른들이 슬그머니 자리를 피하자 그도 나갈 기회만을 엿보고 있었다. 하지만 그때 앞에 있던 여자의 목소리가 들려왔다.

"얼굴 펴세요. 차재혁 씨."
"죄송합니다. 시차 적응이 되지 않아서요."
"얼굴에 거짓말이라고 쓰여 있는 거 알아요?."

정이화, 그녀가 재혁에게 관심을 보이며 일부러 말을 걸었지만 더 이상 말을 섞고 싶지 않은 게 그의 솔직한 심정이었다.

"훗, 당신도 나도 대단하신 부모님을 둬서 고생이군요."
"그게 무슨 뜻입니까."
"아실 텐데요. 오늘 이 자리, 설마 우연이라고 생각하진 않으시죠?"
"전, 이미 약혼할 여자가 있습니다."
"하지만 결혼은 아직이잖아요. 손익계산을 따질 시간은 충분하다고 보는데요. 안 그런가요?"

참으로 맹랑한 여자였다. 그는 비위가 거슬렸지만 꾹 참고 그녀의 동그랗고 큰 눈동자를 정면으로 바라보았다. 어차피 오늘이 지나면 볼 일이 없는 여자였다. 그런 여자가 하는 허무맹랑한 말은 그에겐 그다지 거슬리진 않았다.

"죄송합니다만 전 사랑하는 여자가 있습니다."

"어머, 너무 솔직하신 거 아녜요? 그럼 저 역시 솔직해질게요. 이하 동문."

"네?"

"이하 동문이라고요. 이래 봬도 죽고 못 사는 연인이 있답니다. 우리 함께 역경을 이겨 내 봐요."

예상 밖의 대답에 재혁이 놀라자 그녀는 눈을 찡긋하며 유쾌하게 윙크를 날렸다. 권위 있는 장관을 아버지로 둔 딸답지 않은 털털함과 솔직함, 사랑하는 상대가 있으니 서로 파이팅 하자는 말에 재혁도 걱정을 내려놓고 마주 웃어 줄 수밖에 없었다.

찰칵.

바로 그때 사진이 찍혔나 보다. 절묘한 타이밍, 마주보며 서로를 향해 미소 짓는 사진 속 두 남녀는 보는 사람으로 하여금 흐뭇하게 만들었고 호의가 여실히 보일 정도였다. 거기에다 사진과 함께 기재된 신문 기사 제목이 더 가관이었다.

[선남선녀의 예정된 만남, 환상적인 조합은 바로 이런 경우를 두고 하는 말이 아닐까.]

쾅.

정말 미치고 팔짝 뛸 노릇이었다. 다른 일도 미룬 채 아침에 벌어진 일을 뒷수습하느라 고민했던 재혁은 전화기를 노려보다가 재킷을 쥐고 그대로 뛰쳐나갔다. 그의 발걸음이 향한 곳은 수현의 집이었다.

"네? 나가셨다고요?"

— 네. 아가씨와 둘이 청평 별장에 가셨어요.

재혁은 인터폰으로 들려오는 사실에 믿기지 않는 눈치였다. 얼마나 용기를 그러모았는지 모른다. 이재학 사장이 당장 나가라고 소리를 지르면 그 자리에서 무릎을 꿇고 빌 각오를 하고 온 길이었다.

"알겠습니다. 내일 다시 오겠습니다."

— 저…….

"말씀하십시오."

— 내일 안 오실지도 몰라요. 거기서 며칠 묵겠다고 하셨거든요.

알고 있다. 임시 귀국, 이재학 사장이 몇 주 정도 머무를 거라고 전해 들었었다. 원래대로라면 상견례를 마치고 약혼 날짜를 잡을 예정이었는데…… 기약도 없이 별장으로 내려갔다는 건……. 불안이 현실로 다가오고 있었다.

재혁은 애써 불안함을 감추며 인터폰에 대고 말을 했다.

"변명 같겠지만 그 기사, 사실이 아닙니다. 믿어 주십시오."

억울함을 호소하는 그의 목소리를 들으며 일산댁은 재혁이 얼마나 아가씨를 사랑하는지 그 마음이 전해져 오는 것만 같았다. 그러고는 자신이 재혁에 대해 오해한 부분도 많다는 걸 인정했다. 병원에서 보여 준 정성은 절대 가식이 아니었기에 미약하나마 도움을 주고 싶었다.

― 네. 저야 믿으라면 믿겠지만 아가씨가 걱정이에요.

"수현이가요?"

― 말씀은 안 하셨지만 제가 키운 분이니 잘 알고 있지요. 식사를 거의 못 하셨어요. 전화라도 하시지 그러셨어요.

"……변명으로 들릴 것 같아서 차마 그렇게 못 했습니다."

― 차 이사님.

"네."

― 여자는 남자와 달라요. 자꾸 확인하고 확인받고 싶어 하죠. 이번 일도 먼저 전화하셔서 오해다, 이러저러해서 찍힌 사진이다, 오해하지 말라고 말이라도 먼저 해 주셨다면 아가씨의 마음속에서 어느 정도 불안이 사라졌을 겁니다.

그녀의 충고를 듣고서야 기사를 내리는 데 혈안이 되어 정작 중요한 일은 하지 않았다는 것을 깨닫게 된 재혁은 제 아둔한 머리를 쥐어박고 싶어졌다.

"이 사장님은……."

— 화가 많이 나셨나 봐요. 각오 단단히 해 두셔야 할 거예요. 자애로운 분이지만 아가씨와 관계된 일에서는 이성을 잃으시거든요.

그 말을 듣자 재혁의 가슴이 한층 더 죄어들었다. 딸 하나만을 위해 어디까지 양보했는지 잘 아는 그로선 지금 상황이 미치고 팔짝 뛸 노릇이었다. 오로지 수현을 향한 자신의 붉은 심장을 꺼내 보여 드릴 수도 없기에 막막해져만 가는 그였다.

"자네 지금 뭐하자는 건가."

— 죄송합니다.

이재학 사장은 예비 사위인 재혁에게 걸려온 전화를 받고 있었다. 그는 솟구치는 화를 억누르며 그에게 말하고 있었다.

"여태껏 내 딸을 가지고 논 건가?"

— 그건 절대 아닙니다!

"나 역시 신문에 오른 기사가 모두 사실이 아니라는 건 알고 있네. 하지만 처신을 바로 했었어야지. 내가 이렇게 화가 나는데 수현이 그 아이는……."

약간의 떨림이 섞인 목소리가 자신도 모르게 전화기로 흘러들어 가고 있었다.

— 이 사장님, 제가 수현이를 만나서 잘 설명하겠습니다.

"아닐세. 내가 하는 게 좋겠네."

— 네?

"한국에서 잠깐 머물 동안 수현이와 시간을 보내고 싶네. 그때까지는 찾아올 것 없네."

— 언제 오십니까.

"……도착하면 전화하라고 전하겠네."

— 이 사장님……. 전 절대 아닙니다. 이것만은 믿어 주십시오. 제발 부탁입니다.

이재학은 끊어진 전화를 한참 노려보고 있었다. 딸아이가 죽고 못 사는 놈이라 저도 사랑해야지 마음을 줘야지 예쁘게 봐야지 했었다.

그에게 있어서는 딸아이를 위해서라면 세상에 하지 못할 일이 아무것도 없었다. 한낱 가십으로 치부될 수 있는 신문의 기사 나부랭이를 모두 믿는 건 아니었지만 이번 일은 정말 불쾌하기 짝이 없었다.

차 회장, 기업가로선 어떨지 몰라도 인격이 고매한 사람은 아니었다. 그나마 다행인 게 재혁이 차 회장보다 제 어미를 닮았다는 것 정도.

수현인 분명 그 기사를 보았을 텐데도 평소와 다름없이 안색 하나 변하지 않고 생활하고 있었다. 속이 문드러질 텐데도…… 참는 게 일상인 속 깊은 아이였다.

이재학은 자리를 털고 일어났다. 제겐 다른 누구보다 이 세상 그 무엇보다 수현만이 중요했다. 다독여 주고 품어 줄 그의 유일한 혈육.

그가 있을 때만이라도 딸아이가 자신을 향해 응석을 부려 주었으면 싶었다.

청평.

붉은 가을 빛깔이 곱게 내려앉은 나무들 사이에 둘러싸인 호명 호수는 그들 모자에게 쉼을 줄 수 있는 최고의 장소였다.

오랜만에 부녀는 자연 속에서 힐링을 만끽했다. 곱게 뻗은 산자락과 어울려 쾌적함과 상쾌함, 그리고 여유로움이 대자연의 신비를 느낄 수 있게 해 주었다.

호젓한 호숫가를 나란히 걷고 있는 부녀의 모습은 한 폭의 그림처럼 아름다워 보였다. 하지만 그들 중에서 어느 누구도 섣불리 먼저 말을 꺼내지는 않았다. 하고 싶은 말, 묻고 싶은 말을 뻔히 알기에 그건 어쩌면 더 어려운 일이었다.

하지만 더 이상 미룰 수만은 없는 일. 이재학은 용기를 내어 애써 떨어지지 않는 입술을 떼었다.

"수현아."

"네, 아빠."

"기사 봤니?"

"네."

한 치의 떨림조차 없는 딸아이의 말에 이재학은 가슴에 묵직한 무언가가 내려앉는 느낌이 들었다.

"난…… 마음에 들지 않는다. 아비 맘이 그래. 내 딸 죽도록 사랑한다는 놈 골라 평생 해로하며 살게 하고 싶은 바람뿐이다."

수현은 곤란했다. 당장 아버지께 무슨 말이라도 하고 싶었으나 그녀는 차마 대답할 수 없었다. 기사가 거짓이든 사실이든 아버지의 입장에서 그건 지금 중요한 게 아닌 것이다. 그저 마음 졸이며 눈치 보며 살 딸을 걱정하는 부친의 마음을 알기에 더 입이 떨어지지 않는 수현이었다.

"보이는 것보다 따뜻한 사람이에요."

"그래…… 그렇겠지."

측은한 눈빛으로 딸을 바라보는 이재학의 눈동자에 만감이 교차했다. 아내가 남기고 간 유일한 핏줄, 아내와 저를 반반 닮아 지금까지 속 한 번 썩이지 않은 마냥 착하기만 한 딸아이.

조건 아닌 조건을 받아들여 사막에도 갔었고, 그의 소신이던 뜻도 굽혀 가며 무의도의 토지 권한도 모두 넘겨줄 예정이었다. 그래서 이제는 마음을 비웠다 생각했는데 아니었나 보다.

어릴 때부터 수현은 하나를 배우면 끝까지 배워야 했고 사람을 믿고 마음을 주면 절대 변하지 않는 것도 어찌 제 어미를 그리 빼닮았는지. 여려 보이는 딸아이가 마냥 걱정되는 그였다.

한편 수현은 죄스러워 차마 고개를 들 수 없었다. 비록 이번 일이 자신의 잘못이 아님을 알고 있었지만 부친이 저를 위해 한 일을 알고 있기에 이미 한 번 난도질을 당한 가슴에 또 다른 생채기를 낼 수 없었다. 이미 시작한 공사는 마무리를 지으실 것이 틀림없었고 이대로 모른 척 그녀가 아무 말도 없다면 무의도…… 권한도 넘겨줄 것이 분명했다.

새삼스레 차 회장의 무서움을 실감하는 수현이었다. 그분은 모든 걸 내다본 것이다. 수현이 아무 말도 하지 못할 거라는 걸. 그리고 어쩌면…… 신문 기사 역시 그분의 계획이었는지도 모른다.

"……드릴 말씀이 있어요."

"응?"

"약혼, 미루고 싶어요."

"뭐?"

이재학은 딸아이의 말에 혹시 제가 잘못 들었나 싶어 눈이 휘둥그레졌다.

"생각할 시간이 필요해요. 부족한 게 많은 걸 깨달았어요. 대학 졸업 후 대학원에 진학하기보단 유학을 다녀오고 싶어요. 아빠도 한 번쯤은 넓은 세상으로 가 볼 필요도 있다고 말씀하셨었잖아요."

유학이라니? 생각지 못한 딸아이의 말에 큰 상처를 받았나 보다 지레짐작한 이재학은 욕지거리가 튀어나오려는 걸 간신히 참아 냈다.

"재혁이랑 상의한 거니?"

"아직요."

눈에 넣어도 아프지 않을 자식이었다. 그 어느 때보다 반짝반짝 빛이 나야 하는 시기에 저런 핼쑥한 얼굴로 아픈 얼굴로 마치 대역죄를 지은 것처럼 고갤 숙이고 들지 못하는 모습에 가슴이 아려 왔다.

시간, 어쩌면 시간이 모든 걸 해결해 줄지도 몰랐다. 한 사람만 바라보던 수현이 혹여 외국에서 다른 인연을 만날지도 모르는 일 아닌가. 재학은 딸이 행복하기만 하다면 사위가 외국인이든 아니 그 누구든 그런 것쯤 크게 상관없었다.

"허심탄회하게 두 사람이 만나 이야기하는 게 빠르겠구나. 네 뜻은 잘 알겠다."

"……죄송해요."

"그런 말 말아라. 결혼은 인륜지대사인데 섣불리 결정할 수 있는 게 아니잖니. 두 사람이 정말 인연이라면 나중이라도 다시 만나게 되겠지."

수현은 아버지의 말에 목이 메어 대답을 하지 못했다. 죄송하다고 열사의 나라에 가기를 꺼리지 않고 자신을 위해 희생하셨는데 보답은커녕 말도 안 되는 결정을 내린 저를 용서해 달라고 감히 말할 수 없었다.

두 사람의 얼굴이 차마 서로를 바라보지 못한 채 반대쪽을 향하고 있었다. 하지만 느끼는 감정은 지독히도 닮아 있었다. 서로가 서로의 행복만을 바라는 마음 말이다.

회한, 슬픔, 후련함, 그리고…….

사람을 얻으면 마음은 마냥 푸르러진다. 분홍빛 마음을 따라 아름다운 인생을 걷고 싶다. 수많은 사람이 걸어간 그 길, 길 없는 그 길 위에서 슬픔 역시 배우며 성장해 나아간다.

비워야 행복해진다는 말을 곱씹으며 마음을 툴툴 털어 내 본다. 손바닥으로 하늘을 가려 잠깐 동안 행복해지지만 그건 언제든 뒤집어질 카드. 끝은 끝없는 추락일 것이다. 수현, 그녀에겐 커다란 용기가 필요한 일이었고 일생일대의 도박이었다.

어렵게 말을 꺼냈지만 부친은 그녀의 의사를 존중해 주었다. 문제는 차재혁 그 사람이었다. 그는 과연 어떻게 나올까. 마치 그녀가 변덕을 부리는 걸로 오해하는 건 아닐까. 두렵고 무서웠다.

하지만 부딪쳐 보아야 했다. 이대로 결혼은 말도 안 되는 일이었다. 차 회장의 말대로 헤어진 기간 동안 재혁이 정략결혼을 선택한다고 하여도 할 말이 없었다. 세상에 저 아니어도 잘나고 아름다운 여자는 얼마든지 넘치고 넘쳤으니까.

그의 곁에 누군가 다른 여자가 서 있다는 상상만으로도 가슴이 쓰라렸지만 말도 안 되는 요구를 할 만큼 그녀는 뻔뻔스럽지는 않았다.

따스한 햇살이 비치는 그림 같은 커피숍에서 그보다 더 그림 같은 연인이 사뭇 그들과는 어울리지 않는 대화를 나누고 있었다.

"뭐라고? 너 지금 뭐라고 했어."

"오빠…… 흥분하지 말고 내 말을 들어……. 오빠?"

"기사 때문에 이래? 사실이 아니라고 했잖아! 날 못 믿어? 그럼…… 그래 좋아. 지금 당장 신문 기사에 난 그 여자 만나서 삼자대면 시켜 줄게. 그럼 되는 거야?"

화를 내리라는 건 예상했지만 화를 넘어서 자신의 얘기를 듣자마자 길길이 날뛰는 재혁이였다. 잠시 헤어지자니 시간을 갖자니 이게 무슨 말도 안 되는 소리냐는 듯. 결국 자신의 말은 그를 믿지 못하고 등을 돌리겠다는 거로만 비쳐진 듯했다.

"너, 고작 이 정도였어? 그런 종잇조각 한 장에 흔들릴 만큼 너와 나, 그렇게 얕은 사랑을 한 거니?"

아니야. 아냐. 그게 아냐……. 난……. 수현의 마음속에서 끊임없이 외치는 소리가 들렸다.

"똑바로 말해. 날 못 믿는 거니?"

그를 아프게 만들고 싶지 않았다. 사랑하니까. 거짓말로 속이고 싶지도 않았다. 또한 사랑하지 않는다며 거짓말로 그를 기만하고 싶지도 않았다.

"믿어요……."

"그런데?"

"오빠를 못 믿는 게 아니라, 날…… 못 믿는 거예요."

"뭐라고?"

"잠시만 시간을 갖고 떨어져 있자는 거예요. 떨어져 있어도 감정이 변함없다면……."

"그만둬!"

벌떡 일어나 그녀를 노려보던 재혁의 눈동자에 휘몰아치는 감정에 얼음처럼 몸이 굳어 버린 수현이었다.

"너만은 다를 거라 생각했다. 넌…… 내가……. 그래 네 맘대로 해."

"오빠!"

흐릿해진 시야로 그가 떠나가는 게 보였다. 항상 보아 온 익숙한 그의 뒷모습. 붙잡아야 하는데 발이 땅에 붙어 버렸는지 움직여지지 않았다. 이렇게 보내면 안 되는데……. 저렇게 화내고 나가 사고라도 내면 안 되는데……. 그리고…… 정말 그녀를 잊어버리면 안 되는데……. 마냥 그가 걱정스럽고 서럽기만 한 그녀였다.

쾅.

"이사님."

"나가요. 그리고 아무도 들여보내지 마세요. 아무도!"

회사로 돌아와 책상 위의 것을 모조리 쓸어 바닥에 팽개친 재혁은 그래도 분이 풀리지 않은 지 한참을 날뛰다 의자에 털썩 주저앉아 얼굴을 감싸 쥐었다.

어렵게 선택한 사람이었고 제 여자라고 믿어 의심치 않았던 여자가 하루아침에 뒷걸음치는 걸로도 모자라 시간을 가지자고 한다. 그게 무슨 뜻이겠는가.

결국 헤어지자는 말이었다. 약혼이라도 하고 유학을 가자는 권유에 그녀가 고개를 젓는 순간 그는 눈앞이 암담해지고 아무것도 보이지 않았다. 아무것도…….

'수현아, 너 왜 이래. 나한테 왜 이러는 건데. 제길…….'

이미 한번 돌아선 여자 마음은 웬만하면 되돌리기 힘들다는 말이 떠올랐다. 원인 제공은 그가 했지만 철석같이 그의 아내가 되리라 믿었던 수현이 한 말은 폭탄 그 자체였다.

'오빠 바보야? 아직도 수현일 몰라? 그 애가 어떤 맘으로 오빨 바라보아 왔는지 그 누구보다 내가 잘 알아. 그런데 먼저 시간을 갖자고 했다면 분명 다른 문제가 있었을 거야! 그것도 심각한 문제가!'

머릴 해머로 한 대 세게 맞은 것 같은 충격. 동생 지나의 지적은 멍청하고 아둔한 그를 암흑의 구렁텅이에서 빠져나오게 했다.

그녀에게 자신을 믿지 못하느냐 따졌지만 정작 믿지 않았던 건 그가 아니었을까…….

'수현아…….'

마음속으로 절규하는 그였다.

"너 대체 어쩌려고 이래?"

"글쎄."

"오빠가 아니라잖아 우연히 찍힌 거라잖아. 너 이렇게 속 좁은
애였어?"

지나는 조용히 미소만 흘리는 친구가 맘에 들지 않았다. 수현
이 잠시 시간을 갖자고 했다고 전해 들었을 때 믿기지 않았다. 다
른 사람도 아니고 이수현이 차재혁을 상대로 잠시 헤어지자고 하
다니.

"오빠 지금 얼마나 살벌한지 알아? 말도 못 붙이겠어."

결국 부친은 일주일을 더 머문 뒤 출국했다. 수현의 뜻을 존중
한다며 네 맘 가는 대로 해 보라고 자신은 언제나 그녀 편이라고
힘을 실어 주면서 떠나가셨다.

그리고…… 지금 두 사람이 언쟁을 벌인 이후 단단히 맘이 상
했는지 재혁에게서는 전화 한 통 오지 않았고 그녀 또한 간간이
지나에게 소식을 듣는 게 전부였다.

미칠 듯 보고 싶어 뛰어가고 싶어도 이를 악물고 참아 내고 있

었다. 재혁에게 말했던 대로 수현 자신이 제 자신을 믿지 못하기에 두려웠다. 작은 일에 흔들리고 중심을 잃어 혼란스러운 건 바로 그녀였기 때문이었다.

단단해지기 위해 여물어지기 위해 시간을 갖고 싶다는 말, 그 말의 숨은 뜻을 과연 재혁은 이해할까. 그를 잃어버릴지도 모른다는 불안과 공포를 무릅쓰고서라도 선택해야만 했던 그녀의 심정을 천분의 일이라도 알아줄까……. 수현은 그 모든 것이 자신 없었다.

"오빠, 별일 없지?"

"계집애, 궁금하긴 하니? 너 이러는 거 아냐. 우리 오빠 좋다고 졸졸 쫓아다닐 때는 언제고 마음 주니까 뒤로 물러서? 사람 놀리는 거니? 우리 오빠 평소대로 행동하는 것처럼 보이지만 난 알아. 많이 힘들어하고 있다는 걸."

"……네가 있어서 다행이다."

지나는 사랑을 하더니 전보다 더 성숙해지고 주위 사람을 돌아볼 줄 아는 다사한 여자가 되어 있었다. 어릴 적부터 사랑을 담뿍 받아 모난 곳 하나 없이 자란 그녀는 바야흐로 만개한 꽃처럼 아름다웠다. 예전에는 영원히 철없을 것 같더니 이젠 제법 오빠와 가족도 챙길 줄 알았다.

수현은 유학을 준비하면서부터 내내 맘이 편치 않았지만 그의 곁에 지나가 있으니 다행이라는 생각이 들어 조금은 마음의 짐을 덜 수 있었다.

하지만 지나는 불안했다. 이상하다는 느낌. 면박을 주어도 타박을 해도 그저 미소만 흘리는 수현이 당장 어딘가로 사라져 버릴 환영처럼 다가왔다. 정말…… 뭐 이런 개 같은 경우가 다 있는가 말이다.

서로 사랑한다는데 뭐가 문제인지 두 사람은 외줄에 올라 아슬아슬한 곡예를 하는 것처럼 보는 사람으로 하여금 불안하고 초조하게 만들었다.

물론 그녀와 진우도 탄탄대로로만 걸어온 건 아니었다. 오해도 하고 헤어지겠다는 선언도 하며 일주일 동안 전화를 걸지 않고 그리워한 적도 있었다.

오빠인 재혁과 상황은 달랐지만 진우가 지나 몰래 소개팅을 나간 적이 있었다. 그때의 심정은 말로 형용할 수 없을 만큼 비참했고 딱 죽고만 싶었다. 제 성질 같았으면 길길이 날뛰거나 소리소리 질러야 맞겠지만 그러지 못했다. 그때는 정말 다리에 힘이 풀리고 심장이 얼어붙어 버리는 것만 같았다. 거창하게 배신이라는 이름을 갖다 붙이진 않았지만 생채기가 깊게 패여 아직까지도 그 흔적은 그대로 남아 있었다.

아마 지금 수현의 심정 역시 그러리라 예상이 돼 더 이상 채근할 수도 없는 노릇이었다.

'내가 뭘 잘못한 건데?'

'미안. 네 잘못 아냐. 너무 급속하게 가까워지니까…… 잠시

냉각기를 가지고 싶어.'

'그럼 어쩔 수 없지. 그렇게 해.'

의외로 산뜻하게 이별을 받아들이는 지나를 당황한 얼굴로 진우가 바라봤었다.

'뭐?'

'그런 생각, 나도 하고 있었어. 인정해. 우리 둘 너무 붙어 다녔다는 거. 귀찮아할 거라고 생각하진 않았지만.'

'지나야.'

처음 만났을 때부터 불꽃을 피웠던 사랑이었다.

강진우, 그룹의 차남이라는 점도 맘에 쏘옥 들었다. 친오빠 재혁을 보면 후계자라는 자리가 부와 명예는 함께 따라올지 몰라도 그 자리는 결국에는 남편을 사업에 빼앗겨 한없이 외로워지는 그런 자리였다.

성격도 원만하고 호남형인 진우와 지나의 주변은 산뜻했고 사랑함에 걸림돌은 없어 보였는데…….

배운 게 많았던 한 달. 진우와 잠시 떨어져 관망한 시간이 필요한 헤어짐이었다는 걸 지금은 인정했다. 더 깊어지고 애틋해지고 사랑이라는 확신도 들었다. 물론 쉽게 진우를 받아 준 건 아니었다. 여우과에 속한 지나는 진우의 애를 끓여 닳아 없어질 때서야

293

비로소 그를 받아들였다.

'진우 씨가 여자를 만나고 싶을 땐 당당하게 말해.'

'왜 지난 일을…….'

'확실히 하고 넘어갈게. 어떤 이유에서든 다른 여자가 등장하거나 우리 사이에 낀다면 그날로 우린 바이 바이 하는 거야. 뒤통수를 맞는 일, 더 이상은 없었으면 해. 약속해 줄 수 있어?'

'……약속해.'

시시콜콜 수현에게 말하지 못했던 일들도 많았다. 그건 그녀가 오빠를 상대로 가슴앓이를 하고 있었고 저는 진우와 아름다운 사랑을 하고 있었으므로.

여자가 남자에게 시간을 갖자는 말은 결코 쉽지 않은 말이었다. 듣는 오빠가 얼마나 황망하고 상처 입었을지 그 심정을 누구보다 잘 알고 있었다. 밀당을 하기 위해 수현이 섣부른 말을 내뱉었을 리 없었다. 그렇다면 왜……. 무엇 때문에…….

결국 한계에 봉착한 지나는 머릴 쥐어뜯다가 회사로 재혁을 찾아가 다그쳤었다.

'오빠 바보야? 아직도 수현일 몰라? 그 애가 어떤 맘으로 오빨 바라보아 왔는지 그 누구보다 내가 잘 알아. 그런데 먼저 시간을 갖자고 했다면 분명 다른 문제가 있었을 거야! 그것도 심

고개를 든 재혁의 눈이 이제야 무언가를 깨달았다는 듯 생생히 빛나고 있었다. 제 오빠지만 어쩜 저렇게 아둔한 건지. 사업하는 머리로 연애를 하는 건 불가능한 듯 보였다. 어찌 되었든 이제 자신은 그들을 멀리서 바라보아 줄 수밖에 없었다. 그들이 아름다운 사랑의 결실을 맺기를 바라면서.

"이사님."

"무슨 일이죠?"

"회장님 호출입니다."

생각에 빠져 있던 재혁은 무거운 발걸음으로 회장실로 향했다. 그리고 듣게 된 말은…….

"뭐라고 하셨습니까."

"만나 봐라. 알고 보니 장관 딸은 이미 애인이 있다더구나. 집안에서 반대하나 보지만."

"아버지."

"판사 소우주의 둘째 딸이다. 재원이라고 하더구나. 전공은 미술……."

"아버지 대체 무슨 말씀을 하시는 겁니까. 전 수현이와……."

"이재학 사장이 출국했다. 무슨 의미인 줄 모르는 거냐?"

"시간을 가지자는 것뿐입니다."

"멍청한 인사 같으니. 수현이와 연락하지 않고 지낸다며? 사람을 풀어 알아보니 이제 막 유학 준비 마쳤다더라. 그것도 몰랐던 게야? 쯧쯧쯧."

저도 모르게 주먹을 꽉 쥔 재혁은 엄지손가락이 살을 파고들어 깊은 자국을 남기는 걸 알아채지 못하고 있었다. 제대로 뒤통수를 치는 수현이였다. 설마설마했던 일이 현실로 닥쳤다.

"전 수현이와 결혼합니다."

"여자는 많다. 그리고 너 싫다고 한 여자다. 그깟 거 양보하기 어렵다고 널 팽개친 아이란 말이다."

"아버지!"

"어디서 언성을 높이는 게야! 잔말 말고 약속 장소 일러둘 테니 나가 봐."

"……."

"이제 그만 나가 봐!"

망연자실한 표정으로 서 있던 재혁은 뒤도 돌아보지 않고 회장실을 박차고 나가 버렸다. 그 모습을 바라보면서 차 회장은 다시 한 번 혀를 차며 속으로 중얼거렸다.

차마 자식의 목을 매어서 끌고 갈 수는 없기에 차 회장은 이 정도에서 이야기를 마무리 지었다. 당황한 건 그도 마찬가지.

적당한 선에서 아들과 타협점을 찾을 수 있을 줄 알았는데 의외로 강경하게 나오는 재혁이었다. 여태껏 자신은 수현이 아들을 일방적인 감정으로 바라본다고 생각해 왔었는데 그것만은 아닌 듯싶었다.

머리가 묵직해지자 서랍 속에 있던 두통약을 꺼내 한입에 집어삼킨 차 회장이 관자놀이를 꾹꾹 눌러 댔다.

여자는 많다, 너 싫다고 그깟 거 양보하기 어렵다고 날 팽개친 아이, 라고? 재혁은 의자에 앉아 차 회장의 말을 곱씹어 봤다.

그깟 것이 뭐지?

이상했다. 동생 지나의 말처럼 자신이 모르는 숨겨진 이유가 있는 걸까? 다른 사람도 아닌 그녀가 그의 곁을 떠나겠다고 결정한 데 숨겨진 이유가 정말 있단 말인가?

며칠을 생각한 결과 답은 의외로 찾기 쉬운 곳에 있었다. 이재학 사장의 약점이 수현이라면 수현의 아킬레스건은 이재학 사장이었다. 그를 포기할 만큼 중요한 일이 대체 뭘까.

재혁은 비밀리에 조사를 지시했다. 그리고 며칠 만에 손에 쥐게 된 보고서와 사진을 열어 본 그의 눈동자가 한없이 흔들렸다.

[무의도 개발 보고서]

토지 매입과 투자 유치 현황 건립 계획이 빼곡히 짜여 있는 서류엔 이재학 사장의 양도 의사와 부친 차 회장의 토지 권리 이양에 관한 법률적 해석들이 검은 활자로 쓰여 있었다.

"아버지······. 수현아······."

스륵.

종잇조각이 힘 빠진 손에서 빠져나가자 바닥을 향해 여기저기로 흩뿌려졌다. 그건 수현이 유학을 코앞으로 둔 어느 날의 일이었다.

'기다린다. 너 돌아올 때까지. 네 곁은 나라는 거 잊지 말고. 대신 네가 떠날 때까진 온전히 내게 시간을 줘야 한다. 알겠니?'

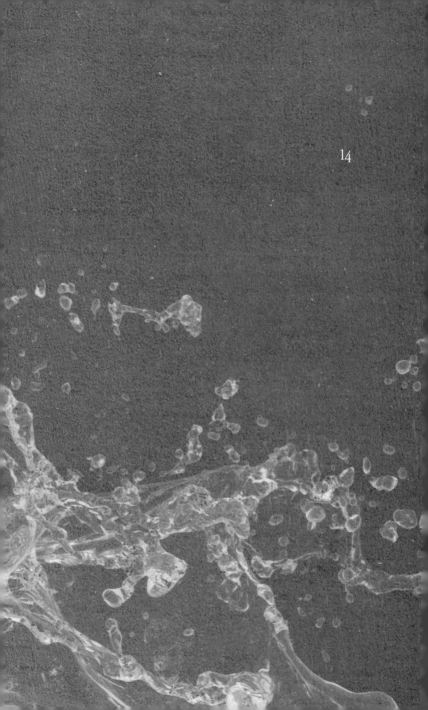

14

아무것도 변하지 않았다. 표면적으로는. 다만 수현은 뭔가 많이 달라진 것을 피부로 느꼈다. 수현이 유학을 결정한 뒤, 돌연 연락이 없던 그가 나타났다. 뜬금없이 돌아올 때까지 기다린다며 떠나기 전까지 온전히 시간을 내 달라는 말에 그녀의 가슴이 덜컥 내려앉았다.

어쩌면 그보다 그에 대해 잘 아는 수현이었다. 단호하게 바라보는 검은 눈동자에 담긴 고뇌가 그녀에게는 보였다.

'아……. 알아 버렸구나. 이 사람, 모든 걸 알아 버렸어.'

그건 확신이었다. 지나가는 비에 옷이 젖듯, 재혁의 눈동자에 습기가 배어 있었다. 사랑이라는 감정이 한쪽만 정리한다고 되는 게 아니라는 것을 알기에 수현은 대답을 망설일 수밖에 없었다.

기다리라는 말도, 그의 곁으로 돌아오겠다는 말도 입에 담을 수 없었다. 그건 이기적인 발상이었다. 그녀는 불확실한 미래를 약속이라는 언약으로 제한해 두고 싶지 않았다.

그를 믿지 못해서가 아니다. 수현은 다만 그의 행동에 구속이란 짐을 지우기 싫었다.

"돌아오겠단 약속은 못 해요. 하지만 오빠 뜻을 따를게요."

"수현아……."

누가 먼저랄 것도 없이 서로를 안고, 안겼다. 수현은 서늘한 재혁의 옷깃에 뺨을 대고 모든 세상 근심에서 눈을 감은 채 펄떡이는 심장 소리에 귀 기울였다.

"미안……. 사랑한다."

재혁의 고백에 수현이 머리를 들어 올려 그와 눈빛을 마주했다. 그 순간 두 사람은 서로를 바라보며 상대방을 완벽하게 이해했다.

촤아아―

굵어지는 빗방울 속에서 그렇게 하나로 합쳐진 재혁과 수현은 예정된 이별을 준비하고 있었다.

― 너 어디냐!

"잠시 휴가 다녀오겠습니다."

― 뭐라고? 너…… 네 이놈!

노발대발하여 어디냐 소리치는 차 회장의 노성을 재혁은 귓등으로 흘려들었다. 그는 지금 2박 3일 일정으로 제주도에 도착해 있었다.

수현이 열두 번도 더 왔었던 제주도는 동반자가 재혁이라는 것만으로도 처음 온 신비지처럼 신선하게 다가왔다. 절벽 아래로 솟아난 바위에 햇빛이 부딪히며 만들어 내는 절경도 아름다웠고, 그와 연인처럼 장난을 치며 걷는 올레길은 가히 환상적이었다. 다리를 아파하는 수현을 바라보다 재혁이 용기를 내 업어 주기까지 했다.

두 사람은 해가 기울어 어둑어둑해질 때가 돼서야 아쉬운 마음을 접고 호텔로 돌아왔다.

쏴아아—

욕실에서 물이 떨어지는 소리가 들렸다. 얼굴이 화끈 달아올랐지만 이미 각오하고 나선 길이었다. 항상 생각을 먼저 하고 따지고 조심하는 편인 수현이 이런 과감한 행동을 감행할 줄은 아무도 몰랐을 것이다. 희미하게 들리던 물소리가 끊기자 그녀는 침을 꼴깍 삼켰다.

뒤에서 재혁이 부드럽게 그녀를 끌어안았다. 곧 수현의 목덜미에 재혁의 숨결이 그대로 쏟아졌다.

"수현아……."

치명적인 전율이 그녀의 온몸을 훑으며 내달렸다. 각오는 했지만 당황스러워 수현이 움찔움찔 몸을 떨었다

샤워 가운 위로 닿는 그의 촉감이 생생했다. 재혁이 남자의 욕망으로 달아올라 있다는 건 그녀에게 충분히 전해졌다. 꽉 껴안는 악력에 수현의 어깨가 타들어 갈 것처럼 뜨거웠다. 그녀는 용기를 내 오른쪽 어깨를 움켜잡은 손 위에 제 손을 얹어 다독였다.

"잠시만요. 저 어디 도망가지 않아요."

"수현아……"

몸을 돌려 그와 마주한 그녀는 경직되어 있는 그의 얼굴을 보고 보일 듯 말 듯 미소를 지어 보였다. 그도 불안한 걸까, 그녀가 혹시 마음이 변해 버릴까 봐? 아무래도 좋았다. 그를 사랑하니까.

어제도, 오늘도, 불안한 미래도, 어쩌면 이 사람 하나뿐일지도 모른다는 생각이 들자 없던 용기가 솟아올랐다.

"키스해 주세요."

수현이 속삭이자마자 어두운 먹물 빛을 닮은 까만 눈동자가 단박에 흐릿해지더니 재혁이 그녀를 품에 안고 단숨에 입술을 갈랐다. 매끄럽게 미끄러진 혀가 그녀의 입 안을 헤저으며 마음껏 유영했다.

날것으로 부딪쳐 오는 적나라한 욕망에 수현은 그의 혀를 휘감고 빨아 당겼다. 두 손은 재혁의 강인한 허리를 지나 등으로 옮겨가 쓸어 올렸다 내리기를 반복하고 있었다. 적극적인 수현의 행동에 거친 숨을 내쉬던 그가 가운 위로 불룩 솟아오른 그녀의 가슴을 억세게 움켜쥐었다.

"으음……"

쓰러질 것같이 흐물거리는 두 다리를 더 이상 지탱할 힘이 없었다. 수현은 어느새 그에게 안아 올려져 침실로 향하고 있었다.

사락.

샤워 가운을 단번에 밀어 벗긴 재혁이 그녀의 하얗게 빛나는 몸을 내려다보다가 제 가운도 단숨에 벗어 던져 버렸다.

수줍음도 잠시, 그를 눈에 담고 가슴에 담아 둬야 한다는 절박함이 수현을 대담하게 만들었다. 숨이 들썩여 분홍빛 유실이 오르락내리락하자 뜨거운 시선이 곧바로 치고 들어오며 그녀의 모든 움직임을 구속했다. 용기를 그러모아 얼굴을 들어 올리자 재혁의 머리끝부터 발끝까지 한눈에 들어왔다.

탄탄한 가슴과 쭉 뻗은 다리, 그리고 무성한 체모 사이로 보이는 검붉은 기둥.

"마음에 들어?"

긴장한 그녀를 알기에 재혁은 농담을 뱉으며 서서히 다가갔다. 재혁이 수현의 위로 몸을 덮듯 겹치자 두 사람의 심장이 무섭게 뛰기 시작했다. 모양 좋게 뻗은 손가락이 매끄러운 피부 위로 원을 그리며 그녀의 몸을 쓰다듬듯 탐색했다. 재혁은 수현의 얼굴을 살포시 감싸 끌어당기고 이마를 맞대었다.

"사랑한다. 수현아,"

연인의 고백처럼 달콤한 게 어디 있을까. 재혁이 그녀의 부드러움을 탐하는 것과 똑같이 수현도 손을 뻗어 그의 복근을 쓸고 허벅지를 만지며 그녀에겐 없는 강함을 탐미하기 시작했다. 손길이 닿을 때마다 그의 호흡이 불규칙하게 흐려지는 게 그녀에게 고스란히 느껴졌다.

그의 헐떡임이 싫지 않았다. 오히려 그녀를 원해서라는 걸 알기에 수현은 자만심으로 하늘을 날아갈 것만 같았다. 모든 것을 활활 태울 듯 열정에 휩싸인 모습을 보는 건 기쁨이었다. 조심스레 다시 다가온 입술을 수현이 음미하려던 참이었다. 순간 화르르 불꽃이 피어올랐다.

납작한 배부터 낭창한 허리를 쓸던 손길에 힘이 가해지나 싶더니 금세 이동한 손가락이 탱탱해진 유실을 잡아 비틀었고, 동시에 혀로는 그녀의 긴 목선을 핥아 내렸다.

"아아……."

흥분으로 발개진 몸 위로 더욱 붉고 단단하게 성난 유실을 재혁이 덥석 물어 버렸다. 재혁은 달콤한 과육을 입 안에 한가득 넣어 아프도록 강하게 빨기 시작했다.

"오빠…… 앗."

한참을 탐하던 입술이 아래를 향해 내려가자 수현은 그의 의도가 무엇인지 파악하고 급하게 도리질했다.

"싫어?"

재혁의 물음에 그녀가 살며시 고개를 끄덕였다. 아직은 순수함이 더 많은 여자였다. 재혁의 여자 이수현. 부끄러움이 많은 새색시처럼 야한 행위를 기꺼이 받아들일 수 없는 하얀 도화지 같은 여자. 아쉽지만 다음을 기약하며 그녀의 허벅지로 손을 내렸다.

"흡!"

겁먹지 않도록 부드럽게 쓸어내리다 올리기를 두어 번 반복하더니 그의 손끝이 꽃잎을 갈라 정점을 마찰했다. 어지러웠다. 몽롱한 기분에 취해 수현은 처음 느끼는 이상한 감각에 빠져들었다.

"느껴 봐……."

"오빠…… 헉."

수현의 몸이 공중으로 펄떡 튀어 올랐다. 긴 손가락이 주는 엄청난 희열에 몸이 유연하게 풀려 늘어졌다. 두 다리에 힘이 빠지고 온몸이 부들부들 떨려 왔다. 몸의 중심에서 시작된 열기가 전신에 퍼지며 더욱 강한 쾌감을 요구했다.

"아플 거야. 하지만 최대한 아프지 않게 할게."

더 이상 욕망을 참을 수 없는지 재혁이 허벅지를 벌리고 자리를 잡는 게 느껴졌다. 수현은 그녀가 긴장 상태로 돌입하기도 전에 들어온 침입자에 의해 절로 신음을 내질렀다.

"아앗…… 흐, 흐윽."

재혁은 폭주하고 싶은 걸 참으며 이를 악문 채 그녀의 엉덩이를 움켜쥐고 그녀가 아픔이 가시기를 기다리고 있었다. 땀을 뚝뚝 흘리며 자신을 배려하는 그를 수현은 기절할 것 같은 통증을 참고 올려다보았다. 그녀의 얼굴에 미미한 경련이 일었다. 온몸이 경직되고 숨이 막혔지만 그녀는 제 아픔보다 그가 더 걱정이 되었다.

"바보……. 언제까지 기다릴 거예요?"

"네가 다칠지도 몰라. 내가⋯⋯."

"나, 도자기 아니에요. 어서요. 응?"

오로지 이 사람뿐이었다. 수현에게 지독한 갈망과 갈증을 일으켰던 사람은 오직 눈앞에 이 사람, 차도혁 한 사람뿐이었다. 드디어 그 사람을 소유했다고 생각하자 쾌감은 무엇에 비교할 것이 없었다. 그녀의 가장 원초적인 여성성에서 뜨거운 것이 연신 흘러내렸다.

"하아. ⋯⋯오빠, 재혁 오빠⋯⋯."

수현은 바싹 몸을 밀착하며 그의 등을 끌어안았다.

"너, 이러면 내가⋯⋯."

부드러웠던 동작에 힘이 가해지며 뜨거운 기운이 한순간에 몰아쳤다. 이성을 놓아 버린 재혁은 폭주하듯 그렇게 그녀의 중심을 뚫고 들어왔다.

오늘이 마지막으로 사랑하는 시간인 것처럼 절박하게 밀고 들어오는 과격한 행위에 수현은 눈물이 나올 것 같았다. 언제⋯⋯ 언제쯤 다시 그에게 돌아올 수 있을지 기약이 없었다. 어쩌면 차 회장님의 장담처럼 어긋난 인연이 되어 버릴지도 몰랐다. 연인의 사랑 따위는 하찮은 것으로 만들어 버릴 만큼 세상은 만만치 않았다.

"아팠니?"

"아니요."

"근데 왜 울어?"

잠시 정신을 잃었나 보다. 그가 아래를 조심스레 닦아 내고 있었다. 주르륵 눈가에 흐르는 물기에 그가 입술을 찍어 누르며 연인을 아프게 한 제 이기심을 탓하고 있었다.

"오빠 때문이 아니에요. ……기뻐서, 오빠의 여자가 되어서 그래서 그런 거예요."

바르르 몸을 떠는 여자를 묵직한 체구의 남성이 보호하듯 거세게 끌어안았다.

"난 후회하지 않는다. 기다린단 말, 잊지 마."

"……."

수현은 그의 목덜미를 두 팔로 끌어안으며 애써 떨리는 목소리를 감추었다. 하나가 된 처음. 지금만큼은 아무 말도 하고 싶지 않았다. 모두 주고 아낌없이 받은 날이다. 후회는 없을 거라고 다짐하고 또 다짐했다.

다시 맞닿은 두 사람의 입술이 조금씩 열기를 띄워 갔다. 혀를 감고 상대의 입술을 빨아 당기며 서로 자신의 소유권을 주장했다. 수현의 밭은 숨까지 제 것으로 취한 재혁이 집어삼킬 듯 열정적으로 부딪쳐 왔다.

처음보다 조금은 부드럽게 음률을 타듯 두 사람은 서로에게 취해 본능적으로 허리를 돌리고 있었다.

"하아……. 수현아."

"하아, 하…… 학."

아직도 낯선 남녀 간의 합일이었지만, 맞붙여진 곳에서 흘러나오는 미끈한 애액이 두 사람의 불붙은 열정을 자꾸만 일깨웠다. 재혁은 순순히 욕망 앞에 굴복하며 거세게 그녀의 안으로 질주했다. 가쁜 호흡과 거친 열기, 그리고 달아오른 방의 온도는 밤이 새도록 좀처럼 식을 줄 몰랐다.

수현은 3년을 예상하고 영국으로 떠났다. 아니, 기약이 없었다. 뭔가에 몰두해야 시간이 흘러가기에 그저 이 악물고 참고 버텼다. 떨어지는 낙엽을 봐도 눈물이 났고 재혁과 비슷한 동양인을 보기만 해도 다 때려치우고 그에게 달려가고 싶었다. 일에 미쳐서 몸이 상하진 않았는지, 밥은 챙겨 먹고 다니는지, 건강한지……. 궁금하고 보고 싶은 마음은 날이 갈수록 깊이를 더해만 갔다.

'오빠 보고 싶다. 정말…… 한 번만 봤으면 소원이 없겠다. 흑흑…….'

오늘도 수현은 그의 사진을 부여잡고 눈물을 흘렸다. 전화 한 통 하는 게 뭐 별거이겠냐마는 그녀는 굳이 그렇게 하지 않았다. 중심을 잡고 떠나 있기로 다짐했지 않았는가. 수현은 그를 흔들고 싶지 않았다. 재혁은 기업을 운영하는 사람이었다. 그녀가 사랑하는 남자이기도 했지만 많은 사람들을 책임질 사람이었다.

차 회장님의 생각은 하늘이 두 쪽 나도 바뀌지 않을 것이고, 재혁에게 부친과 그녀 중에 하나를 택하라는 잔인한 선택을 강요할 수 없었다.

수현은 어쩌면 자신이 비겁한 것일지도 모른다고 생각했다. 그의 곁을 지키며 싸우는 대신 시간이 모든 걸 해결해 줄 거라는 말로 피하고 도망친 거나 마찬가지니까. 그의 소식을 접하는 건 쉬운 일이지만 그녀는 귀를 닫고 눈을 감았다. 그렇게 하루하루 버티며 살아가고 있었다.

수현의 성격상 그에게 몰래 연락하지는 않는다는 걸 알면서도 재혁은 혹시나 하며 휴대 전화를 들여다보고 또 들여다보았다. 잘 도착했다는 전화를 끝으로 더 이상 울리지 않는 벨소리에 그의 가슴이 무너져 내렸다. 바쁜 대낮에는 그래도 일에 미쳐 잠시나마 잊을 수 있었지만 고요한 밤이 찾아올 때면 참을 수 없이 그녀가 보고 싶었다.

'무심한 여자 같으니. 넌…… 내가 보고 싶지 않은 거야?'

없던 불면증이 생겨 버렸다. 바람 소리나 덜컹거리는 창문 소리에도 재혁의 가슴은 덜커덕 내려앉았다. 혹여 어디 아픈 건 아닌지, 혼자 울고 있는 건 아닐지 끝 모를 상상과 걱정으로 미칠 것만 같았다. 그렇게 쫓기듯 1년이란 시간이 훅 하고 지나가고 있었다.

그리고 1년 뒤.

"시간이 없잖아, 시간이! 대체 뭣들 하는 거야! 일을 하고 있긴한 거냐고!"

간도 개발이 난항에 부딪쳤다. 언제나 그렇듯 빌어먹을 인간들이 문제라면 문제였다. 리조트를 짓기 위해 정치권에 갖다 바친돈이 얼마였는가. 산 넘어 산이라더니 다 된 밥에 재를 뿌려도 유분수지. 절대 이사를 가지 않겠다고 버티는 세 가구 때문에 돌아버릴 지경이었다.

"협상안을 제시해. 두 배, 아니지. 세 배를 준다고."

"……열 배를 준대도 나가지 않겠다고 합니다."

콰앙!

비서의 대답에 울화통이 터진 차 회장이 애꿎은 책상에 화풀이를 했다.

"방법을 찾아, 방법을. 수단 방법 가리지 말고 꼭 성사시켜야해. 알겠나?"

차 회장은 입이 바싹 말라 왔다. 이 이상 지체하다간 무의도처럼 간도에 리조트를 건설하는 일도 수포로 돌아갈 공산이 컸다.

"차 이사는?"

"현장 간부들과 미팅 중이십니다."

"그놈의 미팅만 백날 하면 뭣해! 에잇!"

어느새 흰머리가 늘어난 차 회장은 직원들을 전부 내보낸 뒤 홀로 회장실에 남아 뒷짐을 지고 아래를 내려다보았다. 요새 부쩍 늙어 버린 것 같았다. 세월에 장사 없다던가. 그 꼬장꼬장한 차 회장도 이제는 힘에 부쳤다.

거기다 엊그제 참석한 유한 제지 구본우 회장의 손자 돌잔치에 다녀온 뒤로는 소화도 잘 되지 않았다. 고만고만한 쌍둥이가 눈에 삼삼했다.

'잘난 것 하나 없는 놈이 쌍둥이 손자 얻었다고 으스대는 꼴이라니. 내 참, 속상해서.'

그에게는 누구보다 잘난 아들인 재혁이 있었다. 하지만 당최 여자를 만나려 들지 않는 아들 때문에 차 회장은 미치고 팔짝 뛸 지경이었다.

수현이 떠나고 저러다 말겠지, 포기하겠지, 저도 남자인데 못 이기는 척 여자를 만나겠지 했던 게 착각이었다. 참다못해 요새 뜬다는 신인 배우를 섭외해 들이대 봤지만 결과는 비참했다.

'이사님이 한 번만 더 이딴 짓 하면, 흐윽, 아예 연예계에서 매장시킨다고…… 흐흑.'

인생이라는 게 뜻대로 풀리지 않는 거야 산전수전 다 겪은 그가 누구보다 잘 알고 있었지만 요즘 같아선 뭐든 잡히는 대로 던져 버리고 싶었다. 초심을 잃어버리고 이윤만 밝히는 늙은 사업가로 전락한 자신 때문에 재혁에게 위기가 다가오는 줄도 모르고.

"차재혁 씨 되십니까?"

"네, 그렇습니다만. 누구……."

순식간이었다. 재혁은 번개처럼 달려드는 검은 인영에 속수무책으로 당할 수밖에 없었다. 간도의 개발이 지연되자 차 회장의 불호령이 떨어졌고 급기야 그가 움직인 것이다.

주민 간담회에 참석해 자리를 지키고 앉아 있던 재혁은 잠시 휴식 시간을 가지자는 진행자의 말에 무거운 발걸음을 옮겼다. 몸이 피곤한 것보다 마음이 피폐한 게 문제였다.

1년. 이제 2년을 향해 가는 길이었다. 끝이 보이지 않는 기다림이 점점 그를 성마르게 만들었다.

혹시나 수현이 그를 잊을까, 그를 놓아 버리지 않을까, 그곳에서 마음에 드는 다른 놈을 만나지 않을까 초조했다. 예쁜 여자이니까, 누구보다 성실하고 사랑스러운 여자니까 접근하는 남자들이 있을 거라 생각하면 밤에 잠도 오지 않았다.

보고 싶었다. 사무치게 그리웠다.

눈치 빠른 차 회장은 영국을 제외한 다른 나라에만 그를 파견했다. 덕분에 두 사람은 1년 내내 얼굴을 볼 수 없었지만 애틋함은 더해지고 있었다.

자신을 부르는 소리에 그가 고개를 든 순간 시퍼런 안광이 번쩍였다. 재혁이 몸을 굳히고 방어 태세를 하기도 전에 날카로운 금속이 재혁의 배를 찌르고 들어왔다.

"이, 이게 뭐……."

"죽어! 이게 날 괴롭힌 대답이다. 돈에 환장한 개새끼들."

까아아아악—

아수라장을 방불케 하는 비명이 멀리서 들려왔다. 재혁은 모든 감각이 아득해지는 것을 느꼈다. 그는 시뻘겋게 물든 복부를 움켜쥐고 서서히 바닥으로 추락하고 있었다.

"이사님!"

"……님!"

어려서부터 제 몸 하나 거뜬히 지킬 정도로 온갖 무술을 배워 그의 몸은 단단하고 유연했지만 뜻하지 않은 불청객의 난도질을 막지는 못했다.

슬로비디오처럼 앞으로 고꾸라지는 그를 부축한 경호원들까지 피범벅이 되었다. 다행히 곧장 구급차가 와서 급히 수술대에 오를 수 있었다.

현…….

수현아…….

'하하, 오빠. 오빠 저요, 기다릴 거예요, 여기서.'
'괜찮아요. 전 언제나 오빠 편인걸요.'
'사랑해요. 사랑해요…….'

그는 긴 꿈을 꾸고 있었다. 시간을 거슬러 그가 꼬맹이 수현을
처음 만났을 때, 그때로 돌아갔다.

신기루 같았던 첫사랑은 아무리 떠올리려 애써 봐도 기억나지
않았다. 하지만 동생 친구라는 것 외에는 아무 의미도 없다 여겼
던 그녀가 깜박이는 영상 필름처럼 동에 번쩍 서에 번쩍 어지럽
게 흩어지고 있었다.

언제부터 그녀를 사랑했을까……. 그녀가 의기소침하면 자신의
기분도 좋지 않고, 그녀가 눈을 피하면 가슴이 답답하고, 그녀를
떠올리기만 해도 행복으로 충만했던 건 언제부터였을까. 수학 공
식처럼 명확한 답이 나오질 않았다.

하지만 그녀가 미치도록 보고 싶다는 그 절실함만은 확실했다.

수현…….

"선생님, 어떻게 되었습니까. 네?"

거의 쓰러질 것처럼 몸이 굳어 울먹거리며 차 회장 부부가 수술을 마치고 나오는 의료진을 붙들었다.

"다행히 급소는 피했습니다만, 피를 많이 흘려서 상황을 지켜봐야겠습니다."

"제발 살려만 주십시오. 살려만 주시면 가진 것 전부 내놓겠습니다. 제발……."

"회장님……."

마른하늘에 날벼락이 따로 없었다. 아들 재혁이 칼에 찔려 이송되고 있다는 연락을 받은 후 차강필 회장은 패닉 상태에 빠져 있었다. 너그럽게 보이는 외견과 달리 웬만한 일엔 눈썹 하나 까딱하지 않는 철저한 사업가인 그일지라도 자식 일 앞에선 그저 평범한 부모일 뿐이었다.

"여보…… 흐흐흑."

강필은 바닥에 주저앉은 아내를 내려다보며 이를 악물었다. 그는 아들을 찔렀다는 남자가 누군지 대강 짐작하고 있었다. 절대살고 있는 곳을 팔지 않겠다 버티던 전인건이 분명했다. 인건은 다리를 저는 상이군인이었다. 압박도 해 보고 회유도 해 보았지만 아무 소용이 없었다.

그래……. 해서는 안 되는 일을 저질렀다. 물론 직접 지시를 내린 건 아니지만 충성심이 강한 몇몇에 의해 인건의 가족은 안전을 위협받았다. 결국 두려움을 느낀 가족들이 뿔뿔이 흩어지면서 이 사달이 난 것이다.

"내 죄야. 나 때문에……."

강필은 가장 소중한 것을 잃어버릴지도 모르는 지경이 되어서야 그가 다른 사람에게 명령하고 쉽게 치부했던 일들이 얼마나 큰 잘못이었는지 깨달았다. 다른 사람의 감정과 형편을 고려하지 않고 내 이익을 위해서만 무작정 밀어붙였던 죗값을 아들이 갚는 것 같았다.

"내가…… 나 때문에, 모든 게 나 때문이오."

"여보, 흐흐흑, 재혁이 일어나지 못하면 나, 못 살아요. 당신이 어떻게 해 봐요. 네?"

아내가 그의 옷자락을 붙들고 애원했다. 품위고 뭐고 다 내던지고 정신이 반쯤 나간 상태로 울부짖었다. 아내의 생생한 아픔 앞에 강필의 눈에서도 뜨거운 후회의 눈물이 연신 흘러내렸다. 언제부터인지 소원해진 사이였지만 한때는 절절하게 사랑하는 여자였다. 아들이 죽으면 그녀도 따라 죽겠다는 말에 그의 가슴이 또 한 번 무너져 내렸다. 그가 잃어버리고 외면한 것이 또 하나 있었던 것이다.

"기다립시다. 응? 우리 아들이 그렇게 쉽게 가진……. 걱정 마요. 당신, 나 믿지?"

"네……. 정말이죠? 재혁이 일어나는 거죠? 나 당신만 믿어요. 네?"

"그럼. 그러니까 힘냅시다. 응?"

"여보…… 흐흐흑."

어린아이처럼 품에 안겨 엉엉 우는 아내를 부둥켜안은 강필의
시선은 중환자실로 향해 있었다.

'일어나거라. 이 아비에게도 기회를 줘야 하지 않느냐. 미안하
다 말할 기회를 말이다.'

재혁이 쓰러진 지 이틀째.

이상했다. 가슴이 따끔거리고 꿈자리가 사나웠다. 수현은 어젯
밤 재혁이 피투성이가 되어 그녀를 가만히 내려다보는 무시무시
한 꿈을 꿨다. 식은땀을 흘리며 침대에서 벌떡 일어난 수현은 동
이 틀 때까지 한기에 몸서리를 쳐야만 했다. 불안감으로 입술을
잘근거리던 그녀가 노트북을 켜 한국 뉴스를 검색하기 시작했다.

**[K그룹 차재혁 이사, 개발에 불만을 품은 전 모 씨의 급습으로
중상. 현재 의식 불명 상태…… 산아 병원 의료진에 따르면 의식
을 차려야…….]**

"선생님, 수술은 잘되었다는데 왜 우리 재혁이가 깨어나지 않
을까요? 네?"

"기다리십시오. 저도……. 그런데, 수현이란 사람이 누굽니까?"

"네?"

"환자가 그 이름만 자꾸 부르는데……."

재혁의 모친은 면회 시간이 끝난 중환자실을 안타깝게 바라보았다. 어릴 때부터 기대를 한 몸에 받은 금쪽같은 자식이었다. 누구처럼 한 번도 어긋나간 적 없고 실망시킨 적 없는 모범생 아들, 그런 아이가 처음으로 결혼 문제만은 건드리지 말아 달라고 요구했다.

얼마나 속이 상했을까. 혼자 애끓어 했을까. 혼수상태에서도 보고 싶어 부를 만큼 그 아일 사랑했는가 싶어 가슴이 미어졌다.

'이럴 줄 알았으면 저라도 나서 볼 것을. 아들이 원하는 걸 하나라도 들어줄 것을.'

스스로를 탓하며 재혁의 모친은 그렇게 가슴을 쳤다. 어찌 된 사정인지 대충 들었지만 남편을 원망하거나 탓할 생각은 없었다. 재혁의 아버지이자 그녀의 남편인 강필은 완벽한 사람은 아닐지라도 노력하는 평범한 가장이었다.

무엇보다 그가 스스로를 책망하고 있는 이 시점에 그녀까지 그를 몰아붙이며 탓하고 싶지 않았다. 부부란 그런 거니까. 힘들고 아파할 때 몰아붙이는 건 죽어라 내모는 것과 같으니까. 미안하고 부끄러워 병실에도 자주 찾아오지 못하는 남편의 마음을 알기에 그녀는 눈물만 삼켰다.

"어머님?"

"……수현이니?"

무슨 정신에 병원까지 달려왔는지 모른다. 한국으로 오기 위해 급히 비행기 표를 구한 수현이 지금 이곳에 와 있었다. 그녀의 손에는 덜렁 여권과 얼마의 돈이 든 핸드백만 들려 있었다. 산발한 머리와 단정치 못한 옷차림은 평소의 그녀 같지 않아 보였다.

"어떻게 된 거예요? 네?"

자신의 목소리가 하늘을 찌를 듯 높아졌다는 걸 수현은 깨닫지 못했다.

"앉아라. ……어서, 응?"

중환자실 앞에 놓인 의자에 억지로 수현을 눌러 앉힌 재혁의 어머니는 반쯤 넋이 나간 그녀를 다독였다.

"오늘 면회 시간이 끝났어. 내일 아침이나 되어야……."

"오빠는요? 어머님!"

병원에 도착할 때까지는 이 상황이 실감 나지 않았다. 수현은 그의 어머니를 보고서야 눈물이 흘러내렸다. 그 모습이 안타까운 듯 수현을 품안에 가둔 재혁의 모친은 하늘을 바라보며 부디 이 고비가 무사히 지나기만을 기원했다.

수현은 그를 이렇게 잃을 수 없었다. 이럴 줄 알았다면 절대 그를 떠나지 않았을 것이다. 그를 지켰을 것이다. 차라리 그녀가 대신 칼에 맞았을 것이다.

"어머님…… 흐흑."

"기다리자, 응? 그 아이가 이곳으로 돌아올 수 있도록."

❖

"어디 갔다 왔어?"

"가습기 물 갈고 온다고 말했잖아요. 고인 물은 환자에게 좋지 않아요."

"그런 거 간호사에게 시켜. 넌 내 옆에만 있으면 돼."

어이없어하는 그녀의 표정에 재혁이 눈썹을 추켜올렸다. 그의 표정이 도도해 보이기도 하고 다치기 전으로 돌아간 것도 같아 수현은 아무 항변도 할 수 없었다.

그를 잃는 줄 알았다. 지금 눈앞에 웃고 있는 그가 진짜인지 그녀는 종종 잠을 자는 그의 얼굴을 만지작거리곤 했다. 그리고 그가 살아 있다는 것에 행복해했다.

수현은 그녀가 잠시 자리를 비우기만 해도 유난을 떠는 재혁 때문에 민망하기도 하고 부끄럽기도 했다. 문득 며칠 전 일이 떠올라 수현이 한숨을 폭 하고 내쉬었다.

'어서 들어가 봐라.'

'어머님, 이번엔 어머님이 들어가 보셔야죠.'

기적적으로 의식을 회복한 뒤 눈만 껌벅거리는 재혁을 그의 모친이 면회하라 권하자 수현은 미안한 마음에 뒤로 물러섰다.

'널 보고 싶어 할 거야. 나야 언제든 보고 싶을 때 보면 될 거고. 어서 들어가래도.'

얼굴이 퉁퉁 부어 알아볼 수 없을 지경이었지만 그녀는 그의 빛나는 눈동자를 직시했다. 그녀를 향한 뜨거운 진심이 고스란히 전해져 왔다.

'오빠……'
'어…… 어…….'

재혁은 입술을 달싹거리기만 할 뿐 발음이 불분명했다. 하지만 이상하게도 수현에게는 그의 의지가 충분히 와 닿았다.

'알아요. 나도…… 보고 싶었어요. 살아 줘서, 깨어나 줘서 고마워요. 정말…….'
'어어…….'
'응, 응. 저도 사랑해요. 안심하고 자요. 가지 않을 거예요. 떠다밀어도 절대로 가지 않을 거예요. 오빠가 해 달라는 거 전부 들어줄 거예요. 약속해요.'

수현은 보조 의자에 앉아 주사를 꽂은 그의 손등 위로 시퍼렇게 도드라진 핏줄을 하나하나 부드럽게 매만져 주었다. 그녀는 다시는

이 손을 놓고 떠나지 않겠다고, 도망치지 않겠다고 맹세하며 재혁이 약 기운으로 잠이 들 때까지 그의 손을 꼭 붙들고 놓지 않았다.

재혁을 찌른 상해범 전인건. 그는 처벌을 원치 않는다는 탄원에도 불구하고 형사 입건되었다. 하지만 정상 참작이 되어 집행유예 1년이 선고되었다.

그리고…….

백로(白露) 24절기 중 열다섯 번째 절기. 풀잎에 이슬 맺히는 날, 하얀 이슬이 가을이라는 계절로 바뀌어 물과 하늘이 가까워지는 청명한 가을. 백년가약을 맺은 두 사람 얼굴에 찬란한 미소가 깃들어 있었다.

사랑하기에 하나가 되고,

사랑할 무수한 날들이 있기에 용기를 내 본다.

앞으로 닥칠 불확실한 미래에 당신이 있기에 내민 손을 꼭 쥐어 본다.

사랑을 시작했을 때 비로소 그들의 삶도 시작되었으므로.

— *The end*

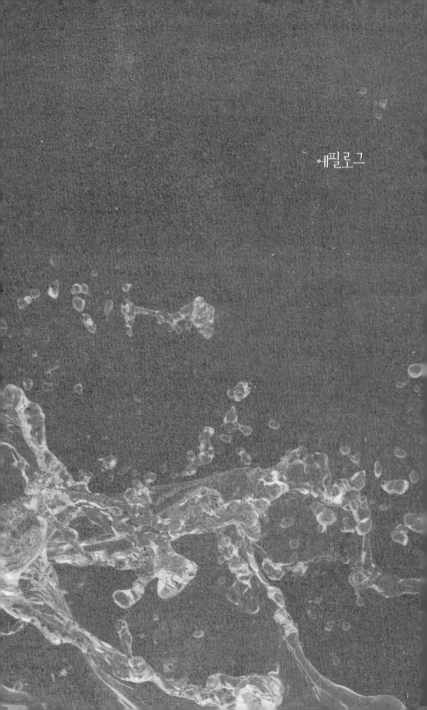

에필로그

"수현아, 수현아 어디 있어?"

재혁은 일주일에 걸린 출장을 마치자마자 수현에게 연락도 없이 곧장 집으로 달려왔다. 그런데 그를 맞이하는 건 썰렁한 집뿐이었다. 고개를 갸웃거리는 중에 목소리가 들려왔다.

"오셨어요?"

마침 주방에서 앞치마에 손을 닦으며 문이 열리는 소리를 듣고 마중 나오는 일산댁 아주머니였다. 재혁은 인사도 하지 않은 채 다짜고짜 자신이 지금 제일 궁금한 질문을 던졌다.

"수현이는요?"

일산댁은 고개를 절레절레 내저었다. 일산댁은 흘깃 바라만 보아도 그가 이미 골이 날 대로 나 있다는 걸 알 수 있었다.

영국에서 대학을 졸업하지 못한 채 돌아온 수현은 이곳에서 다시 학교를 다니며 공부하고 있었다.

"학교에 가셨어요. 바쁜 일이 있는지 도서관에 가야 한다며 아침 일찍 나가시더라고요."

"……."

재혁의 낌새가 이상한 걸 눈치채고 부랴부랴 수현을 변호하기 위해 변명이라고 내세워 보았지만 이미 한발 늦었다. 일주일 넘게 걸렸던 장기 출장 후 꽃 같은 새색시가 마중 나오기는커녕 얼굴조차 볼 수 없으니 이만저만 서운한 게 아니었다.

"언제쯤 온다는 말도 없었고요?"

"네."

재혁의 얼굴이 금세 비 맞은 강아지처럼 시무룩해지자 일산댁은 웃음이 비어져 나오려는 걸 애써 참았다.

"그러지 말고 한번 전화해 보시죠?"

"놀라게 해 주려고 하루 일찍 온 건데……."

한 마디 한 마디에 서운함과 아쉬움이 뚝뚝 흘러내렸다. 말인즉 재혁은 급하게 몰아치는 일정 속에서도 잠을 줄여 가면서까지 무리하며 하루 일정을 앞당겨 올 수 있었다. 집에 갑자기 들이닥쳐 수현을 놀라게 해 기뻐하는 표정을 보러 달려온 것이었다.

결혼하고 나서 1년 뒤에 신혼을 제대로 즐기라며 차 회장 부부가 두 사람을 내보낸 것도 의외였지만, 저렇게 어미닭 쫓듯 매번 수현의 뒤꽁무니를 졸졸 따라다니는 재혁의 모습은 신기함을 넘어서고 있었다.

'저렇게 죽고 못 사시는데 왜 아이가 생기지 않을까? 아차, 내 정신 좀 봐. 얼른 문자 보내야지.'

결혼한 지 1년이 다 지나도록 생기지 않는 아이에 대한 궁금증이 일었지만 일산댁은 애써 입을 함구했다.

수현은 도서관에서 일산댁의 문자 메시지를 확인하고 바삐 책을 챙기기 시작했다.

재혁이 귀국했단다. 분명 내일이라고 알고 있었는데 말이다. 요새는 하루하루가 어떻게 가는지 알 수 없을 정도로 눈코 뜰 새 없이 바빴다. 그가 있을 때에는 업무를 보러 회사에 나갈 때만 수현의 개인적인 볼일을 볼 수 있었고 저녁은 저녁대로 바빴다. 밤이 새도록 자신을 붙잡고 놓아주지 않는 남편 때문에 밤에 잠을 편히 잘 수 없었던 것도 한몫했다.

이제 결혼한 지 1년이 조금 지났다. 조심스레 임신 소식을 물어보시는 시어머니가 보내 주신 보약을 챙겨 먹는 수현이었다. 재혁은 먹지 않아도 된다고 극구 말렸지만 여기서 몸을 보할 수 있는 한약까지 안 먹는다면 아마 재혁은 그녀를 탈진시킬 게 불 보듯 뻔했기 때문이었다.

'그런데 이상하지? 날마다 짐승처럼 달려드는 남편 받아 내느라 죽을 지경인데 임신은 왜 되지 않는 걸까?'

의문을 품게 된 수현이였다.

❖

일산댁의 문자를 받고 부랴부랴 집으로 달려온 수현. 그리고 마침내 출장에서 돌아온 재혁과 마주하게 되었다. 분명 자신이 들어오는 문소리를 들었을 텐데도 재혁은 방에서 꼼짝도 안 하고 이불을 덮은 채 누워 있었다. 수현은 침대로 다가가 이불을 걷어내며 재혁을 향해 기어들어 가는 목소리로 입을 뗐다.

"재혁 씨."

"……."

"재혁 씨, 내 얼굴 안 볼 거예요?"

그때 낮은 울림의 재혁의 목소리가 들려왔다.

"너무 늦게 다니는 거 아냐?"

"저녁 일곱 시가 지금 늦다고 말하는 거예요?"

"넌 이제 한 여자의 아내야. 그러니까……."

"그만하세요. 그놈의 레퍼토리, 이제 지겹지도 않아요?"

"뭐?"

수현의 예상치 못한 말에 재혁이 놀랐는지 크게 되물었다.

"아저씨같이 왜 그래요? 그리고 말이야 바른말이지 오빠가 하루 일찍 온 거잖아요. 나도 내 스케줄이 있단 말이에요."

"이수현."

"왜요."

"네 스케줄은 나에게만 맞추면 돼."

"하, 기가 막혀서."

수현은 그의 말을 더는 이해할 수 없다는 듯 방을 박차고 나섰다.

수현은 그야말로 어이 상실이었다. 결혼하고 1년 동안 시댁에서 지낼 때는 재혁이 하는 일은 무조건 좋다, 좋다 해 줬더니 이제 와서는 아예 그녀를 제 맘대로 하려는 재혁 때문에 단단히 심사가 뒤틀려 버렸다.

입을 다문 채 지금까지 재혁을 향해 한 마디도 하지 않은 수현은 거실에서 과일을 먹을 때도 그의 눈길을 외면하고 있었다. 9시가 넘어가자 재혁은 초조한 듯 그녀를 향해 갈구하는 눈빛을 발사해 봤다. 하지만 수현은 그의 눈길을 가볍게 무시하고 일산댁과 드라마를 보며 주저리주저리 이야기보따리를 풀고 있었다.

"나 먼저 자러 들어갈게."

"네."

재혁은 냉큼 자신을 따라나서지 않고 빌어먹을 드라마만 보는 수현을 쏘아보다 휙 하고 몸을 돌려 방으로 들어가 버렸다. 발걸음 소리가 거실 바닥을 쿵쿵 울리는 것으로 보아하니 단단히 화가 난 것 같았다.

그들의 사랑싸움을 보다 못한 일산댁이 입을 열었다.

"아가씨 이만 들어가 보세요."

"흥. 먼저 자라고 하죠, 뭐."

"아가씨."

"……너무 자기 멋대로 행동하는 거 있죠."

툴툴대면서도 그가 들어간 방문에 시선이 고정되어 있는 수현을 보며 일산댁은 미소를 머금었다. 사랑싸움도 참 재미나게 하신단 말이지. 하지만 재혁의 마음도 이해가 갔다. 지금은 그야말로 꽃보다 아름다운 신혼. 한창 보고 싶고 안고 싶고 주머니에 넣고 다니고 싶을 때가 아닌가. 아이가 생기면 달라질 부부 생활이겠지만 지금은 어느 때보다 뜨거울 시기였다.

"어서 가 보세요. 하루라도 일찍 오고 싶을 만큼 보고 싶으셨을 거 아니에요. 그러느라고 출장 가서도 얼마나 바쁘게 일하셨겠어요."

"하지만……."

"싸움을 해도 마주 보고 하세요. 입 꾹 다물고 말을 하지 않는 건 반칙이네요."

"그런가요?"

"네. 오늘 제 선물까지 사 오셨더라고요."

"유모 선물을?"

"아마 아가씨 선물도 있을 걸요? 어서 가서 보여 달라고 하세요. 예?"

어쩔 수 없이 그녀도 여자였다. 결혼한 후 저도 모르게 속물근

성이 투철해진 아줌마 수현은 금방 화색이 돌며 자리에서 일어났다.

"선물을 사 왔다니까 슬슬 자러 방에 들어가 봐야겠네요. 유모, 좋은 꿈 꾸세요."

달칵.

침대에 앉아 스탠드를 켜고 안경을 쓴 채 책을 읽는 척하던 재혁은 수현이 들어오는 걸 보자마자 앞에 있는 책을 급하게 읽어 내려 갔다.

"재혁 씨."

"……"

"오빠."

순간 재혁의 눈썹이 꿈틀했다.

"……왜?"

"책이 거꾸로잖아요."

아뿔싸…….

일그러지는 재혁의 얼굴에 그녀는 점차 미소가 번져 갔다. 함께 살면 살수록 참 대책이 없는 남편이었다.

그는 시간이 늦어 바래다주던 남자 대학 동기들을 향해 오해한 나머지 주먹을 날릴 뻔하기도 했고, 1박이든 2박이든 국내 출장 일정이 잡히면 무조건 그녀를 동반하고 가야 직성이 풀렸으며, 시험 기간이라 늦게까지 공부라도 할라치면 오늘처럼 밤에 함께 잠

자리에 들지 않는다고 있는 대로 골을 내는 철없는 남편이었다.

"자아."

손을 내미는 수현의 얼굴을 재혁이 멀뚱거리며 바라봤다. 그 손의 의미를 묻는 듯한 재혁의 표정에 수현은 상큼한 미소를 지어 보이며 입을 열었다.

"내 선물요. 맘에 들면 오늘 골낸 거 용서해 줄게요."

"없어."

"정말요?"

재혁은 실망감이 가득한 얼굴로 눈을 동그랗게 뜨며 대답하는 수현을 보곤 피식 웃음을 흘리더니 이내 옆으로 손을 움직였다.

드르륵.

침대 옆 서랍장 맨 위쪽에서 포장된 뭔가를 꺼낸 재혁이 몸을 일으켜 다가왔다.

상자는 한눈에 봐도 고급스러워 보였다. 아마 예사 선물이 아니리라. 수현은 얼굴 가득 웃음을 매단 채 서둘러 선물 포장을 풀었다. 그리고 상자를 열어 보았을 때 살짝은 떨리는 그의 목소리가 들려왔다.

"발찌야. 맘에 들어?"

척 봐도 고가의 보석이었다. 그가 바쁜 일정에도 특별히 숍에 가서 산 게 확실했다. 보석을 사랑의 깊이로 여기진 않지만 자신도 여자인지라 어쩔 수 없이 입꼬리가 올라가는 순간이었다.

"맘에 들어요. 정말이에요."

"그게 다야?"

뭔가를 기대하는 듯한 재혁의 표정에 수현은 머뭇머뭇하며 그에게 다가가 목에 팔을 두른 후 입술에 키스를 퍼부었다. 살짝 한 번, 그리고 깊게 두 번. 1년이라는 신혼 기간 동안 밤이면 밤마다 저를 놓아주지 않는 그에게 참으로 많은 걸 배운 그녀는 그를 상대로 능란한 혀 놀림을 선보이고 있었다.

"으음…… 수현아……."

"사랑해요, 재혁 씨."

부부싸움은 칼로 물 베기라는 말을 증명이라도 하듯 어느새 두 사람은 알몸으로 침대에서 엉겨 있었다. 고작 떨어져 있던 기간은 일주일이었지만 그는 너무 목이 말랐고 이미 애가 탈 대로 탔다.

재혁은 마치 사막 한가운데에서 어렵게 찾은 오아시스의 물을 마시듯 그녀를 들이마시고 있었다. 그놈의 자제력과 인내심은 수현에게만은 적용되지 않기에 오늘도 밤새 그녀를 놓아주지 않으리라.

재혁은 그녀가 대학을 졸업할 때까지 아이를 갖지 않을 작정이었다. 아니 그보다는 좀 더 둘만의 신혼을 오래 즐기고 싶다는 게 솔직한 심정일 것이다. 분명 제 아이를 가진 그녀가 아름다울 건 분명했지만 아직은 혼자서만 그녀를 독차지하고 싶었다.

결혼 후 1년이 지났건만 아직까지도 길을 걸을 때도 차분하게 말을 건넬 때도 밥을 먹을 때도 수시로 자신의 인내심을 시험하는 그녀 때문에 미칠 지경이었다. 아마 일산댁이 함께 살지 않았다면 하루 종일 그녈 안고 알몸으로 지냈을 것이다.

그래서 재혁은 생각했다. 사랑, 그건 육욕이고 정욕의 다른 얼굴일지도 모른다. 심지어 아내의 체취만 풍겨도 발딱 일어서는 상징 때문에 오늘도 재혁은 날밤을 새우고 있었다.

"아…… 오빠, 그만."

"조금만 더. 응? 한 번만 더 할게."

"오빠, 제발 좀. 내일 출근해야 하잖아요?"

"까짓 하루 휴가 내지 뭐."

"오빠!"

밤이 깊어 갈수록 아웅다웅하는 부부의 대화가 무르익어 간다. 자신이 품고 있는 열렬한 사랑을 증명이라도 하려는 듯 남자의 행위도 거칠어만 간다. 여자의 흐느낌이 정점에 닿았을 때 이내 고요함이 찾아들었다. 비록 잠시간의 휴식이겠지만.